O CAÇADOR DE CORRUPTOS

AUGUSTO CURY

O CAÇADOR DE CORRUPTOS

A cura para o vírus da corrupção
está diante de nossos olhos

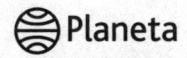

🪐 Planeta

Copyright © Augusto Cury, 2022
Copyright © Editora Planeta do Brasil, 2022
Todos os direitos reservados.

Preparação: Laura Folgueira
Revisão: Algo Novo Editorial
Projeto gráfico: Fabio Oliveira
Diagramação: Anna Yue
Capa: Rafael Brum
Imagens de capa: francescoc/iStock Photo; RH/iStock Photo; filipefrazao/iStock Photo

Dados Internacionais de Catalogação na Publicação (CIP)
Angélica Ilacqua CRB-8/7057

Cury, Augusto
  O caçador de corruptos: A cura para o vírus da corrupção está diante de nossos olhos / Augusto Cury. – 1. ed. – São Paulo: Planeta, 2021.
  240 p.

ISBN 978-65-5535-633-5

1. Ficção brasileira 2. Corrupção na política I. Título

21-5683   CDD B869.3

Índice para catálogo sistemático:
1. Ficção brasileira

MISTO
Papel produzido a partir
de fontes responsáveis
FSC® C011188
www.fsc.org

Ao escolher este livro, você está apoiando o manejo responsável das florestas do mundo

2022
Todos os direitos desta edição reservados à
Editora Planeta do Brasil Ltda.
Rua Bela Cintra, 986, 4º andar – Consolação
São Paulo – SP – 01415-002
www.planetadelivros.com.br
faleconosco@editoraplaneta.com.br

Sumário

Um voo inesperado 7
Vírus com várias cepas 25
Reencontro com o passado 38
Forasteiro de si mesmo 47
Refém de um personagem 66
Um menino e seus fantasmas 76
A Revolução Francesa e a guilhotina 88
Todo carrasco constrói seus monstros 98
Himmler: o agrônomo que assassinou milhões 107
Direito de escolher 118
Um homem ousadíssimo 127
A necessidade neurótica de poder 133
A droga das drogas 144
O maior julgamento da história 151
Quem apaga a luz? 161
Estranhos em família 172
O grande provocador da mente 179

Julgar sem conhecer.. 188
Só os amigos traem 198
Sócrates: ser fiel à consciência até a morte..................... 209
O golpe dos íntimos 222
Uma incrível história de amor... 230

Um voo inesperado

O avião Airbus A320 decolou de Barcelona para Düsseldorf, na Alemanha. Suas turbinas rasgaram o ar com uma força brutal. Subiu a 38 mil pés, suavemente, para o que prometia ser um voo tranquilo. Porém, trinta minutos depois, turbulências perturbadoras sequestraram a tranquilidade dos passageiros. Não parecia uma "turbulência de céu claro" comum, mas algo mais grave.

Mentes inquietas, emoções asfixiadas, cérebros em pânico. Os ateus desapareceram na aeronave descontrolada, procurando recursos sobre-humanos, porque o DNA, o segredo da vida, tem sede e fome incontroláveis de viver. Dez trilhões de células constituem o corpo humano, nenhuma delas programada para morrer. Mecanismos cerebrais foram acionados com rapidez, pressões sanguíneas e ventilações pulmonares foram às nuvens para que os passageiros fugissem da situação de risco. Mas para onde?

A comissária de bordo, preocupada com a segurança, interveio sem demora:

— Atenção, senhores passageiros, estamos passando por uma área de turbulência. Sentem-se e apertem os cintos!

No meio da imensa aeronave, algo estranho acontecia. Dois personagens, distantes dois passos um do outro, estavam em pé no corredor e não tinham onde se sentar. O primeiro exalava serenidade, o segundo parecia em estado de choque. O primeiro tinha cabelos grisalhos, seu semblante carregava as marcas do tempo; ele vira e experimentara tantos dramas em sua longa jornada existencial que nada parecia abalá-lo. O segundo era moreno, alto, cinquenta anos, austero e ambicioso, mas estava abaladíssimo – não apenas pelas turbulências, mas porque, pela primeira vez, sentia-se desorientado no tempo e no espaço. Seus pés estavam fixos no piso de aço da aeronave, mas sua mente não tinha solo em que se apoiar.

O primeiro sorria para os passageiros e acenava para as crianças assustadas, tentando distraí-las diante dos solavancos do avião; o segundo olhava perplexo para a frente e para os lados, parecia um bebê expulso do útero materno, observando um ambiente estranho aos seus olhos. Era um "rato" de aeroporto, voara inúmeras vezes, mas nunca daquele modo, sem poltrona para se sentar. Eram audíveis seus questionamentos ansiosos:

— O que estou fazendo nesta aeronave? Como cheguei a este lugar? Não me recordo de ter feito o check-in!

Simplesmente não se lembrava de ter embarcado. Não sabia qual era o destino do voo. Não conhecia nenhuma daquelas pessoas. Observava os passageiros, mas eles pareciam não falar sua língua. Era um homem inteligentíssimo, mas aparentava estar tendo um surto psicótico. A mente do advogado hábil, arguto, seguro, um político respeitado em sua nação e em outros países, estava desmoronando. Seu nome era Napoleon Benviláqua. Não era poderoso como o ditador francês, mas tinha tudo para se tornar um dos grandes líderes mundiais. Sua coragem e segurança derretiam-se como gelo dentro da fatídica aeronave.

— O senhor sabe para onde estamos indo? — perguntou a um sujeito de cerca de quarenta anos, que trajava terno e gravata. Mas o homem, agarrado aos braços da poltrona, sequer ergueu os olhos para ele.

— E a senhora, sabe de onde partimos? — indagou a uma mulher ruiva de meia-idade. Mas ela o ignorou como se ele não existisse.

— Sentem-se! — alguns gritavam.

— Mas onde? — disse Napoleon. — Não sei nem o número de minha poltrona!

A aeronave estava lotada, e não havia lugar para os dois passageiros que estavam de pé. O cérebro de Napoleon entrou em estado de alerta máximo. Seu fluxo sanguíneo aumentou ainda mais, seu coração disparou como um cavalo indomável, seus pulmões perderam a serenidade. Jamais ficara tão perturbado. De repente, o enigmático homem de cabelos grisalhos, caminhando com razoável equilíbrio num avião instável, aproximou-se de Napoleon. E, em vez de aquietá-lo, colocou combustível em seu caos emocional. Sua voz era imponente, mas branda.

— Eu o trouxe aqui.

No exato momento em que disse essas palavras, a turbulência começou a ceder. Todos respiraram aliviados, mas não Napoleon, que levou um susto com a afirmação. Virou-se para trás como se estivesse diante de um terrorista.

— Você me trouxe aqui? Como assim? Não o conheço!

— Mas eu o conheço muito bem — disse o estranho, convicto.

— De onde me conhece? É um dos meus eleitores?

— Ou um dos seus opositores...

Ao ouvir essa palavra, o político deu um passo para trás, dando a deixa para o idoso ironizá-lo.

— Sempre pensando em política. Como tantos da sua casta, sempre vestindo um personagem, homem. Um representante da massa que ama mais a maquiagem do que o conteúdo.

Napoleon ficou intrigado e ofendido com a resposta. Era um especialista em colocar jurados e promotores contra a parede quando debatia magistralmente no fórum, e também quando discutia com seus adversários políticos no senado e na câmara federal. Entretanto, agora fugiam-lhe os argumentos. Sob as chamas da tensão, perguntou:

— Que absurdo. Quem é você?

— Nunca pergunte quem sou sem se despir de sua arrogância.

— Você parece tão...

— Frágil?

— É... Eu exijo uma resposta. Como me trouxe aqui? E com que autorização?

— Com que autorização? Ora, com a sua. Estou saciando sua sede.

— Sede de quê?

— Do que tem mais sede, homem, de água ou de poder?

— Eu não entendo o que você diz...

— Você cuspiu em meu rosto e me desafiou — falou o estranho com sua poderosa voz.

— Eu? Está maluco! Nunca te vi.

— Nunca te vi, mas sempre te pisei... Eu sou um caçador de políticos e estou levando-o para uma longa viagem.

Napoleon, recuperando seu habitual ar de prepotência, reagiu:

— Mas que loucura é esta? Você sabe quem eu sou?

Queria mostrar que era um importante líder. Mas o misterioso personagem cortou sua intenção pela raiz.

— Senhor Napoleon Benviláqua, político cortejado pelas massas e pelos meios de comunicação, viciado em ser o centro das atenções sociais, há milhares de sua laia nos Estados Unidos, Europa, Ásia, América Latina, África que precisariam urgentemente fazer uma viagem comigo, mas escolhi você, por enquanto. A classe mais profunda dos homens conhece no máximo a sala de estar de sua mente. E nessa classe você não está. Quão estranho você é para si!

* * *

Antes da carreira política, Napoleon era um dos mais respeitados e combativos advogados criminalistas do seu país, um especialista em livrar réus de suas penas. Desde muito jovem jurista, era contratado a peso de ouro. Eloquente, persuasivo e perspicaz, seduzia todos com seus argumentos.

Certa vez, um rico empresário cometeu um assassinato porque, numa discussão, a vítima jogou um copo de água em seu rosto na frente de outras pessoas. O motivo era fortuito para um crime atroz. No dia da audiência, o notável promotor, o guardião da sociedade, dr. Mario Sergio, massacrara o réu, apontando sua alta periculosidade, seu enorme potencial para violência, acusando-o de, friamente, não se importar com a viúva e os filhos da vítima. Napoleon parou, pensou e tomou uma atitude ímpar.

Ciente de que a condenação do seu cliente seria inevitável, pegou um copo d'água, bebeu alguns poucos goles e se aproximou dos jurados. Em seguida, provocou-os em alto e bom som. Parecia loucura o que estava fazendo.

— Vocês são incapazes! Jurados irresponsáveis.

Em seguida, num gesto inesperado, atirou a água em seus rostos. Os jurados vestiram o manto da perplexidade, alguns ficaram irados. Napoleon, observando seus semblantes, sem demora comentou:

— Desculpem-me pelo gesto, senhores jurados. Se ficaram indiferentes ao meu comportamento e à água que lhes atirei na face, condenem meu cliente à pena máxima, mas, se sentiram golpes de raiva e indignação, então experimentaram um pouco da emoção do meu cliente quando, numa discussão, a vítima agrediu-lhe verbalmente e jogou-lhe água perante uma plateia. Desse modo, entenderão que seu comportamento foi impensado, foi motivado pelo calor da emoção, em legítima defesa da sua honra. Façam justiça. Ele não é um assassino. Libertem este réu.

Capturados pelos argumentos de Napoleon, cinco dos sete jurados votaram a favor da sua liberdade.

Na saída, o promotor, que, embora confrontasse diversas vezes o criminalista, nutria admiração por ele, disse:

— Napoleon, sua astúcia beneficiou mais um crápula.

— Esses idiotas me pagam bem — foi sua lacônica resposta.

— Mas vale a pena ser o advogado do diabo?

— Dr. Mario, ganhei neste processo o salário de cinco anos de um profissional notável como o senhor. Vale a pena? — disse, abrindo os braços.

— E a sua consciência? Tem preço?

Napoleon parou, respirou e depois disse:

— Só não defendo estupradores.

— E os políticos que estupram os cofres públicos?

— A Justiça serve para regular as relações da sociedade, abrandar o instinto humano, estabelecer os direitos civis, mas também serve para os advogados inteligentes ganharem a vida — argumentou.

— Mas... — questionou o promotor.

— Atuo dentro da lei, dr. Mario. Se me pagam com dinheiro legalizado, eu os defendo sem peso na consciência.

— Mas e os que pagam com dinheiro ilegal?

— Eu sou um criminalista, defendo criminosos.

— Mas você procura saber a origem do dinheiro?

Napoleon manteve o silêncio. De repente, o prefeito da cidade, rodeado de pessoas, a trinta metros deles, gritou:

— Napoleon! — E se aproximou.

Mas, vendo o promotor constrangido, o prefeito disse para o criminalista:

— Preciso falar sobre uma questão profissional com você.

— Sinto muito, prefeito, não converso sobre trabalho em lugares abertos. Marque um horário e nos vemos no meu escritório.

— Mas...

Deu as costas para o político e saiu conversando com o promotor. Todos tinham de respeitar a agenda do jovem advogado, não importando o poder que tivessem. A saúde e a liberdade são os dois bens mais caros para os mortais, o que faz médicos e advogados serem cortejados e pagos valores altíssimos. Napoleon podia se dar ao luxo de escolher seus clientes. De cada dez que o procuravam, descartava cinco.

— Defenderá mais um corrupto, doutor? Teremos outros embates — disse o promotor, referindo-se ao prefeito.

— Corrupção: o mal da humanidade, o vírus dos vírus. Ela é incurável, promotor. A Justiça apenas adormece esse vírus — disse o criminalista. E, olhando para o prefeito, observou:
— E ele ainda posa de celebridade.

— Um dia você vai cair nos braços da política, doutor.

— Vire essa boca para lá. Políticos são ou deveriam ser apenas empregados públicos. E, se forem honestos no decurso de seu mandato, apenas sobrevivem, não enriquecem.

— O vírus do poder ainda vencerá sua resistência, dr. Napoleon.

— Jamais...

As palavras do promotor seriam proféticas. O criminalista, respeitado por todos os partidos políticos, tanto de esquerda como de direita, foi seduzido aos poucos.

— Entre na política — encorajou um deputado.

— Não. — E deu as costas.

— Você é brilhante. Venha conosco — cortejou um senador.

— Em hipótese alguma.

— Influenciará a nação se candidatar-se — comentou um governador.

Dessa vez ele titubeou.

— Não tenho tempo...

— Você poderá um dia sentar-se no meu lugar e dar diretrizes para o mundo.

Agora ele não suportou. As bajulações, os cortejos, as massagens do ego produziram algo inesperado em sua mente. Mudou seu pensamento. Olhou para o vazio. Depois voltou a si. Mas colocou condições:

— Só me filio se for indicado para me candidatar à prefeitura. Não quero ser deputado ou senador. Quero todo o apoio. E vou doar todo o meu salário. Se vencer, não quero ingerência do partido.

Sua cidade era belíssima, tinha quase um milhão de habitantes. E, claro, foi escolhido, deixando para trás antigos caciques do partido. Sangue novo na política, com a fama de ter um caráter forte, contra a corrupção, uma brilhante oratória, Napoleon agradou ao eleitorado. Teve uma solene vitória, derrotando o prefeito – o qual havia livrado da prisão. Não hesitou em usar, para isso, métodos pouco éticos, inclusive soltando informações nas redes sociais e fazendo insinuações de segredos que conhecia de seu adversário:

— Se não fosse minha habilidade, certos políticos estariam mofando na cadeia.

Como prefeito, adotou uma postura centralizadora. Era um executivo que batia na mesa, que não admitia que a governabilidade saísse de seu controle. E também batia no peito, considerando-se ético, um celeiro de virtudes, incorruptível. Às vezes, perguntava, em seu gabinete, aos fornecedores da prefeitura:

— Qual será minha comissão?

— Dez por cento — alguns falavam.

Imediatamente, levantava-se e dizia:

— Você foi filmado e será processado. Caia fora do meu gabinete!

Para muitos, incluindo os da oposição, Napoleon, que tinha uma postura de centro, fizera um mandato digno de aplausos. Sua habilidade de escolher um time de secretários notáveis, sua agilidade, rapidez e honestidade o transformaram em um colecionador de admiradores. Mas sua austeridade, altivez e rigidez o faziam também ser um colecionador de desafetos. O céu e o inferno emocional sempre estão perto dos políticos.

Implacável com seus adversários e autossuficiente, considerava em primeiro lugar a própria opinião, em segundo também, e só em terceiro dava espaço para as pessoas que o assessoravam opinarem. Defendera tantos criminosos, descobrindo que o crime tem tantas camuflagens, que sua emoção passara a ser irrigada por doses de paranoia. Não acreditava, como muitos mentalmente superficiais, na teoria da conspiração, mas algumas vezes desconfiava das motivações que se escondiam atrás da cortina de elogios das pessoas mais próximas.

— Eu temo mais bajuladores do que opositores. Os opositores me apunhalam pela frente, os bajuladores por detrás. Destes, não tenho defesa — confessava para alguns amigos.

Depois, candidatou-se a senador. Venceu. Foi um dos senadores mais atuantes. Recebeu prêmio na ONU pela luta pelos direitos de grupos minoritários. Diante dessas vitórias espetaculares, na metade do seu mandato para senador, candidatou-se a governador. Foi imbatível. Alguns anos como governador, logo surgiu uma corja de aduladores. O grupo, que nunca trabalhou na iniciativa privada, que sempre dependeu dos cofres públicos para sobreviver. E veio turbinar seu ego.

— Serás nosso maior presidente.

— Presidente? Eu? Não...

Alguns "nãos" têm gostos e sabores de sim. Muitos políticos amam os bajuladores. Precisam da droga dos seus elogios para entorpecer o ego... Caso de Napoleon.

* * *

Todavia, o advogado ousado, o político notável, estava agora ofegante dentro de uma estranha aeronave, desnudado de seu poder, impotente diante do estranho que o abordava. Observou o paletó dele, parecia ter o volume de uma arma na altura da cintura. "Seria um desafeto querendo se vingar? Ou quem sabe um..." Por impulso, indagou ao estranho em tom mais baixo, para não causar pânico nos passageiros:

— O que você quer?

— Você?
— Você é um terro...
— Não, a não ser que seja um terrorista que assombra mentes opacas.
— Um assaltante?
— Assalto mentes egocêntricas eególatras, mas não furto bens materiais.

O experiente criminalista já vira muitas respostas intrigantes, mas nunca como essa. Atônito, esfregando as mãos no rosto, perguntou mais uma vez, mas com temor:
— Sequestrador?
— Sequestro a ignorância dos pseudossábios.

Que homem é este?, pensou. Logo após a resposta, as turbulências voltaram, embora mais brandas do que as primeiras. O cérebro de Napoleon tornou-se uma fábrica de inquietações; ele tentava se agarrar nas poltronas ao seu lado. Mas os passageiros reclamavam.
— Sentem-se!
— Onde? — ele dizia para a aeronave saturada de gente, sem lugares disponíveis.

Acostumado a vencer debates ardentes, a enfrentar adversários ferinos e a responder questionamentos argutos de jornalistas, agora estava sem voz. Tal insegurança era um terreno em que ele nunca havia pisado. Tanto que, certa vez, um senador, impactado com seu equilíbrio, o questionou:
— O que o intimida, Napoleon?
Sem titubear, ele respondeu:
— Até aqui, nada! Medo não está em meu dicionário existencial.
— Nem a morte?

Em mais uma de suas respostas históricas, daquelas que ficavam famosas na internet, disse:
— Não tenho tempo para morrer, senador.

Mas, naqueles cálidos minutos na aeronave, sentia-se um menino desprotegido. Alguns passageiros, mesmo assaltados pelo medo, começaram a prestar atenção no embate dele com seu interlocutor. Outros, apavorados, suavam e faziam suas preces.

— O que você quer? Eu exijo, identifique-se — disse o advogado, tentando exercer sua força perante o homem que o intimidava e o tirava de seu ponto de equilíbrio.

— É estranho, homem. Certa vez você disse que medo não fazia parte do dicionário de sua vida. O que o perturba agora? A instabilidade desse avião; eu, um idoso; ou você, uma incógnita? — indagou o homem de cabelos brancos.

— Nunca o vi. Como sabe minhas palavras?

— Sei de coisas que nem imagina. Sei que os bajuladores o traem. Sei que você já disse 32 vezes que ia abandonar a política, mas o poder é mais viciante que a heroína. É um dependente.

— Que números são estes? Você está me ofendendo! — reagiu Napoleon em voz alta. Quando ele perdeu o controle, o avião parece que entrou num vácuo, gerando um frio em sua psique.

— Medo, esse velho demônio mental que nunca deixa de atormentar os homens. Acalme-se, senão essa aeronave vai cair. Posso ser seu melhor amigo ou seu pior inimigo. Posso ser seu libertador ou seu carrasco. Depende de como me trata.

O político virou-se para ele e deu um sorriso regado de desprezo.

— Meu carrasco ou meu libertador, você é um idiota. Que poder tem um homem na sua idade?

— Se me desafias e me feres, testarei se suporta as turbulências da vida!

— Era só o que me faltava. Um velho contador de anedotas! Tudo o que está ocorrendo nesta aeronave é uma mera coincidência do destino.

— Grande Napoleon, amante de bajuladores, um líder supersticioso que acredita em destino e coincidências? Não sabia que destino não é frequentemente inevitável, mas uma questão de escolha? Que ano Abraham Lincoln e John Kennedy foram eleitos?

— Bem, o primeiro foi na segunda metade do século XIX e Kennedy foi no início da segunda metade do século XX.

— Políticos amam defender a leitura em público, mas raramente leem. Especialistas em respostas evasivas. O presidente Lincoln foi eleito em 1860 e John Kennedy, em 1960. O secretário de Lincoln se chamava Kennedy, e a secretária do presidente Kennedy se chamava Lincoln. Coincidência? Não, fatos. O assassino de Lincoln, John W. Lee, atirou pelas costas, e Lee Oswald atirou também pelas costas em Kennedy. Fatos que poderiam ser evitados, se fossem precavidos! Lincoln é morto na presença da mulher, o mesmo ocorreu com Kennedy. E ambos perderam um filho durante a presidência. Observe os nomes e as datas agora. Lincoln é sucedido por Andrew Johnson, nascido em 1808, e Kennedy é sucedido por Lyndon Johnson, nascido em 1908. Coincidências? Não, fatos.

— De onde você sabe tudo isto? — expressou Napoleon, sentindo-se um ignorante.

—Ah, Kennedy morreu num carro Lincoln. Circulou num carro aberto, numa cidade onde tinha muitos opositores. Infelizmente, algumas escolas de Dallas aplaudiram o fim do presidente. Todas as escolhas têm perdas e consequências.

— Mas... como eu, um renomado... — Mas antes que completasse a frase, o misterioso homem que o bombardeava com ideias completou seu pensamento.

— Criminalista não sabia detalhes desses crimes?

Todos os passageiros ao redor, que ouviam esses relatos, também estavam emudecidos.

De repente, a comissária de bordo surgiu. Parecia que ela e os outros comissários estavam presos em sua cadeira com medo de o avião cair. Bradou:

— Sentem-se.

Sem se importar, o idoso alçou a voz e perguntou para todos os passageiros com seu vozeirão.

— Quem é ateu aqui?

Sua voz era tão vibrante e provocante que as pessoas foram compelidas a responder: 10% delas levantaram as mãos. Napoleon levantou suas mãos a meio fio. Depois de dizer as fatalidades entre Lincoln e Kennedy e fazer uma pergunta sobre a religiosidade dos passageiros, o velho suspirou com calma, abriu os braços como asas e se curvou para à direita, fazendo o avião curvar-se perigosamente também à direita e gerando um frio na espinha de todos. Em seguida, levantou o pé direito e imediatamente a cabeça do avião se inclinou, fazendo uma subida radical. Gritos ecoaram pela aeronave:

— Socorro! Vamos morrer! Ai, meu Deus! Jesus Cristo!

Os que eram budistas, islamitas, bramanistas faziam suas orações. Muitos dos que se diziam ateus começaram a fazer preces como podiam. O velho, observando-os, deu um leve sorriso. E expressou:

— Mortais.

Passado o susto, Napoleon colocou as mãos na cabeça, abrindo e fechando os olhos e esfregando o rosto para ver se tudo aquilo era real. Nunca fora tão testado e reprovado.

— Só pode ser um pesadelo!

— Sim, pode ser o pior pesadelo de sua vida. Depende de como você se comporta em minha jornada.

— Que viagem é essa? Para onde estamos indo?

Mas o estranho se calou. Napoleon olhou ao redor. Aquele avião, aquelas pessoas, tudo parecia tão sólido, mas, ao mesmo tempo, tão surreal. *Será que estou delirando?*, pensou. Deu alguns murros nos compartimentos de bagagem. Sentiu dor.

Então o estranho homem tocou o ombro de Napoleon, e ele, como se saísse do interior da aeronave, foi transportado para um lugar insólito, isolado e intensamente frio: as geleiras do Polo Norte. Estava cruelmente sozinho diante da brancura que se estendia como lençol diante dos olhos. Ele e o nada, ele e sua angústia essencial, ele desnudado de seu ego. Quem ele era? Rico, famoso, poderoso, nada. Era um simples ser humano desprotegido em situações extremas. Não sabia o que era mais dramático: a solidão tóxica ou o inverno rigoroso. Afinal, ambos congelam a vida...

O advogado sentiu-se alvejado por rajadas de ventos cortantes. Contraiu sua musculatura e encolheu seu corpo. Seu cabelo liso e escuro ficou grisalho de neve. Em minutos, poderia morrer petrificado. Passou as mãos na cabeça e soltou um grito estridente, primitivo, que ecoou no espaço:

— Ahhhhhhh!

Com esse gesto desesperador, retornou à aeronave – ou nunca saiu dela, não sabia. Teve calafrios, não só pela temperatura do seu corpo, mas pela da sua mente. Passou as mãos na cabeça e sentiu a neve repousar sobre ela.

— Isso é impossível! — expressou.

Aquele respeitado político, que tinha tudo debaixo de sua inteligência, não se conteve. Perguntou, batendo o queixo, agora com reverência:

— Não suporto este frio! Por acaso você é Deus?

O estranho meneou a cabeça dando uma resposta negativa.

— Quem sabe... o diabo?

O enigmático homem sorriu com ironia.

— Deus e o diabo sempre foram usados para explicar as loucuras cometidas pelos seres humanos. Saia da superfície do planeta mente.

— Está me chamando de superficial?

—Apenas tirando o verniz de sua arrogante intelectualidade.

Novamente Napoleon mostra sua falta de humildade. Parte para a crença na conspiração.

— Parece que tudo é irreal. Que você está me drogando. Que foi contratado por adversários para me desestabilizar? Só pode ser.

O estranho meneou a cabeça.

— Políticos, tão lúcidos, tão paranoicos, no palco são lógicos; nos bastidores, meninos que creem na teoria da conspiração!

— Quem é você? Que frio é este? — indagou, novamente contraindo o corpo. — Ninguém nunca me desestabilizou tanto!

Desde o início de sua espetacular carreira como homem público, colocara-se como um defensor irredutível de seus valores. Deputados, senadores e governadores o consideravam o rei do autocontrole. Mas o "monarca" estava à beira de um ataque de nervos. Cerrou os punhos, prestes a esbravejar e socar quem o perturbava, mas o pavor de alguém filmá-lo perdendo o equilíbrio e postar o vídeo nas redes sociais o levou a se segurar.

— Parabéns. A maquiagem social prevaleceu — disse o velho.

— Meu Deus. Estou surtando.

— Talvez.

— Sonhando, morto, sei lá!

— Opções interessantes — afirmou o estranho. — Eu ficaria com a primeira.

— Está me chamando de louco?! — Napoleon perdeu as estribeiras. Esqueceu os olhares dos passageiros e rebateu em voz alta: — Saiba que vou processá-lo por calúnia e difamação. Extrairei cada centavo de sua conta.

— Acha que estou com medo, hipócrita? Conseguirá ter acesso aos meus tesouros?

— Sabe que sou uma autoridade? — rebateu o político novamente, em voz alta. Parecia invencível. — Sabe que posso liderar meu país?

Mas o estranho, em vez de se intimidar, aproximou-se de Napoleon, ficando face a face.

— Ninguém pode ser um grande líder se não conseguir liderar sua aeronave mental. Como pretende gerir uma nação se não pode sequer gerir seu orgulho?

Napoleon empurrou o estranho, que quase caiu.

— Quantas vezes você me discriminou, me maltratou, homem?

— Eu? Você está debochando da minha cara! — disse, tentando se lembrar dos criminosos que defendera. Em seguida, pegou o velho pelo colarinho.

— Perdeu o controle? Você precisa de um exame psiquiátrico.

— Não preciso, o povo é meu atestado.

— O povo é soberano, sem dúvida, mas, em tempo de estresse político e econômico, os eleitores rebaixam sua consciência crítica, procuram salvadores da pátria, podendo eleger sociopatas. O povo votou em Hitler, um homem tosco, rude, radical, que, anos antes de ser chanceler, já havia dito, numa reunião do partido nazista, que quase um milhão de crianças alemãs com deficiência deveriam ser eliminadas. O povo aclamou Napoleão Bonaparte, que levou à morte mais de três milhões de soldados e uma carnificina sem fim.

— Não tenho necessidade compulsiva pelo poder.

— A mente "mente", você mente para si mesmo! Nem sequer conhece o vírus que o infecta.

— Eu lhe meterei no cárcere.

E deu-lhe as costas. Saiu pelos corredores, fugindo do homem que o perturbava. Tentava encontrar uma poltrona, um lugar para descansar. O velho seguiu seus passos.

— Ah, o brilhante criminalista não quer apenas meu dinheiro. Você livrou os maiores corruptos do cárcere e agora quer me colocar atrás das grades. Aliás, você já me processou muitas vezes e já me colocou em presídios! — ironizou o idoso.

— Está blefando! — falou, virando a cabeça.

— Queria estar. Usei pessoas para alertá-lo, e você covardemente quis metê-las na prisão. Conseguiu, em alguns casos. Só não sei como Débora o suporta.

Quando ele citou o nome "Débora", Napoleon ficou pasmo.

— Como a conhece? De onde a conhece? — Depois se refez e disse: — Não coloque o nome de minha esposa em seus lábios ferinos.

O idoso, com sua incrível capacidade de raciocinar e sintetizar, mostrou a incoerência do advogado.

— Seja coerente, homem. Num momento me reverencia como um Deus, noutro quer me encarcerar como a um inimigo. Num momento reverencia meu conhecimento, noutro diz que meus lábios são ferinos. Os que têm depressão bipolar são dignos de respeito e precisam de tratamento, mas os que têm um raciocínio bipolar são manipuladores.

Perturbado, Napoleon sentiu os lábios tremendo pela raiva. Os dois pareciam estar num coliseu, travando um combate mortal.

— Não sou bipolar. Sou um homem estável, minhas opiniões são...

— Imutáveis? Só não muda de ideia quem é emocionalmente infantil!

— Não coloque palavras na minha boca! Sou flexível, um democrata — falou, ríspido.

— Mas os democratas não deveriam dissimular, manipular, trapacear!

— Não sou dissimulador nem trapaceador — respondeu, asperamente. Mas seus modos o denunciavam. Muitos passageiros começaram a ficar desconfiados de Napoleon.

Dois comissários apareceram, na direção oposta ao estranho idoso, mas ele fez um gesto indicando "por favor, não interfiram", e eles recuaram. Em seguida, o idoso comentou.

— Quem defende muito sua moral tem esqueletos debaixo da cama.

— Eu sou transparente. Por acaso está invertendo o jogo e me colocando no banco dos réus? — esbravejou.

— Estou — falou laconicamente.

Napoleon cerrou os punhos, mas caiu em si.

— Mas o que estou fazendo? Você sequer é um magistrado, nem um promotor. Não merece meu tempo. Tenho milhões de eleitores, sou admirado, querido, procurado, cortejado por celebridades da música e do esporte. Sou muito mais do que você...

— Há exatos oito dias, às 9h30, nos corredores do Congresso Nacional, você conversou com o líder de um partido que há tempos pedia para apoiá-lo em sua candidatura para presidente. Ele deu as cartas: "Ok, Napoleon, vamos apoiá-lo, mas exijo um ministério se você for eleito". Você afirmou: "Certamente! Apoie-me e, juntos, governaremos o país!". Ele saiu eufórico, e você balbuciou: "Idiota!". Que nome você dá a esse comportamento?

Napoleon perdeu a cor. Virou-se e indagou:

— Como você sabe disso?

— Conheço seus segredos, homem.

— Eu não quis fazer conchavos. Não queria governar com alguém em quem não confio.

— E por que não foi honesto? Porque não ousou dizer "desculpe-me, mas não posso prometer, a sociedade é mais importante do que nossos cargos, vamos escolher os melhores técnicos, os mais habilitados e transparentes articuladores etc. etc.". Por que você, que proclama ser o mais anticorrupto dos políticos, é um apóstolo da dissimulação?

Napoleon respirou fundo e disse:

— A verdade inspira os políticos, mas as mentiras os fazem sobreviver... Mas as minhas mentiras são inofensivas, para o bem do povo.

Em seguida, o estranho olhou para o teto da aeronave, como se estivesse procurando o espaço sideral, e meneou a cabeça, desapontado.

Vírus com várias cepas

A comissária de bordo, uma mulher esguia, loira, serena, não suportou ver os dois homens desrespeitando as normas de segurança. Aproximou-se deles novamente, tensa.

— Não ouviram minhas advertências? Sentem-se e apertem os cintos. Há sinais de novas turbulências pela frente.

O idoso tomou a frente e disparou:

— Não me culpe, senhorita. Este homem está perturbado. Estou tentando organizar seu raciocínio.

— Organizar meu raciocínio? Você está me enlouquecendo! Esgotando-me, massacrando-me!

— Está vendo, senhorita. Observe seu tom de voz e seus adjetivos. Este sujeito não está normal. Como um simples ser humano na minha idade pode ameaçá-lo?

— Simples ser humano? Você é uma bomba-relógio.

Quando ele falou em bomba, a comissária colocou as mãos no rosto, assustada, e várias pessoas que o ouviram começaram a gritar. Ele tentou colocar panos quentes.

— Fiquem tranquilos — disse Napoleon para os passageiros —, usei uma metáfora.

O idoso sorriu e falou, baixinho:

— Bipolar. Causa pânico e depois pede calma.

Napoleon sempre demonstrara para juízes, promotores, jurados, bem como para seus pares, uma eloquência inabalável. Agora, sentia-se um réu fragilíssimo num tribunal a céu aberto, diante de um promotor que só na aparência parecia frágil, na realidade era um desestabilizador inigualável, que dissecava as camadas mais íntimas de sua personalidade incoerente e prepotente. Uma nova onda de turbulências o desequilibrou.

— O que está acontecendo com este avião? — indagou Napoleon, cansado de tanto estresse.

— Estamos passando por uma sequência de tempestades — afirmou a comissária.

— Não se preocupe, as tempestades mentais são piores.

— Cale-se — disse Napoleon, que em seguida voltou-se a ela: — Preciso de sua ajuda. Não me lembro de ter feito check-in. Não tenho nem cartão de embarque.

— Como assim? Ninguém pode embarcar sem ter feito check-in.

— Eu fiz o check-in com a permissão dele. Ele é um amigo — interferiu o estranho, entregando o cartão de embarque.

— Amigo? Não conheço este homem, comissária. Livre-me dele, por favor. — Mas, como isso parecia impossível, resolveu usar os passageiros contra o velho, aumentando o tom de voz e olhando para os que os ouviam: — Retiro as minhas palavras. Suspeito que ele seja um sequestrador ou um terrorista. — E se afastou.

Quando ouviram essas palavras, os passageiros entraram outra vez em pânico, agora incontrolável. O tumulto foi tão grande que ninguém mais se entendia. Lembrando que os terroristas de 11 de setembro de 2001 usaram aviões como armas, três homens fortes agarraram o bom homem idoso, deitaram-no sobre o piso e o renderam. Segundos depois, com a boca sangrando, ele bradou:

— Já viram um velho ser um terrorista? Isso é coisa de jovens!

Mas ninguém deu atenção ao estranho. Então, de repente, o frágil idoso, com uma força incomum, soltou-se dos homens, levantou-se e os golpeou. Todos ficaram atônitos com sua força. Em seguida, bradou:

— Revistem me! — Abriu o surrado blazer. — Vejam se trago uma bomba colada ao corpo ou uma arma escondida em meu casaco. Vi muitas guerras, mas amo a paz. A única arma que trago, diletos passageiros, é contra o culto ao ego e a necessidade viciante pelo poder. Sou um caçador deególatras. É a arma do autoconhecimento — disse, voltando-se para Napoleon.

Os três homens, perplexos com a força do velho, o apalparam com respeito. Nada acharam. Pediram desculpas e o soltaram. Um deles disse:

— De onde vem sua força?

— Se eu contasse, você não acreditaria.

O estranho voltou-se para o político:

— É insensatez fugir de mim, homem. Ninguém escapa das minhas mãos. Transformei reis em miseráveis, generais em tímidos soldados, enterrei ditadores como meros mortais e desnudei líderes e celebridades da ilusão do poder.

Que palavras são essas?, pensou alto o político.

Sentindo-se apequenado e destituído de forças, o criminalista lembrou-se dos seus primeiros anos nos debates nos fóruns: havia verdade, havia sensibilidade, havia seu coração. Tombou no solo da humildade, pelo menos aparentemente. Respirou com calma.

— Desculpe-me por agredi-lo. Agi como um predador.

— Foi um predador de si mesmo. O ser humano não precisa de predadores para devorá-lo, ele é tão complexo que os constrói em sua mente.

Napoleon entendeu o recado e anuiu. E, dessa vez, pediu com respeitabilidade, como um lutador suplica para seu adversário não ser mais nocauteado.

— Por favor, já percebi alguns dos meus erros. Não brinque com minha boa-fé. Já que me acusa de não ser transparente, aja você com transparência. Seja honesto. Qual é seu nome?

O idoso respirou profundamente e respondeu:

— Pode me chamar de H.

— H? Só isso? Quero nome, sobrenome, profissão.

— Você quer saber demais para quem se conhece tão pouco.

— Meu nome: H, meu sobrenome: o Tempo, minha profissão: mestre.

— Mestre?

— Você despreza os mestres?

— Não, jamais!

— Mas por que não aumentou o salário deles em seu governo? Por que não os equipou? Por que não cuidou da saúde física e mental deles como parte dos profissionais mais importantes do teatro social?

— Mas eu...

— Os políticos investem pouco em educação porque não querem pessoas livres.

— Eu tentei. Eu tentei...

— Tentou, eu sei, mas não lutou pela educação...

— Tem razão — reconheceu pela primeira vez, sem resistência: — Mas mestre do quê?

— Eu ensino sanidade para os loucos, crítica para os pensadores, transparência para os dissimulados, ousadia para os abatidos... A lista é grande.

A comissária estava fascinada pelas ideias do idoso. Parecia ter sido cativada como uma menina diante de um mestre deslumbrante. Depois, caindo em si e vendo que não entrariam em acordo, insistiu:

— Sentem-se, por favor, só se levantem quando o comandante retirar o sinal de alerta

— Mas não há poltronas para nos sentarmos — comentou Napoleon.

— Como não? Há duas poltronas vagas na vigésima fileira.
— Napoleon ficou confuso.
— Mas circulei pelo avião e todas estavam ocupadas. Será que foram ao banheiro?
— Ninguém se levantou nessa turbulência. Estavam vazias — ela afirmou.

Enquanto caminhavam até a poltrona, H cantarolou o refrão de "New York, New York".
— É a música que você e Débora cantaram em seu casamento.
— Como você sabe?
— Sei também que ela me trata melhor do que você.
— De onde conhece minha mulher? — indagou, virando o pescoço.

H não respondeu, apenas sorriu e continuou cantando. Napoleon relaxou, também expressou um suave sorriso no meio de sua turbulência emocional.

O político começou a caminhar em direção à poltrona indicada pela comissária, mas H interrompeu seus passos, tocando suas costas:
— Espere, Napoleon. Olhe para essas duas pessoas. O que você vê nelas?

Eram dois irmãos de meia-idade, usando roupas simples. Viajavam com as economias que haviam feito nos anos anteriores.
— Não vejo nada demais. — E continuou andando.

H perdeu seu ar de mestre. Falou, áspero:
— Como não? São seus patrões!
— Não sou empregado de ninguém.
— Mas você não é político?
— Sim. Sou senador e candidato à presidência — falou, com uma pontada de orgulho.
— Os contribuintes pagam seu salário?
— Sim.

— Como homem público, você é um simples empregado da sociedade. Deve emocionar-se diante dos contribuintes e se curvar perante eles em humildade.

— Mas eu doava meu salário.

— Doava, disse bem. No seu primeiro mandato eletivo, doava seu salário para instituições, mas passou o tempo, viu que poucos se importavam com seu gesto. Parou de doar. Mas ainda que doasse até hoje, o cargo que você ocupa não te torna um deus, uma celebridade, nem uma pessoa poderosa, apenas e tão somente um empregado da sociedade.

— É...

— Napoleon? — chamou o casal que H apontou.

— Mas vocês falam minha língua?

— Claro, somos seus eleitores.

— Obrigado — disse ele, sem emoção, seguindo seu caminho pelo corredor do avião.

Dois passos à frente, H comentou:

— Seus patrões não o fazem mais suspirar.

— Penso que não mais. Mas, como empregado social, algumas das minhas decisões contrariam meus patrões. Um político sério, não populista, tem de tomar medidas impopulares para corrigir erros da máquina pública.

— Parabéns, homem — disse H.

— Elogiando-me? Que surpresa! Ou vai me acusar novamente?

— Só é digno do poder quem usa seu cargo para servir à sociedade, e não para ser servido por ela. Você é digno do poder?

— Aposto que sim! O poder não me corrompe! — indignou-se Napoleon.

— Tem certeza? Você ganha os debates pela rapidez do seu raciocínio, mas seus comportamentos são incoerentes. A corrupção é um vírus com várias cepas. É possível não subornar com dinheiro, mas subornar com influência, vantagens, conchavos, o culto à celebridade. Você é hoje o que sempre foi?

O político engoliu saliva. Essas palavras foram o passaporte para que viajasse no tempo. Lembrou-se de quando era um simples advogado, iniciando a carreira, valorizando cada humilde cliente. Lembrou-se da primeira vez que se candidatou a um cargo público.

Vendo Napoleon pensativo, e sabendo que ele estava fazendo autocrítica, o misterioso mestre acrescentou mais fervor à sua emoção.

— O sucesso é mais difícil de ser trabalhado que o fracasso. O risco do sucesso é se tornar vítima dele, fazer de tudo para mantê-lo.

— Você me espanta, H. Consegue ler a minha mente?

H ignorou a pergunta.

— À medida que você subiu na carreira política, decresceu em humanidade. Você abraçava idosos, mulheres e jovens nas ruas, tinha tempo e alegria de escutar suas teses e necessidades. Mas, pouco a pouco, seus eleitores se tornaram números e você se encastelou como um miserável morando num palácio. O poder adoece 100% dos que se fascinam com ele, uns mais, outros menos. Você está doente, muito doente, homem.

— É uma acusação séria!

— Muito séria. Um mendigo emocional precisa de muitos estímulos para sentir migalhas de prazer, um mendigo político precisa de cada vez mais votos, mais eleições, mais poder para sentir migalhas de satisfação. Deveriam ser eleitos uma ou no máximo duas vezes e depois partir para nunca mais voltar para um cargo eletivo. Mas é raríssimo que larguem o osso do poder. Estão doentes. O poder mexe com o ciclo da dopamina, é um perigo para a saúde mental.

Napoleon ficou pasmado, sem voz. De fato, já não se alegrava quando alguém o reconhecia. Não se motivava mais de um simples eleitor, mas de milhões. Muitos queriam fazer *selfies* com ele, mas sentia que invadiam sua privacidade. Tornara-se técnico, frio, distante. Só recebia presidentes de entidades de classes, grandes empresários, celebridades, políticos de destaque. Asfixiara sua saúde emocional e tudo que mais amava.

— Não é possível que você tenha razão. Se tiver, está tudo errado na governabilidade da humanidade desde os primeiros tempos. Os líderes adoecem e adoecem a sociedade com o tempo.

H usou a história da ciência para convencê-lo.

— Responda-me: em que época da vida ocorrem as mais importantes descobertas científicas? Na maturidade do pensador, quando vive de aplausos, ou em sua juventude, quando é quase anônimo?

— Nunca pensei sobre isso.

— Pois eu lhe digo: Einstein tinha vinte e seis anos quando desenvolveu os fundamentos de sua teoria. Na matemática, as grandes descobertas foram realizadas por pesquisadores que não passavam dos vinte e poucos anos. Quando o reconhecimento social, os aplausos, o glamour, a bajulação, enfim, as labaredas do poder chegam, contraem-se a inventividade, a ousadia, a capacidade de dar o melhor de si para a ciência. Por isso, são raros os cientistas que descobrem grandes fenômenos no auge do poder. E, metaforicamente falando, é no primeiro mandato ou no máximo no segundo que o romantismo de querer mudar o mundo e a ousadia dos políticos os fazem produtivos. Depois viram velhas raposas, mentes obesas, insaciáveis com o poder. Caia fora, homem! Você já foi prefeito, deputado, senador, governador. Está obeso mentalmente. Vá cuidar da sua saúde, sua família, seus sonhos, deixe os mais novos mudarem o mundo.

— Mas sou candidato à presidência do meu país. Tenho chances reais de ganhar! — disse, com altivez. — Se estou assim, como estão meus adversários? Não estão eles piores do que eu?

— É você que está na mesa cirúrgica, não eles.

— Pare de bobagens. Sou um ser humano admirável.

— Admirável? Usei meu bisturi para abrir sua história. Você é um pai alienado. Sabe quantas vezes seus filhos choram pedindo sua presença? Não! Claro, você não tem coragem de perguntar para eles. Você é um marido insensível! Já indagou para sua esposa, que você gosta de exibir em público, se ela é feliz? Sabe quais os sonhos e pesadelos dela? Você é um filho irresponsável. Conhece as dores que seus pais viveram? Dialoga com eles? Não! Porque estar com você é viver um tedioso monólogo. Só você fala, discorre sobre seus êxitos, os prêmios que recebe, as entrevistas que dá. Você é uma farsa, Napoleon. Aplaudido em muitos países por milhões, mas por dentro uma pessoa sem brilho, solitária.

Napoleon derramou algumas lágrimas. H completou:

— Sei que estou sendo duro, mas sou professor. Você é um carrasco de si mesmo, até do seu sono. Se você não consegue governar sua mente, como vai governar outros seres humanos?

Napoleon tinha um belíssimo apartamento, mas sentia-se sem oxigênio, tinha uma cama *king-size*, mas não dormia, tinha uma mesa farta, mas engolia a comida. Acordava à noite como um zumbi e não dormia mais, assaltava a geladeira. O jardim do seu condomínio era espetacular, mas ele não tinha tempo para as flores. Vivia num cárcere privado, em uma busca interminável pelo poder, por estar em evidência social, mas no fundo buscava a si mesmo, pois se perdera. Não entendia que em breve iria para a solidão de um túmulo. Queria deixar um legado na história, como se, depois do seu túmulo, fosse capaz de ouvir as pessoas recitando suas glórias. Tinha mestrado, doutorado e pós-doutorado, fama, muito dinheiro e prestígio social como raros, mas era desinteligente emocionalmente, autodestrutivo, implacável consigo, pois retirara ele mesmo da sua equação existencial, desaprendera ou nunca soube namorar a vida. Esquecera-se de deixar um legado no coração das pessoas.

— Estou confuso. Você tirou meu chão, abalou meus ossos, fragilizou minha musculatura. Vamos nos sentar.

Mais eis que as poltronas estavam ocupadas por um casal bem idoso. Intrigado, Napoleon perguntou:

— Vocês estavam no toalete?

— Não, nunca saímos da poltrona.

— Mas a comissária disse que estavam vazias...

— Esqueça suas dúvidas. Encoste suas mãos na cabeça deles — solicitou H.

— Não tenho essa liberdade — disse, preocupado.

Todavia, os velhos o encorajaram.

— Fazemos questão de que você faça o que sugeriu esse senhor.

Ele tocou a cabeça do homem primeiro, e imediatamente as janelas do seu passado se abriram. Recordou quando era pequeno e se sentava aos pés de seu avô. Ele contava-lhe histórias magníficas. Seu avô pescava com ele peixes incríveis. E pacientemente ensinava-o a lidar com as frustrações e dificuldades que Napoleon enfrentava. Contemplavam a vida. Eram dois grandes amigos. O neto dizia: "Você é o melhor avô do mundo!".

— Agora toque na cabeça da senhora — disse H.

Ela se curvou para que Napoleon a alcançasse. E, ao tocá-la, ele lembrou-se de sua avó, uma espanhola que cultivava frutas no quintal. Lembrou que colhia uvas com ela e ficava com a boca toda suja durante a colheita. Recordou ainda quando teve sarampo. Cheio de pústulas, todo empipocado, chorava muito, e sua avó passava um pano úmido no seu corpo para aliviar a dor. Chamava-a carinhosamente de vovozona. Crescera debaixo do afeto deles.

— Que belas recordações.

— Você acha justo enterrar pessoas vivas? — indagou H.

— É óbvio que não. Uma violência sem precedente.

— Pois você enterrou muitas pessoas vivas no seu coração. Colocou-as no rodapé da sua história...

O homem frio, austero, debatedor, que não tinha tempo para chorar, emocionou-se. H tinha razão.

— Lembre. Seu amável avô ficou internado três meses num hospital antes de morrer. Você era prefeito, mas só o visitou uma vez, e por cinco minutos. Em seguida, entrou em reunião com os diretores do hospital para discutir a saúde municipal. Nem sequer conversou com ele sobre suas aventuras. O poder te infectou, homem.

Napoleon desatou a chorar. H continuou a relatar.

Sua querida avó, dez anos depois da morte do marido, teve Alzheimer. Ficou dois anos com o raciocínio comprometido. Chamava dia e noite pelo neto mais especial, mas você não tinha tempo a perder com alguém fora da realidade. Não tinha tempo para colher frutas com ela. Já era um famoso senador. Visitou-a duas vezes, uma por três minutos e outra por quatro.

Ao olhar novamente para os idosos, eles tinham os rostos dos seus avós.

— Vovô, vovó! Vocês aqui — disse, continuando a verter lágrimas.

Eles pegaram nas mãos dele e falaram, emocionados:

— Nós nunca nos esquecemos de você, querido.

— Não é possível — disse, perplexo, voltando-se para H. Quando voltou a olhar para o casal, não reconheceu seus rostos.

Foi a deixa para H se manifestar:

— Os líderes de sucesso fracassam totalmente quando perdem suas origens…

— Culpa, esse velho fantasma que me assombra! — lamentou Napoleon. Era a primeira vez que admitia abertamente seus débitos emocionais. Era riquíssimo financeiramente, mas falido emocionalmente.

— A psiquiatria tem moléculas para tratar de depressão, mas não tem moléculas para tratar do sentimento de culpa. Só você pode se perdoar e se reinventar.

Napoleon ficou pensativo.

— É isso… Você é um psiquiatra.

* * *

Napoleon tinha aversão a psiquiatras. Era um homem de caráter forte e emoção inabalável. Certa vez, na primeira reunião com senadores e deputados para falar da campanha para presidente, foi sabatinado sobre alguns pontos. Um deputado, vendo sua determinação, perguntou:

— Você nunca ficou deprimido?

— Depressão é coisa de gente desocupada — falou, sem titubear.

A plateia deu risadas. Por viver na superfície da emoção, os políticos não sabiam que 20% da população, 1,4 bilhão de pessoas, cedo ou tarde desenvolveriam o último estágio da dor humana: uma depressão. Um quinto dos deputados e senadores atravessaria os vales de um quadro depressivo sem estar minimamente preparados, alguns se suicidariam, sem dar chances para si mesmos. Deuses não se preparam para o caos.

— Nunca foi a um psiquiatra, Napoleon? — indagou o deputado, que já tivera ataques de pânico.

— Eles é que vinham atrás de mim quando eu atuava como criminalista. Defendi vários psiquiatras quando processados. Tratei de alguns deles — brincou, como se estivesse protegido contra qualquer tipo de transtorno psíquico.

— O pior louco é o que não reconhece suas loucuras — comentou uma deputada.

— E o pior juiz é o que prejulga o réu sem conhecer os fatos. O que vale não é o sentido literal das palavras, mas a intenção do agente — rebateu Napoleon, com segurança.

Calisto, um senador que era amigo e admirador do candidato, considerou:

— Você parece implacável em seus propósitos.

— Sou implacável com a imoralidade. Quero uma presidência eficiente, com igualdade de oportunidades e incorruptível.

Muitos aplausos na reunião.

— Sua segurança parece inabalável. Você é forte ou disfarça seus sentimentos?

— Não sou perfeito, mas fui prefeito — brincou, fazendo o trocadilho, e completou: — Mas o medo não faz parte do dicionário de minha vida.

Mais uma vez lhe perguntaram.

— Não tem medo da morte?

Outra vez, respondeu:

— Não tenho tempo para morrer.

Muitas risadas. Foi aplaudido novamente. Tinham um candidato dos sonhos, com caráter único, destemido, decidido, perspicaz, culto, rápido nas palavras, que não se dobrava quando questionado. Era impossível estar perto dele e não ter uma destas duas reações: amá-lo ou odiá-lo.

Reencontro com o passado

Quando Napoleon questionou H se era um psiquiatra, ele apenas afirmou misteriosamente:

— Conheço todos os psiquiatras do mundo, seus acertos e seus defeitos, bem como as suas teorias, mas não sou um psiquiatra. Posso ser um poderoso instrumento dos sábios.

— Que mistério é esse? Como consegue fazer com que as pessoas se revelem num toque?

Nesse momento, as turbulências retornaram. Um jovem de cerca de vinte anos se levantou, assustado. Estava a três poltronas de Napoleon. O rapaz estava com vertigem, suava frio, seu coração parecia sair pela boca.

— Aquele jovem está mal. Vá ajudá-lo.

— Não o toque — pediu H, puxando-o pelo braço.

— Como não? Você é tão altruísta e parece tão capaz.

— Deixe que ele mesmo se supere.

— Num momento você parece o mais gentil dos homens; noutro, o mais rigoroso — disse Napoleon.

— Se tocá-lo de forma inapropriada, esta aeronave poderá despencar.

— Bobagem.

Quando se aproximou do rapaz e o tocou, o rosto dele se transfigurou, parecia um monstro. Atacou Napoleon com violência, como se quisesse exterminá-lo. E o político revidou e gritou:

— Ajudem este louco!

Ao mesmo tempo que a luta era travada, a imensa aeronave inclinou-se em direção ao solo. Houve pânico geral, mais do que no momento das turbulências iniciais. Muitos gritavam:

— Vamos morrer!

Máscaras de oxigênio caíram. Estavam nos instantes finais de suas vidas.

A inclinação da aeronave fez com que Napoleon perdesse o equilíbrio e se soltasse do jovem que o atacou. H estava sentado no solo, e Napoleon esbarrou nele sem querer. Quando o político lhe estendeu as mãos e construíram uma ligação física, a aeronave começou a recuperar sua estabilidade. Ao mesmo tempo, o jovem foi recobrando sua face normal e se acalmou. E, para a perplexidade de todos, voltou ao seu lugar. Passado o susto, duas poltronas estavam, agora, disponíveis, e ambos se sentaram, um ao lado do outro. Napoleon estava esgotado, precisava descansar. Só o corredor o separava de H.

— Meu Deus, o que aconteceu? Por que ele me atacou? E que ligação ele tem com o avião? — perguntou Napoleon, quase sem voz.

H ficou em silêncio por alguns segundos e depois comentou:

— Cuidado, nesta aeronave há mais cárceres mentais do que há cárceres físicos nas grandes cidades.

— Mas qual é a explicação?

— Talvez ele faça parte da sua história.

— Nunca o vi! Suas respostas são absurdas.

— Cada resposta é o começo de novas perguntas.

Foi quando um menino, chorando, chegou ao lado de Napoleon e pediu:

— Converse comigo. Não me abandone.
— Mas quem é você...?
Napoleon interrompeu a conversa. Teve medo de falar com ele e outro desastre acontecer. Virou o rosto paralisado. Estava rígido como uma múmia.
— Insensível! — disse H, e Napoleon se recolheu todo. — Converse com ele.
— Mas quem é você, menino? — quis saber o político.
Com lágrimas nos olhos, ele enfatizou:
— Não se lembra de mim? Subíamos em árvores, soltávamos pipas, corríamos pelos campos. Você se esqueceu de mim, não me levou para brincar, esconder atrás das árvores, viver alegremente.
— Mas não o conheço — afirmou Napoleon.
— Não reconhece o General? Sempre sério, sempre dando ordens.
— Esse era meu apelido quando criança.
Napoleon era mandão desde criança. Por isso seu apelido era General. De repente, a imagem do garoto de oito anos era a imagem de um menino muito conhecido. Ao dizer essas palavras, a criança abaixou a cabeça e foi-se triste.
— Espere — falou Napoleon. Mas o menino se retirou.
Depois, voltando-se para H, comentou, suando frio:
— O rosto dele... Parecia o meu quando eu era criança.
A criança virou-se, mas já não tinha mais uma face semelhante à dele. Emocionado e, ao mesmo tempo, perturbado, Napoleon questionou H sobre esse episódio.
— O que isso significa isso?
H não respondeu. Apenas apontou duas fileiras à frente e comentou:
— Olhe para aquela jovem. Ela está no preâmbulo da vida. Mas já tem grandes cicatrizes. Sua mãe está com câncer, internada num hospital. Ela tem um namorado intoxicado digitalmente, que fica o dia todo nas redes sociais. Ele critica o corpo dela, as manchas da pele, seu jeito bem-humorado de

ser. É um predador emocional. Morre de ciúme dela, que crê ingenuamente que ele a ama. Supliquei-lhe para não se submeter ao controle dele. Mas pergunte se ela me ouviu? Não, as pessoas raramente me ouvem. Ela está perdendo duas pessoas que ama. Ele e, pior ainda, ela mesma. Quem não aprende a namorar a vida nunca saberá amar alguém.

— Como você sabe disso? Que sabedoria é essa? Como eu posso ter certeza de tudo o que está relatando não é um surto psicótico? — questionou Napoleon.

Mas, para seu assombro, H confirmou sua suspeita.

— Um surto meu ou seu? A humanidade sempre viveu um surto psicótico, Napoleon. Mortais, cuja existência é brevíssima, como a névoa fazendo guerras não é um delírio? Diferenciar dois planetas psíquicos, dois seres humanos, com a mesma complexidade, pela fina camada da cor da pele branca ou negra não é uma insanidade total? — Depois, H bradou para toda a aeronave ouvir: — Fazer promessas impossíveis de serem cumpridas para ganhar um pleito a qualquer custo, por acaso, não é um exemplo de loucura, infantilidade, estupidez, insensatez? E tem mais. O poder não é apenas uma primavera para o cérebro humano, mas um inverno e um inferno para quem o detém. Mas por que milhares se matam por ele? Porque ele é tão viciante como a heroína.

Napoleon ficou rubro. Fez um minuto de silêncio. Depois disso, um homem começou a gritar com sua mulher, três poltronas atrás da fileira deles.

— Você não me aplaude! Não me encoraja, não me apoia! Vive alienada!

— Acalme-se, querido! Eu estou ao seu lado. Mas não é fácil viver com você — disse ela, lacrimejando os olhos.

— Não me chame de querido. Estou cansado de carregar um peso morto. Você nunca parece feliz...

— Mas eu te amo! — falou ela, e começou a chorar.

— Ama? Amor é troca, é cumplicidade...

Napoleon foi atraído para aquele diálogo.

— Eu conheço essas vozes...

Não perguntou para H os perigos que correria. Aproximou-se dos dois e ficou perplexo. Era a imagem dele e de Débora nos primórdios de sua carreira política.

O marido insensível foi cruel.

— Lágrimas de crocodilo! — E, apertando seus pulsos, afirmou: — Não sei por que ainda estamos juntos. Você atrapalha meus planos, sufoca meus sonhos.

— Mas eu estou sempre fora dos seus sonhos... Sempre lutei pela nossa relação. E você? — afirmou ela, aos prantos.

— Luto mais do que você! Deixe de ser estúpida! Vítima do mundo. Casei-me com uma mulher frágil e egocêntrica.

— Olha como você é ferino Napoleon! — disse ela, com as mãos no rosto.

Nesse momento, o pranto de Débora ressoou mais forte. Muitos passageiros ouviram. Um ousou dizer.

— Tire este cavalo desta aeronave.

H se levantou, se aproximou e perguntou para Napoleon:

— Quer ajudá-los?

— Mas somos eu e minha esposa há muitos anos. Eu amo a Débora. Mas eu nunca falei isso...

— Os ofensores têm memória curta, os ofendidos, eterna... Se não os ajudar, todos morreremos.

— Como?

— Você não é um advogado, o brilhante candidato à presidência de um país? Aja, homem! — instigou H. Mas Napoleon estava paralisado. — Quer resolver os problemas do seu país e não consegue solucionar pacificamente os conflitos de um casal?

Foi então que algo completamente ímpar ocorreu. Napoleon começou a falar consigo mesmo quinze anos antes.

— Senhor, tem de tratar sua mulher com carinho, tem de ouvir suas palavras e o que está por detrás delas. Ela parece ser encantadora.

Débora olhou para Napoleon mais velho e, sem reconhecê-lo, disse:

— Obrigado, senhor, deveria ter casado com um homem com sua gentileza e amabilidade.

Mas o Napoleon mais jovem levantou-se da poltrona e deu-lhe um soco.

— Não se meta na minha vida.

Napoleon mais velho caiu para trás e estava sangrando. Ficou possesso de raiva. Teve vontade de jogar sua versão mais nova para fora do avião. Mas, como era mais frágil, sentenciou:

— Seu bruto, inumano, carrasco. Crie vergonha na cara.

O sujeito ameaçou persegui-lo. De repente, o avião começou a trepidar com mais força.

— Insista. Vamos cair. Tente controlá-lo que você controlará a aeronave — afirmou H.

— Esse cara é intragável. Como?

— Elogie primeiro quem erra e depois aponte seu erro. Assim ele pensará de forma crítica.

— Elogiar esse... esse... — Sua versão mais nova o pegou pelo colarinho. Mas, de repente, Napoleon ouviu H e foi em frente: — Desculpe-me pela intervenção. Vocês formam um casal tão bonito. Certamente o senhor é inteligente. Pode ser inclusive um advogado brilhante. Mas um homem inteligente trata as mulheres com inteligência e afetividade, em especial a sua, que é tão bela, bem-humorada e amante das flores. Não percebe que ela não sorri mais?

O agressor ficou pensativo. O elogio inesperado jogou um balde no fervor de sua ira. Tirou as mãos dele e olhou para Débora de forma mais amável. E lhe falou:

— Desculpe-me... Você não merece.

— Eu te perdoo, meu bem. Você anda muito estressado — disse ela. Depois voltou-se para o Napoleon mais velho e comentou:

— O senhor deve ser um marido incrível...

Ele não suportou:

— Débora, você não me reconhece?

— Débora? Eu sou Julia.

Assim que terminou essas palavras, Napoleon mais velho notou que o rosto dela já não era o de sua esposa, nem seu acompanhante era sua versão mais nova.

O político ficou perplexo, sem entender nada. Foi se sentar.

— Como trata sua mulher?

— Bem. Eu... pensava que sempre a tratava muito bem.

— Nunca a espancou?

— Jamais! Isso é um crime hediondo!

Napoleon olhou para H e percebeu que, mais uma vez, caíra numa armadilha.

— Nem emocionalmente?

Vendo que Napoleon estava mudo, H comentou:

— Um certo sábado, há um trimestre, às 21h, você a deixou chorando. Ela estava febril e com tosse. Mas a reunião que você marcou era mais importante que a saúde de sua dócil esposa. Para você, era apenas uma diminuta gripe, não era covid-19. A indiferença é uma virose mental, uma forma sutil de espancamento emocional. Mesmo pessoas que juram lutar pelos direitos humanos também são infectadas com essa virose.

— H, eu reconheço, sou um hipócrita! Mas, por favor, proteja-me um pouco. Você abre minha cabeça e disseca meu cérebro sem anestesia. Não seja indiferente à minha dor.

— Esperto, muito esperto.

Nesse momento, o voo voltou a ficar mais tranquilo. O político sentou-se na sua poltrona, quase sem energia. Curioso, ainda teve força para questionar:

— Explique-me por que só recebo pancada neste avião.

— Descanse um pouco e depois conversaremos.

O piloto desligou a luz de advertência, indicando que as turbulências cessariam. Houve aplausos gerais. Os passageiros ficaram em êxtase. Parecia que a viagem seria tranquila dali para a frente.

Napoleon tirou um cochilo agradável.

Uma hora e quinze minutos depois, infelizmente, o pior drama se iniciaria. Os passageiros ouviram alguém batendo com força na cabine do comandante. As cortinas da primeira classe estavam abertas. Napoleon olhou para a frente e viu que o homem que esmurrava a porta da cabine era o próprio piloto. Os ocupantes da primeira classe começaram a ficar atônitos. Napoleon e H estavam na classe econômica. Ousados, foram os únicos que se atreveram a ir ver o que estava ocorrendo.

Chegando lá, ao ver o desespero do piloto, Napoleon teve a impressão de que seu coração sairia pela boca. Mais uma vez, a aeronave inclinou de maneira perigosa. O político notou que dessa vez o problema não era com ele, e isso foi o que mais o atormentou.

— O que está acontecendo? — indagou Napoleon ao piloto.

— Não sei. Fui ao banheiro, e o copiloto trancou a porta por dentro.

— Você não tem a chave?

— Não! — respondeu ele, batendo na porta com desespero. — A porta não abre por fora para evitar ataques terroristas. Com essa inclinação, vamos nos chocar... — completou, descontrolado. E insistiu em bater. — Abra essa porta! Abra a porta, pelo amor de Deus!

De repente, a mente de Napoleon foi iluminada. Ele olhou fixamente para o piloto:

— Que voo é este?

— Não importa! Precisamos abrir essa porta!

— O que estamos sobrevoando neste momento?

— Provavelmente os Alpes franceses.

— Não! — Napoleon soltou um grito estridente. — Esta aeronave vai cair! O copiloto é um sociopata.

Napoleon se convenceu de que estava a bordo do avião A320, no voo JK 4U9525 da Germanwings, que caiu nos Alpes franceses matando as 150 pessoas a bordo. O voo partiu de Barcelona, na Espanha, em direção a Düsseldorf, na Alemanha. O copiloto, Andreas Lubitz, era não apenas depressivo, mas um homem insensível que queria ser lembrado na história e usou seu suicídio para cometer um homicídio coletivo. Empatia zero. Não se colocou no lugar dos outros, não se importou com a dor de inocentes e de seus familiares.

O candidato à presidência se aproximava de seu fim. Descontrolado, dizia a todos:

— Não é possível! Voltei no tempo. Este voo ocorreu em março de 2015. — E batia em desespero na cabine, sangrando seus punhos.

E então voltou-se para H:

— H, vamos morrer! — Depois voltou-se para si mesmo e, aos prantos, disse: — Meus filhos, minha Débora! Oh, meu Deus, me perdoe por tudo, me perdoe.

Neste momento, H se voltou para ele e descreveu suas entranhas emocionais.

— Enquanto você navegava em céu de brigadeiro, transitava entre o ateísmo e a crença; agora, no apagar das luzes da vida, sem nada em que se apoiar, sua religiosidade acendeu. Seu aparelho cerebral entrou em alerta máximo. Está enviando mensagens para o coração: "Acelere!"; aos pulmões: "Ventilem! Queimem todo o oxigênio!". Reações sofisticadas do corpo para que o espetáculo da sua existência não termine. A vida nunca se casa com a morte...

— Vamos morrer e você filosofando — bradou Napoleon.

— É a vida... — insistiu H.

A vida é uma fonte de enigmas, e seus instantes finais são inimagináveis; as palavras são débeis, rudes e toscas para descrevê-los.

Forasteiro de si mesmo

Um dia antes de Napoleon, a bordo de um avião, viver o maior drama da sua história, ele já andava angustiado, tenso, fatigado. Seu nível de tolerância a frustrações, que nunca fora alto, estava muito abaixo da média. O homem que acreditava nunca falhar não suportava a mínima contrariedade. Bateu, levou. Tinha uma jornada de atividades de dezesseis horas, seu sono era de má qualidade, entrecortado, dormia no máximo quatro horas por noite.

Nos últimos tempos, ele estivera em ascensão nas pesquisas de opinião, ocupando agora o segundo lugar. Era uma questão de tempo passar seu principal adversário, Carlos de Mello, que estava em queda livre, aumentando a base dos indecisos. Eufórico com os dados, Napoleon foi à capital de um dos estados mais populosos da nação fazer uma carreata. Ao final dela, faria um discurso para uma multidão. Eram esperadas mais de cinquenta mil pessoas. E as expectativas foram atendidas.

Seu discurso para aquela massa de gente foi vibrante, entusiasmado, inspirador, mas com odor fétido de autoproclamação e perfeccionismo doente. Os constantes aplausos que interrompiam suas palavras levavam sua emoção à estratosfera. Seu cérebro parecia um planeta diminuto para um ego tão inflado. Suas últimas palavras foram tanto arrebatadoras como desafiadoras. Discursava como um pequeno deus.

— Esta nação precisa ouvir que é tempo de pessoas honestíssimas e competentes assumirem o comando! — A multidão irrompeu em aplausos. Napoleon continuou: — É tempo de os corruptos serem banidos do teatro da política. — Mais aplausos: — Desafio alguém a encontrar em minha biografia algo que deponha contra minha imagem de homem público! Se eu for eleito, esta nação mudará para sempre as páginas da sua história!

Somente um homem, em meio às cinquenta mil pessoas, não o aplaudia. Estava compenetrado, reflexivo, meneando a cabeça. Era o mais misterioso dos personagens: H. Ele já o acompanhava muito tempo antes de começar seus poderosos testes de estresse. Com essas palavras, Napoleon terminou seu discurso, e os aplausos fluíram como um rio caudaloso. A embriaguez emocional contaminou a multidão. Pareciam não saber que estavam diante de um ser humano que acordava fatigado, sofria por antecipação, tropeçava em pedras, reagia por impulso e era assombrado por seus fantasmas noturnos.

* * *

Agora o grandioso político, que inspirava multidões, estava esmurrando desesperadamente a cabine de comando. Seus punhos sangravam, tentando de alguma forma dilatar sua breve existência. Num intervalo de vinte e quatro horas, saiu do ribombar dos aplausos para o inferno do pânico. O homem que dizia que medo não fazia parte do dicionário da sua vida engolia as próprias palavras sem digeri-las. Suplicava o perdão a Deus como um simples e imperfeito mortal.

— Me perdoe. Sou tão imperfeito! Tenho meus filhos, minha esposa, minha história. Não termine com minha vida!

Todo ser humano, cedo ou tarde, beija a lona da sua tremenda fragilidade, repousa na lama de suas loucuras. Chegara a vez de Napoleon.

— H, faça alguma coisa! Você tem superpoderes! — bradou, no ápice do desespero.

Pela primeira vez, suplicou ajuda ao estranho personagem que penetrava nas camadas mais profundas de sua personalidade. Mas H sentenciou:

— Sinto muito. O Autor da existência perdoa sempre; os seres humanos, algumas vezes; a história, nunca. Não se conserta o passado, só se corrige o presente.

O político, ao ouvir essas palavras, deixou de ser um *Homo sapiens*. Abortou seu pensamento e tornou-se um *Homo bios*: instintivo, animal, preparado para enfrentar, sem concessões, a situação de risco. Mas para onde correr? Não havia como sair dali, nem tempo para mais nada…

O avião se chocaria com os Alpes franceses em segundos. Seria um amontoado de aço e de dor. Nesse momento, ouviu-se um estrondo ensurdecedor. Silêncio total, breu completo.

Instantes depois, o sol começou a desenhar a silhueta de um homem e, com indecifrável generosidade, revelou uma paisagem belíssima no horizonte, regada a vales e montanhas. Já não eram os Alpes franceses, mas os vales da Toscana italiana, próximos a Montalcino.

A silhueta do homem foi se definindo, denunciando ser o próprio Napoleon. Estava no cume de uma montanha, perplexo, assombrado. Era tempo de colheita das uvas. Mulheres delicadamente cortavam os cachos roxos e os depositavam em cestas. As uvas seriam esmagadas, tal como os humanos pela vida; estes para destilar a sabedoria, aquelas para produzir o nobre vinho da Toscana. A vida é misteriosa como o vinho, a dor das uvas produz uma bebida encorpada e perfumada, outras vezes, o clima tranquilo produz um vinho ácido como vinagre.

Napoleon observava a paisagem fascinante que invadia sua retina. Atordoado, apalpou seu rosto, apertou seu peito e se perguntou:

— O que está acontecendo? Estou vivo ou morto?

Não era sem razão sua perplexidade. O avião em que estava se chocara com violência. Não havia ninguém para lhe dar explicações nem destroços para denunciar o acidente.

— Sou um espectro virtual ou real? — continuava a se perguntar.

Nesse momento, reapareceu o homem que o levara a fazer a mais incrível viagem. Como se saísse do nada, como se estivesse em todos os lugares, H tocou-lhe o ombro e disse:

— Um dia, todos os mortais irão para a solidão de um túmulo, fecharão os olhos para a vida, mas ainda não foi sua vez.

— H! Você de novo? — indagou, feliz: — Cadê a aeronave que se chocou contra o solo?

— Está aí.

—Aí onde? — perguntou Napoleon, olhando para o horizonte. Aqui parece a Toscana italiana, não os Alpes franceses!

— Na sua cabeça.

— O quê? Você está brincando comigo? — disse, atônito.

— Você não estava numa aeronave de metal, mas na aeronave mental — explicou H.

— Impossível. Tudo o que vivi foi irreal?

— Não, tudo foi real.

— Como assim? — falou, pasmado, o político.

—Todos os personagens que você viu estão na sua mente. Não se lembra? Você abandonou a criança que estava em si, incapaz de brincar, de correr entre as árvores, para tornar-se um jovem e depois um adulto ególatra. Você prometeu amar sua esposa na miséria e na fortuna, mas a fortuna veio e você, como um clássico hipócrita, feriu-a, tornando-se excessivamente crítico, intolerante, intragável. Posicionou-a em segundo plano. E seus avós e seus pais? Colocou-os no rodapé da sua história.

Napoleon lacrimejou os olhos. Engoliu saliva. Colocou as mãos na cabeça e questionou a si mesmo:

— O que fiz com minha história? — Em seguida, lembrou: — E o jovem que você pediu para não tocar...

— São seus cárceres mentais. Quando você entra neles, sente-se aprisionado, asfixiado, com claustrofobia, pânico, raiva, ciúme, inveja, impulsividade, fazendo-o reagir sem pensar, como um animal, por instinto. Esses cárceres fecham o circuito da memória, aprisionando o Eu, sua capacidade de escolha.

— Então eu me saboto e saboto quem amo? — analisou Napoleon. Estava começando a sair do superficialismo sobre a psique humana.

— Palavras que pais nunca deveriam dizer aos seus filhos, atitudes que casais jamais deveriam ter um com outro e reações tolas e incoerentes que políticos não deveriam expressar são produzidas nos primeiros trinta segundos de estresse, quando se instala a síndrome predador-presa. Você sepultou muitas pessoas sem lhes tirar a vida!

— Você é implacável!

— Quer que eu o engane, animal político? Em alguns momentos, você foi bom, mas, em muitos outros, você foi um predador de pessoas inocentes.

— Mas isso é chocante! Suas explicações abalam meus alicerces como criminalista. Eu sempre livrei criminosos dos cárceres, não apenas porque me pagavam meu peso em ouro, mas porque esses presídios são escolas de crimes. Livrei muitos, mas não livrei a mim mesmo? Não sou livre? É uma ironia?

— No cérebro humano há mais presídios do que nas sociedades mais violentas.

Napoleon estava embasbacado. Colocou-se, coisa rara em vinte e sete anos, desde que se formara na faculdade, na posição de aprendiz:

— Tenho sede de mais explicações. Por favor, continue.

H tentou ser mais didático. Revelando seu poder, abriu as palmas das mãos e mostrou um cérebro em três dimensões na frente deles, num formato gigante. Havia um personagem passeando alegremente pelos diversos circuitos cerebrais, como se estivesse numa montanha-russa. Era o Eu (*self*), o centro de comando da mente. O Eu não apenas viajava em velocidades altíssimas, mas pulava de um trilho para o outro, fazendo piruetas e malabarismos como o melhor de todos os acrobatas.

Em todas as áreas em que o Eu passeava, ele pegava alimentos ou informações e os ingeria. Desse modo, formava os pensamentos e as emoções, como prazer, angústia, ansiedade, tranquilidade. Mas a velocidade aumentou e a nutrição passou a ser rápida, gerando pensamentos e emoções superficiais, como impulsividade, agressividade, golpes de raiva, respostas impensadas. H ainda comentou:

— No mundo físico, tudo o que é acelerado pode aumentar a produtividade, ganho de escala, mas, no mundo mental, acontece o contrário. O diálogo, a troca, as ideias profundas, as artes precisam de uma nutrição socioemocional tranquila. A produção acelerada dos pensamentos esgota o cérebro e traz sérias consequências, como fadiga, irritabilidade, impaciência, dores de cabeça, esquecimento. Pensar é bom, pensar em excesso, sem gestão, é um crime contra a saúde mental e social.

— Eu não sabia disso. Estou atônito. Mas, apesar de chocar meu cérebro com suas palavras, sinto que você é injusto. Sou um criminoso sem ter cometido crime previsto na Constituição.

— Hipócrita. Crê que uma constituição contempla todos os erros humanos. E uma criança que tem excesso de atividades, escola, esportes, línguas, videogames, redes sociais. Não é isso um trabalho escravo emocional que furta sua infância? Mas onde está previsto na Constituição que você escravizou seus filhos? E quando você, como milhões de pais, eleva o tom de voz, querendo a ferro e fogo ganhar a razão e não o coração? E quando casais no mundo todo se digladiam por pequenas bobagens? Não é isso um crime mental?

Napoleon ficou sem voz. Colocou as mãos no rosto. Era um criminalista que nunca enxergara seus crimes com as pessoas que mais amava.

O inteligente H continuou dizendo que as viagens do Eu, aceleradas ou não, eram tão complexas que precisavam de copilotos para facilitar sua navegação e evitar acidentes.

— O primeiro copiloto se chama Gatilho da Memória; o segundo, Janela da Memória; o terceiro, Âncora da Memória; e o quarto, Autofluxo. Sem esses copilotos, você não apenas não entenderia uma palavra, mas também não conseguiria interpretar milhões de imagens que incidem em sua retina. Os copilotos do Eu atuam em milésimos de segundo.

Napoleon demonstrou notável admiração pela sabedoria de H e pelas imagens cerebrais que ele exibia.

— Sem esses copilotos, o Eu não pilotaria a minha mente.

— Sem dúvida — afirmou H. — Mas, ao mesmo tempo que esses copilotos auxiliam o Eu em suas tarefas delicadíssimas de passear pela memória e nutrir-se com dados, eles podem perder sua função saudável e excluir o Eu da cabine de comando e colocar a aeronave em queda livre, como aconteceu com sua aeronave mental. Retornar à cabine e dominar os instrumentos de navegação é o grande desafio do Eu.

— Incrível. Se ele falha, guerras são deflagradas, crimes são cometidos, discriminações são produzidas. Nunca imaginei conhecer a mente humana nessa perspectiva — concluiu de forma inteligente o político. — A educação mundial está errada em não nos ensinar a conhecer nossa mente.

— Ela não está errada. Ela está doente, formando profissionais doentes para uma sociedade doente.

— Quem é você? Eu te suplico.

— Outra vez me questiona? Ainda não entendeu? Sou a cura da corrupção! Sou o que revela a máscara da hipocrisia! Sou o acusador das violências na humanidade. Sou grande, mas tão pequeno, tão forte como um grito, mas tão inaudível como a brisa. Para os sábios, sou um poderoso, para os idiotas emocionais, sou insignificante. Mas resolvi agir.

Napoleon jamais ficara tão perdido. Espremia uma mão na outra para ver se tudo era real. H completou:

— Nos porões de sua mente, há muitos fantasmas capazes de assombrá-lo querendo vir à tona. E talvez o pior deles seja o medo de se conhecer. Quer que eu continue ou basta? — instigou H.

— Continue, continue — falou, apressado, o homem que estava fazendo a mais fascinante jornada que um ser humano deveria empreender em sua breve existência. Uma jornada que poucos se atreviam a fazer. Para dentro do seu próprio Eu.

— Você tem de saber que o Eu é "cego" e a memória é um calabouço escuro.

— Como é possível?

— Metaforicamente, a tarefa do Eu é tão complexa que equivale a sair de uma extremidade a outra na cidade de Nova York, de olhos vendados e sem esbarrar em nenhum obstáculo.

— Mas é uma tarefa impossível circular cegamente por toda a cidade sem esbarrar em nenhum carro, parede, pessoa, não?

H iria mostrar os bastidores da mente humana para Napoleon, que ficaria fascinado, sem saber que suas loucuras seriam dissecadas depois dessas explicações.

— Mas, na mente humana, esse fenômeno ocorre milhares de vezes por dia, embora de vez em quando tenhamos lapsos de memória. Reitero: o mais complexo dos pilotos, o mais excelente acrobata, enfim, o Eu, o ator consciente, entra nos porões da memória inconsciente para resgatar informações, tateando-as, mas o faz em altíssima velocidade. Mas como ele cumpre sua magna tarefa de pilotar a aeronave mental e realizar o sofisticadíssimo ato de pensar? Conta com o auxílio dos atores inconscientes, dos seus quatro copilotos. Freud descobriu o inconsciente, mas não estudou esses fenômenos inconscientes. Outros brilhantes teóricos também não. Houve um vazio na psicologia, sociologia, psicopedagogia. O inconsciente se tornou um planeta em outra galáxia, inexplorado. Mas vamos explorá-lo um pouco. Siga-me, homem.

H explicou o inconsciente usando uma metáfora. Disse que, diante de um estímulo qualquer – som, imagem, ou até mesmo um pensamento –, o primeiro copiloto, o Gatilho da Memória, é acionado, abrindo as janelas do cérebro para o Eu, o piloto, transitar. Depois, a Âncora da Memória, o terceiro copiloto, dependendo do volume emocional contido nas primeiras janelas abertas, se tem fobia ou segurança, ansiedade ou tranquilidade, como um excelente guarda de trânsito, dá sinais para se fixar o processo de leitura numa região do córtex cerebral. Portanto, o primeiro ato do teatro mental é inconsciente, os primeiros pensamentos e emoções não são produzidos pelo Eu.

— Mas então não há culpabilidade quando há ciúme, inveja, sentimento de raiva e vingança? — quis saber o criminalista e político.

— No primeiro momento, não, mas, segundos depois, o Eu deve interromper o primeiro ato e ser diretor do seu script ou piloto da sua mente, caso contrário, ele materializa os pensamentos e as emoções destrutivas em crimes. É nesse momento que o Eu deve ser treinado para gerir sua psique, ter ideias estratégicas, pensar antes de reagir, colocar-se no lugar dos outros.

H completou dizendo que, muitas vezes, o Eu tira um cochilo, colocando a aeronave no piloto automático. Na realidade o piloto automático é o quarto copiloto, o Autofluxo, que se fixa num grupo de janelas e retroalimenta a vingança, o ódio, o ciúme, a autopunição, as ideias obsessivas. Como o Autofluxo não tem autocrítica, sua produção é aleatória, pode tanto inspirar o ser humano como encarcerá-lo e fazê-lo adoecer.

— Incrível! Surpreendente! Pela primeira vez entendi com um pouco mais de profundidade a mente de sociopatas e psicopatas! — expressou Napoleon.

— E a sua mente? — ponderou H.

— Bom, a minha também. Então, se o Eu não faz um *pit stop*, não questiona a si mesmo, produz muitos pensamentos malévolos, destrutivos e autodestrutivos — concluiu Napoleon, iluminado.

— Exatamente. Quem vive estressado atira para todos os lados, pensa muito, mas é pouco eficiente. Além disso, atropela todo mundo, não tem tolerância com pessoas mais lentas. E ainda por cima tem a necessidade neurótica de mudar os outros. Conhece pessoas assim?

— Bem eu... eu...

— Tem coragem de reconhecer sua vexatória agressividade, sua falsa amabilidade e seus baixos níveis de tolerância a frustrações?

— Meu Deus, como é difícil ser operado sem anestesia — afirmou Napoleon, mais uma vez colocado contra a parede. E H não parou:

— Seu Eu não pilota uma aeronave mental, mas um trator que atropela todo mundo. Você chamou sua dócil e prestativa secretária de troglodita.

— Jamais!

— Chamou. Eu sei. Disse só para você, ela não ouviu, mas disse. Um ser humano comum mente ou dissimula sete vezes por dia, não poucos políticos, setenta. Você chamou seu filho, Fábio, de "tartaruga". Disse que "nem parece que tem a minha genética".

— Não chamei.

— Chamou.

— Mas ele não ouviu.

— Você pensa que ele não ouviu. Ele ouviu e foi dramaticamente ferido. Pensou mil vezes na sua sentença, ó, criminalista que age como um juiz tirânico. Você o sabotou, ele passou a crer que nunca estará à sua altura. Não tem paciência com pessoas "lentas"? Não entende que cada ser humano é um veículo mental, tem sua velocidade e particularidades cognitivas. Quem é mais eficiente, quem é acelerado ou lento? Einstein era depressivo, mas não acelerado. Um Eu frágil metralha quem não corresponde às suas expectativas. — Após essas palavras, H voltou a provocá-lo: — Quer que eu continue a relatar sua metralhadora? Saia da plateia, hipócrita, entre no palco, dirija seu script!

Napoleon pingava de suor. Queria sair correndo, mas para onde?

— É possível fugir de você? — E fez um sinal para que continuasse.

— A não ser me negando, me cuspindo, me traindo. Sabia que é impossível interromper a construção de pensamentos? Se o Eu não constrói pensamentos numa direção lógica, entra em cena o Autofluxo, que é o maior de todos os fenômenos inconscientes, para manter o ritmo de construção. Veja sua atuação no cérebro — apontou H para um filme em 3D. — Os fenômenos estão personificados. Tente descrevê-los.

Napoleon, fascinado, disse:

— Que engraçado, o Gatilho dispara como um super-homem continuamente, abrindo milhares de janelas numa grande cidade. Em seguida a Âncora fixa o Autofluxo em algumas salas de jantar e ele começa a se nutrir dos abundantes alimentos que estão sobre a mesa. Lambuza-se prazerosamente. Ele brinca, faz palhaçadas, vira pirueta, cria pensamentos e emoções calmas. Ao vê-lo, sinto-me satisfeito. Parece que estou lá.

— Mas você está lá. Você está descrevendo seu próprio cérebro — afirmou H.

Napoleon ficou espantado com essas palavras, mas continuou a descrever o filme 3D.

— De repente, o Autofluxo entra nos cárceres. E o Eu começa a bradar ansiosamente: "Tenho medo de falhar! Tenho medo de perder! Odeio ser criticado". Subitamente, aparece uma savana. O Autofluxo vai ser devorado por predadores, leões, mas ele não sai do lugar. Estou desesperado, meu coração parece que vai saltar pela boca. O Eu grita para ele, tenta alertá-lo, mas, como um louco, o Autofluxo parte para cima dessas feras. Espere, o rosto do Eu é o meu rosto. Estou sendo atacado. Socorro! — diz Napoleon desesperado, sentindo-se abocanhado pelos leões. É uma emoção horrível.

Minutos depois muda novamente o cenário. Napoleon tenta se recompor, mas é difícil, muito difícil. Ele está sangrando e com vestes todas rasgadas. Com a voz embargada, continua o seu inexprimível relato.

— O Autofluxo está em outra encrenca. Está se envolvendo em brigas na convenção do meu partido. Bateu, levou. Aos brados, diz: "Seus miseráveis. Traidores! Capachos!". Está sendo esbofeteado e esbofeteia. Que caos! Meu Eu tenta apartar a briga, mas ele é frágil, não consegue tirar o Autofluxo de cena. Em seguida meu Eu é igualmente espancado. — Napoleon esquece que está narrando o filme 3D e fica possesso de raiva. Entrou na briga também. Dá soco em tudo e todos. O intelectual virou um animal.

A briga cessa. Ele continua sangrando em múltiplas áreas do seu corpo na frente de H. Um minuto depois, diz:

— Não aguento mais descrever. Estou no limite.

— Não suporta a própria vida? Seu cérebro é uma savana e um coliseu diariamente, homem. Continue.

O filme do cérebro roda.

— Vou entrar em colapso. Se assim eu vivo, sou o maior carrasco de mim mesmo.

Quando ele confessa essas palavras, H cessa de instigá-lo.

— Eis um dos grandes segredos do *Homo sapiens*. O Autofluxo revela que a mente é imparável. Produzimos uma usina de ideias e emoções ininterrupta, até quando o ser humano dorme, por isso ele sonha. Às vezes, essa usina se torna a maior fonte de entretenimento humano, que nos motiva, anima, distrai. Outras vezes, produz suas maiores armadilhas, os piores cárceres depressivos, fóbicos, ansiosos.

— Conheço pessoas que têm todos os motivos para serem felizes e são tristes — comentou Napoleon. E, ao fazer um exame de consciência, disse: — Fui injusto. Achava que essas pessoas eram frágeis, desocupadas. Mas como a mente é complexa.

— Você não está longe, Napoleon, do seu próprio diagnóstico. Tem tudo por fora, mas lá dentro é um miserável, um mendigo — diagnosticou H.

— Mendigo não! — discordou ele.

— Você tem Rolex, terno Armani, mas não passa de um mendigo emocional.

De repente, Napoleon para e é honesto consigo.

— Era um menino muito alegre, um adolescente vibrante, um profissional competente, mas me perdi no caminho.

— Perdeu-se no poder. Perdeu-se no sucesso. É um escravo tentando mantê-lo, sem saber que ser inteligente é ser feliz.

— Mas o que é ser feliz, H?

— É impossível definir a felicidade de cada povo e de cada cultura, pois não é estar alegre e sorrindo sempre, mas às vezes chorando. Entretanto, ser feliz tem características ou habilidades universais que podem, e devem, ser desenvolvidas. Ser feliz é contemplar o belo, é fazer muito do pouco, é abraçar mais e criticar menos, é viver com leveza e inteligência, é gerenciar as emoções, não sofrer pelo futuro nem ruminar as frustrações do passado, é namorar a própria vida no presente e se curvar em agradecimento à natureza e ao Autor da existência.

— Onde estão as pessoas felizes? Onde é sua morada? Em que espaço-tempo? Talvez a lista da *Forbes*, que contém os bilionários do mundo, uma lista que invejei, tenha muito mais mendigos emocionais do que as comunidades ou favelas do mundo! — concluiu Napoleon, assombrado.

H fez uma longa pausa. Respirou lentamente, olhou para o horizonte, capturou as nuvens, olhou para dentro de si e depois respondeu.

— A espécie humana tem baixos níveis de viabilidade.

— Como assim? Sou um candidato à presidência. Sem esperança, meu projeto está morto! — disparou.

— A esperança é a lâmina do escultor, a tinta do pintor, os tijolos do arquiteto; sem ela, o ser humano se deprime; sem ela, implode seu sentido existencial. Todavia, não seja ingênuo. Como viajante do tempo, atesto que, embora a mente humana não tenha defeito de fabricação, ela é dificílima de ser gerenciada. O privilégio de ser autônoma lhe dá o precedente de ser encarcerada.

Era difícil Napoleon entender as palavras de H. O céu da sua mente ora clareava, ora escurecia. H ainda comentou que as melhores universidades estão na Idade da Pedra em relação ao gerenciamento do psiquismo. Seria vital mudar o grande paradigma da educação para viabilizar a espécie humana.

— Precisamos passar da Era da Informação para a era do Eu como gestor da mente humana.

— Estou perturbado. Sou diretor dos direitos humanos no Senado. Sou conselheiro da ONU para promover igualdade entre os povos. Vi muitas conferências ao redor do mundo sobre as atrocidades humanas, mas nunca vi uma explicação que questionasse a viabilidade da humanidade sob o contexto do Eu como líder de nós mesmos, nunca imaginei que precisássemos mudar de paradigma educacional.

H comentou que, sem a gestão da aeronave mental capaz de ensinar os alunos desde a mais tenra infância a protegerem a emoção, a filtrarem estímulos estressantes, a serem empáticos, a pensarem antes de reagir, a desenvolverem os papéis do Eu, a conhecerem os copilotos inconscientes, as armadilhas mentais, há grandes chances de preparar esses alunos para serem não mentes livres e emocionalmente saudáveis, mas pacientes para os consultórios psiquiátricos.

— Tudo piorou com as redes sociais, pois a ditadura da beleza, o culto ao corpo, o sorriso fácil, a felicidade superficial, o culto à celebridade e a intoxicação digital formaram um coliseu emocional. Se essa educação continuar, vocês, humanos, continuarão a ter as páginas de sua história manchadas por assassinatos, suicídios, guerras, discriminação, exclusão social. O céu e o inferno sociais sempre estarão muito próximos da humanidade. E você, homem, é especialista nesses dois infernos.

— Mas você não pode me acusar sem provas! — retrucou imediatamente. Mas em seguida tapou sua boca. Temia que sua insanidade mais uma vez viesse à tona.

H olhou bem para Napoleon e, com segurança, disse:

— Admito que meus alunos sejam estúpidos, mas não falsos. A que preço você quer ganhar essa eleição? Dia 29 de março do ano passado você votou contra uma pauta que prejudicaria os mais pobres de seu país. Excelente! Mas se silenciou quando seu partido decidiu votar a favor. Calou-se com medo de perder a convenção, sua nomeação.

Napoleon mais uma vez perdeu a voz. Tentou sair do sufoco:

— Era difícil ir contra a posição do meu partido.

— Foi conveniente. Os políticos votam pela sua consciência ou pela conveniência?

— Depende.

— Depende para onde o poder pende. Políticos que são infiéis à sua consciência são indignos do poder e têm uma dívida impagável com sua sociedade.

— Caramba! Quando penso que você se tornou um amigo, levo bordoadas. Para você, sou um fracasso em pessoa! E saiba que por muito menos cortaria meu relacionamento com quem...

— Com quem o contraria? Sob o verniz da ética, as pessoas têm muitas úlceras ocultas. Você é da estirpe dos homens que usam e descartam as pessoas com facilidade.

Napoleon perdeu a estribeira.

— Não dá! Qual é o propósito dessa tortura? Esqueça que eu existo. — E saiu a esmo.

H não se preocupou em assoprar a ferida que abriu. E começou a dar nome aos bois.

— Cortou relacionamento com Félix Machado, Júlio de Almeida, Claudia Sintra... Cortou o relacionamento com seus pais, com seu amigo de infância David. E mais... Tem medo de assumir que é um coveiro de pessoas vivas?

Napoleon começou apertar seus passos, H foi em sua cola. Vendo que não conseguiria desacelerar seus passos, tocou na sua mais profunda ferida:

— Lembra quando você mesmo quis se sepultar por causa de Rubens?

Ao ouvir isso, Napoleon interrompeu seus passos. Seu passado tinha um trauma que ele escondia a sete chaves, não o contara nem para sua esposa. H continuou:

— Mas o Eu de um suicida na realidade não quer morrer, ao contrário, tem fome e sede de viver. Infelizmente, não sabe pilotar a aeronave mental ao atravessar o caos.

— Espere! — disse Napoleon, com os olhos úmidos. — Um suicida não quer exterminar a vida.

— Nunca. Muito menos Rubens.

—O quê? Como... você sabe... de meu irmão? — gaguejou.

— Ele tinha dezesseis anos, três meses, cinco dias e quatro horas quando fechou seus olhos — comentou o velho.

— Mas... mas... como... sabe disso?

— Eu sei de tudo. Tudo que está registrado nos anais e tudo que está na memória dos seres humanos. Conheço as lágrimas que você chorou e aquelas que não teve coragem de chorar. — E abordou um assunto que estava nos porões da mente de Napoleon: — Sei que você foi dormir no quarto que ainda estava sujo de sangue. Erraram em não conversar com você e erraram em não o colocar para dormir em outro lugar. Mas seus pais perderam o chão.

— Foi horrível, horrível. Insuportável. Uma noite, uma eternidade — disse Napoleon, em lágrimas. — Eu podia ter impedido que Rubens se matasse. Ele me contou naquela manhã tenebrosa que estava muito triste. Mas, insensível, eu me distraí com outras coisas.

— Mas você era bem jovem, não tinha completado doze anos — disse H, tentando aliviá-lo.

— Mas três horas antes de acontecer... eu briguei com ele. Porque usou uma camiseta minha. Como fui injusto, meu Deus! Gritei com ele: "Você é um egoísta!", mas eu é que estava sendo egocêntrico. Essa culpa me perseguiu dia e noite.

— Por isso você se tornou um dos maiores criminalistas da nação.

— Como assim?

— Quando absolvia um réu, ainda que um sociopata, você estava tentando se absolver...

— Nunca pensei nisso... Mas é provável — disse, quase sem voz.

— Você sempre detestou psiquiatras porque fugia de si mesmo.

Ao tocar nesse delicado assunto, H procurava o ser humano por trás da celebridade, a essência por detrás do notável político.

— Talvez... A vida toda ocultei essa culpa — admitiu com a boca seca, sem humidade, sem autoproteção.

— A culpa ata o ser humano ao passado, mas a coragem o vincula com o futuro. Não se conserta o passado, apenas se constrói o futuro.

— Faz sentido.

— Você não matou Rubens! Seu irmão usava drogas estimulantes — revelou H.

— O quê? Como? Não sabia disso!

— Ele tinha frequentes crises de angústia por causa da cocaína. No dia anterior ao fato, a namorada tinha terminado com ele. Por fim, ele se abandonou, a Âncora da Memória fechou o circuito cerebral e o Eu dele não conseguiu lutar contra essa janela *killer*. Ahhh, se ele soubesse duvidar de tudo que o controlava, criticar cada ideia perturbadora e determinar não ser escravo da sua dor. Seria livre.

— E por que você, que é tão poderoso, não o ajudou? Você não é uma espécie de deus? Por que se omitiu diante de meu irmão? — questionou Napoleon, com raiva.

— Eu tentei, mas ele não me ouviu — confessou H.

— E por que você me dá uma atenção especial, ainda que insuportável?

— Por quê? Porque tive uma concessão especial de agir não apenas com diálogo. A corrupção, as falhas, o egocentrismo de muitos políticos escureceram o céu da humanidade, retiraram o oxigênio da atmosfera social. Foi então que me foi dada a incumbência de descortinar suas loucuras, dissecar suas vaidades e revelar suas dissimulações. Você foi um escolhido.

— Escolhido? Para ser massacrado?

— Não, para uma nova experiência na humanidade. Se você sobreviver, irei à caça de outros líderes na Europa, nas Américas, na Ásia, na África.

— Quem é você, H? Por favor, me responda se não estou ficando louco.

— Difícil encontrar um ser humano que não tenha suas loucuras. Quanto a mim, é tão evidente o que sou que é uma ofensa que os seres humanos não descubram minha identidade. Você me respira, me masca, crava seus comportamentos na minha pele, sapateia sobre meu corpo e ainda não me reconhece. Geração ansiosa e tola, que fala em preservar o meio ambiente, mas polui sua mente e a dos outros todos os dias. Quem ouve minha voz? Presidentes, primeiros-ministros, governadores, senadores, líderes empresariais, jovens, mestres? Casta de surdos.

Para o misterioso H, o fantasma da ansiedade assombrava dia e noite as pessoas de todas as idades e culturas. A indústria do seguro crescia de forma assustadora, mas as pessoas não tinham seguro emocional. O intrigante e misterioso H relembrou:

— As necessidades neuróticas de ter poder e de estar em evidência social vampirizam quase toda a humanidade. Até a timidez esconde subliminarmente essas necessidades. As sociedades digitais construíram um gigantesco hospício a céu aberto — refletiu H.

E Napoleon sintetizou:

— E todos nós nos internamos nele.

Quando ambos chegaram a essa conclusão, o céu começou a escurecer, trovões ribombaram perto deles, raios cortaram o céu como lâminas e ricochetearam nas imediações. Começou a ventar muito. Não havia abrigo, nem uma árvore. Napoleon, sentado no solo, recolheu o corpo, abraçou as suas pernas para se proteger das rajadas de vento. "Sobrevivi ao drama da aeronave", pensou Napoleon, "mas não sobreviverei a essa tempestade".

Refém de um personagem

Napoleon encontrava-se numa praça, ensopado, com frio, trêmulo, tentando se proteger da chuva torrencial. Ficou assustado ao ouvir o ronco dos motores machucando os ouvidos dos passantes.

— Mas como? Não estou mais na Toscana?

Olhou para os lados e, mais uma vez, H tinha sumido, como um pensamento que cintila num instante e desaparece noutro. Por mais estranho que parecesse, Napoleon conhecia o local. Era perto de seu apartamento. Levantou-se e foi a pé em direção à sua casa.

Sua esposa, Débora, estava preocupadíssima. Ninguém sabia onde Napoleon se encontrava. O deputado Carvalho, tesoureiro de sua campanha, Calisto, um dos senadores responsáveis pela coordenação política, e João Gilberto, o marqueteiro-chefe da campanha, tinham aparecido desesperados no apartamento dele.

— Débora, onde está Napoleon? — indagara Carvalho.

— Carvalho, você é a décima pessoa que me pergunta isso. Não sei! Pensei que estivesse cumprindo a agenda da campanha.

Calisto interveio:

— Napoleon não é de sumir.

— Ele dormiu aqui?

— Claro. Tomou café da manhã bem cedo. Beijou-me na testa e, como sempre, saiu ansioso. Agora são quatro da tarde. Será que foi sequestrado? — questionou Débora. E, aflita, concluiu: — Precisamos acionar a polícia.

— Espere mais um pouco! Um escândalo poderia ser desastroso — comentou o especialista em marketing político João Gilberto.

— Ele é mais importante! Não estou nem aí para escândalo — rebateu, inocente, a esposa de Napoleon.

Carvalho deu uma tossidela e explicou melhor a suspeita deles.

— Vocês estão bem no casamento?

— Sim — falou, num impulso. Depois se corrigiu, mas não se abriu: — Bem, temos nossos atritos. Napoleon é um homem bom, vibrante, mas está com pavio curto, não suporta ser contrariado.

— Mas isso ele sempre foi. Não há nada grave. Claro, sem querer entrar em sua privacidade — disse João Gilberto.

Ela deixou escapar uma lágrima.

— Ele dá mais importância à campanha do que a mim. Seus companheiros têm prioridade na sua agenda, e não eu. Coisas "normais" de um homem público — falou ela, com tristeza.

— Minha esposa tem as mesmas queixas — disse Carvalho, esfregando as mãos no rosto, preocupado. Mas não se atreveu a concluir. Ela entendeu a mensagem subliminar.

— O que vocês estão sugerindo, Carvalho? Um caso, uma amante? — indagou Débora.

— Não, não. Quer dizer, precisamos pensar em todas as possibilidades.

— Em política, é melhor um casamento maquiado do que casamento fragmentado — acrescentou, com frieza, o chefe da campanha de marketing.

— A maquiagem é mais importante do que a realidade, João Gilberto? Meus sentimentos não importam?

Calisto interveio.

— Longe disso, Débora. Estamos pensando no bem do país.

— No bem do país ou no bem de seus egos? Tenho medo de quem coloca o poder acima das pessoas — disse Débora, que era uma mulher inteligentíssima e honesta.

Eles se calaram. Débora, assim como Napoleon, tinha convicções fortes, não se deixava manipular. Mas seu marido pouco a pouco se curvava à necessidade ansiosa de preservar sua imagem a qualquer custo. Então o telefone tocou. Era Napoleon, enfim.

— Débora, onde você está? — disse ele ao celular, escutando pouco, devido ao som da chuva e dos veículos.

— Todos o procuram! O que aconteceu?

— Depois eu conto. Estou com muito frio. Liguei só para avisar que estou chegando.

Nervosa, ela insistiu.

— Onde você está? Todos estão preocupados com seu paradeiro.

— Desculpe-me, querida. Estou próximo do apartamento.

Os líderes da campanha respiraram aliviados. Antes de entrar no edifício, Napoleon foi clicado por alguns jornalistas de plantão, que o aguardavam cheios de perguntas.

— Napoleon, onde o senhor esteve? — questionou um deles.

— Curtindo a chuva — respondeu, com ironia.

— Por que o senhor não cumpriu seus compromissos de hoje? — indagou outro jornalista, tentando proteger Napoleon com seu guarda-chuva.

— Estive cumprindo agenda pessoal.

— Mas o senhor deveria ter dado uma palestra no fim da manhã no sindicato das indústrias. Sua assessoria disse que o senhor não foi porque estava gripado. Como alguém gripado pode andar na chuva sem proteção?

O político era rápido nas respostas.

— Estamos vivendo uma grave escassez hídrica. Fiquei tão feliz com o tempo fechado que resolvi fazer uma caminhada com um amigo para agradecer à natureza. Mas a tempestade desabou.

— Mas com quem esteve? — insistiu um dos jornalistas.

Napoleon, lembrando-se de H, acrescentou:

— Sou um ser humano candidato e não um candidato ser humano. Tenho necessidades pessoais, como qualquer mortal.

E saiu andando, recusando mais explicações. Em seguida, o porteiro, muito simpático, sempre orgulhoso do morador ilustre do condomínio, conduziu-o pelo imenso saguão. Ao vê-lo todo molhado e com o corpo encolhido, comentou, assustado:

— Pego de surpresa, "presidente"?

— Sim, Naldo. Choveu de repente — disse, constrangido.

— A patroa está em casa, preocupada. Perguntou duas vezes pelo senhor. Alguns amigos estão lá também.

— Ah, tudo bem. — Napoleon bebeu algumas doses de ansiedade. Iria passar por outro pequeno tribunal, teria de explicar o inexplicável.

Enquanto esperava o elevador, as gotas de água escorriam pelo seu corpo e ensopavam o chão. Mas Naldo não se importou com o trabalho que teria. Acrescentou:

— Ser famoso tem seu preço.

— Sim. Não tenho mais privacidade. Ser anônimo é uma dádiva. Nunca reclame dessa condição, Naldo, nunca — disse e entrou no elevador.

Os vizinhos que saíram do elevador o olharam de cima a baixo, espantados com seu estado.

— Esses políticos são esquisitos — saiu dizendo uma senhora bem idosa para outra.

— Fazem tudo para aparecer — disse a amiga.

Quando ele entrou no apartamento, todos ficaram chocados com sua aparência. Sua esposa o abraçou e o beijou, sem se importar de umedecer as próprias roupas.

— Onde você esteve, Napoleon?

Mas, antes que ele desse qualquer explicação, João Gilberto comentou:

— Algum jornalista tirou foto sua ao chegar no edifício?

— Sim.

— Isso é péssimo.

— Você respondeu a perguntas?

— Sim. Disse que estava na casa de uma amante. — Fez a brincadeira para evitar especulações, porque já sabia o que se passava na cabeça daqueles homens que, quando não falavam de política, gostavam de conversar sobre sexo, mulher e futebol. Napoleon era crítico desse raciocínio apequenado.

— Não brinque com sua campanha, Napoleon. O cargo mais importante da nação está em jogo — falou João Gilberto, com a aprovação dos demais.

— Caramba. Você não pergunta se fui sequestrado, assaltado, se desmaiei. A imagem, sempre a imagem.

— Desculpe-nos. É que precisamos dar satisfação à imprensa — disse Carvalho.

— Vocês já deram. Disseram que eu estava gripado. Eu lhes falei que fui tomar chuva para me curar — rebateu, irritado. E não respondeu mais nada. Aliás, se explicasse nua e cruamente o que aconteceu, eles o internariam.

Os organizadores da sua campanha sabiam que Napoleon detestava pressão. Para eles, ele era um líder inquebrantável, um homem indomável. Mas não deixavam de tentar colocar um freio em seu ímpeto.

— Querido, você precisa tomar um banho. Venha e depois conversamos.

Napoleon se retirou para o quarto com Débora, que esperou estarem a sós para falar:

— Vamos, estou esperando.

— Esperando o quê?

— Você sempre foi honesto comigo. Há outra pessoa?

— Sim, H.

— Quem é H? Helena, Helen…?

— Débora, não coloque mais lenha em meu estresse. Eu estava estafado pela campanha. Você mesma tem me dito que, se não descansasse, iria enfartar. Tirei esta manhã e esta tarde para mim. Para entrar nos bastidores da minha mente. Calibrar meus sentimentos.

— Mas por que não me avisou?

— Você suportaria a pressão deles? Sei que preciso dar mais atenção ao nosso casamento.

— Que casamento? — disse ela, deixando escapar uma lágrima.

— Preciso de momentos de solidão. Errei em não contar, me desculpe. Eu te amo.

Débora enxugou seus olhos com a mão e disse:

— Pelo menos está pedindo desculpas. Isso é raro. Mas onde esteve?

— Por aí, disfarçado, como anônimo. Viajando para dentro de mim mesmo. São milhares de *selfies* por dia. Entrevistas a cada hora. Já não sei quem sou, já não sei o que falo. Acho que me tornei refém de um personagem.

— Ah, se você se tornar presidente, será que não perderá sua humanidade?

— Tenho minhas dúvidas. Por favor, querida, preciso menos de uma juíza agora e mais de uma companheira.

Napoleon nunca demonstrava fraquezas, sempre escondia seus sentimentos. Vendo-o abalado, ela o acolheu sem colocar precondições.

— Apesar de às vezes achar que não conheço mais o coração do homem que escolhi para viver, eu confio em você. Mas seus parceiros não serão tão complacentes.

— Eu sei. Eles amam o que represento, e não o que sou.

Ela o abraçou, com os olhos úmidos. Nunca o futuro fora tão incerto: o casamento, a campanha, a relação com os dois filhos. Depois do banho aquecido, eles se amaram, embora brevemente. Eram dois amantes sem agenda um para o outro.

Napoleon seguiu para o escritório do comitê da campanha, onde o interrogatório continuou.

— Uma manhã e uma tarde sem dar notícias numa campanha em que cada hora vale ouro para conquistar milhares de votos é suicídio eleitoral. Alguns jornalistas internacionais, que não estavam presentes em sua casa, começaram a fazer especulações — falou Carvalho.

Napoleon escutava passivamente os perigos de sua ausência. Em outras circunstâncias, teria soltado os cachorros em cima deles. João Gilberto, vendo-o calado, também não perdeu tempo:

— David Semmler, correspondente do *The New York Times*, ligou e disse que esse comportamento, sumir dessa maneira, cheira a outra mulher. Você está brincando com fogo.

— J. Badenes, o brilhante jornalista espanhol, especulou sobre sua saúde — relatou Carvalho.

Calisto era mais ponderado, menos inquisidor:

— Napoleon, somos amigos. Pode me contar onde esteve. Foi abordado por algum criminoso? Está atravessando algum conflito conjugal?

— Todos escorregamos uma ou outra vez — disse o marqueteiro. — Mas é preciso manter a discrição.

— João Gilberto, não coloque palavras em minha boca. Você serve a campanha, não é servido por ela. Tente não ultrapassar seus limites.

— Ok, ok! Tudo pelo seu futuro, tudo pelo país — disse, dissimulado.

— Diga que tirei algumas horas para ser um simples mortal. — E para encerrar a conversa, olhou o relógio e aconselhou: — Vamos, estamos atrasados para o evento.

O grupo seguiu para o aeroporto e pegou o pequeno avião a jato de oito lugares mais dois pilotos. Era uma aeronave alugada para a campanha. Napoleon faria mais um discurso numa importante capital. Uma hora e trinta minutos de voo. Chegariam atrasados. Durante o voo, Napoleon, diferentemente de outras vezes, permaneceu calado, introspectivo, reflexivo. Não sabia o que lhe acontecera. Toda a experiência com H parecia um pesadelo ou um surto psicótico. Seus assessores se entreolhavam e não se arriscavam a dizer nada.

Quando chegou ao evento, sessenta mil pessoas o esperavam numa praça pública.

— Veja, Napoleon! Você atrai mais gente que uma celebridade — reconheceu Calisto.

— Sorria! Todos querem um candidato otimista — instigou João Gilberto.

O candidato olhou para a vibração das pessoas, caiu em si e, pouco a pouco, sua emoção incendiou. Mas havia algo diferente.

Seus discursos sempre inflamavam a plateia, mas desta vez sua fala soava mais inteligente do que entusiasmada. João Gilberto lhe enviava sinais, elevava as mãos para que ele levantasse os ânimos do público.

Num momento em que ele fez uma pausa para tomar um gole de água, Carvalho, o tesoureiro, o provocou:

— Fale com mais vibração! Teremos muita grana para irrigar sua campanha.

Napoleon elevou o tom de voz e começou a encantar o público. Ao fim de seu discurso, fez uma pausa, fitou demoradamente a plateia e discorreu, sem margem de dúvidas:

— Meu sonho é implementar uma segurança que este país jamais viu, para que as famílias possam andar nas praças à noite sem medo de serem assaltadas. Meu sonho é acabar com o tráfico de drogas, permitir a existência de uma juventude livre, autora da própria história. Meu sonho é que todo cidadão comum frequente restaurantes, tenha acesso ao consumo e seja regado pelo bem-estar social. Meu sonho é que tenhamos a melhor saúde pública deste continente. Meu sonho é desenvolver um projeto de educação que forme alunos pensadores e empreendedores. Meu sonho é o pleno emprego, o crédito barato para que as empresas possam investir. Meu sonho é sanar as finanças públicas e emagrecer o Estado para investir com mais força em infraestrutura.

Os constantes aplausos interrompiam suas últimas palavras. Para encerrar seu discurso, elevou o tom de voz:

— Mas, para que meu sonho se concretize, eu preciso que vocês sonhem comigo.

Foi um discurso inesquecível. O governador do estado, que era um dos seus apoiadores, sob as chamas do júbilo, pegou o microfone de Napoleon e, apontando para ele, proclamou, altissonante:

— Eis alguém incorruptível, corretíssimo, digníssimo. Napoleon é um daqueles líderes raros que nascem um a cada século. Eis o presidente que este país merece!

O ego de Napoleon foi às raias da euforia. Todos o aplaudiram entusiasticamente. Quando a emoção vai às nuvens, a razão desce como um raio. E, flutuando no céu da motivação, o governador continuou o exaltando.

— Napoleon Benviláqua é um armazém de honestidade, um líder que resolverá todos os nossos conflitos sociais e econômicos. Será o apóstolo de uma sociedade livre e justa.

Mais aplausos, agora mais duradouros. O candidato à presidência, ao ouvir esses elogios, quebrou o protocolo, pegou novamente o microfone e bradou em alto e bom som:

— Esta nação beijará o solo da segurança, a saúde encontrará seus dias mais felizes e a educação nunca, mas nunca mais mesmo, será a mesma. Seremos uma sociedade mais livre, igualitária e fraterna. Aliás, os ideais da Revolução Francesa pulsam em minhas artérias, oxigenam meus pulmões. Liberdade! Igualdade! Fraternidade!

E pediu para todos repetirem essas três teses que revolucionaram o mundo. E a plateia em coro bradou:

— Liberdade! Igualdade! Fraternidade!

O público foi tomado por tal entusiasmo que, a uma só voz, bradou sem parar: "Presidente! Presidente!". As lágrimas serpenteavam os vincos das faces como um rio de expectativas.

A imprensa capturava, com suas câmeras, pessoas combalidas pela crise econômica e pelo vácuo de liderança política no país, mas que agora passavam a enxergar em Napoleon um salvador da pátria, uma fonte de bem-estar social.

Napoleon, embora fosse um homem ponderado, embriagou-se com a emoção a tal ponto que mergulhou seu cérebro num oceano de entusiasmo e de poder. Por alguns instantes, achou-se sobre-humano, um semideus. Seu time de assessores se curvou perante ele como se já fosse o presidente.

Foram embora animadíssimos. Napoleon pegou o jatinho e chegou de madrugada em casa. Estava fatigado, mas não adormeceu. Seus níveis de melatonina, o hormônio do sono, estavam baixíssimos pelo excesso de uso de celular, pelas atividades e pelas preocupações. Rolava de um lado para o outro como um zumbi.

Mas o pior ainda estava por vir...

Um menino e seus fantasmas

François e Jaqueline Margarite tiveram quatro filhos. Viviam numa nação e num século em que ideias brilhantes fervilhavam no palco social. De tão penetrantes que eram, as ideias começaram a invadir os porões do intelecto da plateia. Homens e mulheres começavam a pensar criticamente. Sonhavam em mudar a peça que havia séculos era encenada. A realidade econômica, crua e insuportável colocava combustível no desejo de mudança. Era um período posterior àquele que, nos séculos XVI e XVII, ficara conhecido como a Era dos Mendigos.

Os gordos impostos, a mão pesada do rei, as guerras, a dificuldade de produzir e armazenar alimentos, tudo fazia com que se tropeçasse em miseráveis pelas ruas. E, para tornar mais difícil a vida, uma simples bactéria podia reinar de forma mais atroz no corpo humano do que o rei que governava implacavelmente a sociedade. A tecnologia dos antibióticos ainda não existia.

De repente, alguém tropeçou em mais um moribundo que dormia ao relento. Dessa vez, o mendigo era diferente, jamais dormira nas ruas, jamais fora tratado como escória social.

— Esses miseráveis são como lixo social — disse aos amigos sobre quem atropelou. Deram risadas do homem, que acordou assustado. O atropelado era o homem que sonhava em presidir uma das nações mais poderosas do século XXI.

Era o início da manhã. Estrias de sol banhavam a rua escura, mas, em vez de trazer tranquilidade ao caminhante, o perturbaram. O cheiro de estrume fermentado de cavalos, espalhado pelas ruas, penetrou em suas narinas. Assustadíssimo, ele estava mais ensopado de dúvidas do que da umidade noturna. Pôs-se de pé e perguntou para um passante.

— Senhor, onde estou?

O homem fez sinal de que não entendeu suas palavras. Intrigado, Napoleon indagou a um miserável que ainda dormia a cinco metros dele.

— Que cidade é esta?

O miserável praguejou numa língua que Napoleon desconhecia. Nenhuma comunicação. De repente, três pessoas em situação de rua o derrubaram e o assaltaram. Levaram tudo o que tinha nos bolsos. Era um homem sem identidade, sem dinheiro, desorientado, numa terra estranha.

Fitou os prédios, as sacadas, a dimensão das ruas, e então lhe veio uma suspeita excêntrica: não estava no seu século. Ansioso, foi tentar confirmar sua suspeita com uma senhora, pois temia os homens.

— Senhora, em que ano estamos?

Nenhuma resposta. Mas eis que, nesse momento, o mais distante e, paradoxalmente, mais presente dos seres apareceu para silenciar as suas dúvidas ou, talvez, para dar-lhes musculatura.

— Acalme-se, Napoleon — disse H, surgindo misteriosamente por detrás dele.

Aquela voz não era sinal de calmaria. Os copilotos da mente, cujo funcionamento aprendeu a duras penas, entraram em ação.

Disparou o Gatilho da Memória, abriu uma janela traumática em seu cérebro, fechou o circuito dos arquivos. Seu cérebro entrou em estado de alerta. Era melhor fugir. Mas ele estava num mundo desconhecido. O homem que disse que medo não fazia parte de seu dicionário percebeu que seus lábios tremiam. Teve o prenúncio de outro ataque de pânico.

— H? Você de novo?

— Vamos, homem, vamos trabalhar.

— Trabalhar?

— Trabalhar comigo é pensar.

— Dispenso!

— Bem, toda escolha tem perdas. Uma dessas perdas é ficar preso no tempo.

Bastava uma frase de H para desestabilizar Napoleon.

— Onde estou? Que cidade é esta? — questionou, titubeando.

— Você pergunta demais. Relaxe e descobrirá.

— Como relaxar se você me causa pânico?

De repente, viu cavalos relinchando e correndo. Dois cavaleiros perseguiam um ao outro, como numa batida policial. *Mas como?*, pensou ele. Minutos depois, os cocheiros começaram a colocar suas carruagens de aluguel nas ruas. Passavam uma atrás da outra. Napoleon observou o chão de pedras lapidadas toscamente, entremeadas com terra batida.

— Em que ano estamos? — insistiu.

— Depende do olhar do observador. Você pode estar na época das luzes ou na era das trevas de um governo tirânico.

Napoleon observou as construções ricamente torneadas contrastando com a miséria humana ao redor. Leu algumas palavras numa língua derivada do latim e arriscou:

— Estamos na França?

— Em Paris!

E começaram a caminhar lado a lado. De repente, um vento fortíssimo abateu-se sobre eles e formou um redemoinho. Napoleon se assustou. O velho segurou um braço do político e lhe disse em voz alta:

— Vamos dar uma volta em outros ares!

H se aproximou de um edifício, abriu uma porta e, em vez de entrar em uma de suas dependências, eles saíram em outra rua, em outra cidade francesa, num ambiente sem turbulências, pelo menos físicas. Os dois continuaram a caminhar. Napoleon queria conversar, resolver suas dúvidas, mas H preservava o silêncio, tinha os olhos atentos. Ao virarem a esquina, ele pediu para Napoleon:

— Observe aquela criança de seis anos. Ela está aos prantos, cheia de súplicas.

Era um garoto clamando para o pai, que estava embriagado, retornar para sua casa.

— Vamos, papai, não fique nas ruas! — dizia o menino, estilhaçando sua inocência.

— Esqueça que eu existo! — respondeu o pai, e empurrou impiedosamente o garoto, dando-lhe as costas. O menino chorou ainda mais.

— Que pai desnaturado! — comentou Napoleon.

— Tente consolar esse menino.

— Mas como? Não falo francês.

— Não falava — disse H, tocando o cérebro de Napoleon, que de repente começou a entender os gritos distantes de alguns franceses. Confiante, se aproximou do garoto e perguntou:

— Qual é o seu nome?

— Maximilien.

— Não chore, Maximilien. Tenha paciência, seu pai pode mudar.

— Ele abandonou a mim e aos meus irmãos depois que a mamãe morreu.

Napoleon ficou emocionado. Lembrou-se de suas perdas quando garoto. Com a voz embargada, tentou aliviá-lo.

— Eu também já sofri muitas perdas. Não deve ser fácil o que está passando. Mas o tempo passa e nossas feridas são curadas — disse, sem muita certeza. — Você um dia vai ser um grande homem, eu aposto.

— Obrigado, moço. — Em seguida, saiu correndo.

H comentou:

— Um pai não engravida de seus filhos, mas pode abortá-los emocionalmente com mais facilidade do que a pior mãe.

— Como assim, mestre?

Foi a primeira vez que Napoleon chamou o enigmático H de mestre.

— Chamaste-me de mestre? Quem dera eu fosse o mestre dos homens! Sou um professor relegado ao segundo, ao terceiro plano.

— Mas quem é você, H? — perguntou mais uma vez Napoleon.

— Basta me chamar por uma letra, H: a abreviação do mais insistente e desprezado dos mestres. Mas vamos ao caso de Maximilien — disse, retomando o assunto da educação paterna: — Um pai ruim, mas presente, perturba a emoção; um pai ausente a asfixia. Por isso, adotar crianças é conquistar um tesouro que reis não conquistaram. O pai do pequeno Maximilien está desenhando na mente dele o desprazer pela vida, o radicalismo, a intolerância a contrariedades. Ele está embriagado pelo álcool e está embriagando seu filho com o desprezo.

Napoleon ficou paralisado com essa argumentação. Ele se enxergou nessa história, mas resolveu ficar calado. H comentou que François, o pai, era culto, austero, versado nas letras jurídicas. Poderia ter construído uma carreira de sucesso, segura e confortável, mas nunca se recuperara da morte precoce de sua mulher.

— A depressão, esse último estágio da dor humana, era um visitante onipresente e invasivo no território da emoção do pai de Maximilien. Assombrava-o dia e noite.

— O pai foi vítima da morte de sua esposa e fez do filho vítima de sua depressão. A dor atravessa gerações pelo olhar e pelos gestos — disse o criminalista, com agudeza de raciocínio.

— Por trás de uma pessoa que fere, há sempre uma história de feridas. François deixou de lutar contra os fantasmas de sua mente, encarcerado pelos traumas, abandonou-se, perdeu a crença na vida, deixou a advocacia. Por fim, colocou de lado o instinto paterno, perdeu o interesse pela educação dos filhos, dois rapazes e duas moças.

— Não há médicos para ajudá-lo?

— Para tratar da mente? Nesse tempo? Ou se consola na religião ou com bebidas baratas que anestesiam, mas não tratam a dor.

— Mais uma vez pergunto: que século é este?

— Estamos no século XVIII.

H continuou o relato dizendo que Maximilien nascera em 6 de maio de 1758. Era o mais velho, inquieto e inconformado dos quatro filhos, e assistira, impotente, à decadência do pai. Angústias cálidas e sofrimentos inaudíveis atingiram a ele e a seus irmãos.

— Mas qual será o destino dessas crianças?

— Felizmente, em alguns meses, eles serão resgatados pelo avô materno, um rico homem de negócios. Maximilien será colocado num importante colégio desta cidade, o que lhe garantirá uma educação conforme os padrões das famílias abastadas. Todavia — continuou H —, a carga de responsabilidade em relação aos irmãos mais novos, a crise do pai e a morte da mãe produziram sequelas. O garoto não será bem-humorado, espontâneo, terá opiniões fortes, será sisudo, fechado, solitário.

Mais uma vez, Napoleon viu alguns traços da própria fotografia.

— Como você consegue prever o futuro? Videntes são enganadores baratos.

— Por que me chama de vidente? O futuro não me pertence, só a você.

Mas que sujeito é este?, perguntou-se Napoleon. H continuou relatando a história do pequeno Maximilien. Napoleon teria de acompanhar seus passos para ouvi-lo. Mesmo quando ele se distraía, H falava, ainda que só para as paredes dos edifícios, para os animais e as árvores do caminho.

No colégio, o garoto aprenderá latim e técnicas de oratórias que um dia permearão seu currículo. Sob as bênçãos do bispo, irá para a Universidade de Paris, onde estudará durante nove anos numa época de efervescência intelectual e desejo ardente de mudanças.

— Por que você me fala com tanto interesse sobre a história de Maximilien?

— Porque você me pediu para contá-la.

— Eu pedi? Mas nunca ouvi falar em Maximilien, nem no colégio, nem na faculdade, nem muito menos em livros. Você se equivocou.

Como se não tivesse dado a mínima para Napoleon, H comentou:

— E, por falar em livro, Maximilien terá contato com a *Encyclopédie* de Diderot e D'Alembert, e com as ideias de Rousseau.

— Claro, já ouvi e li ideias desses pensadores.

— As ideias são mais poderosas que as armas. As primeiras libertam a vida; as segundas, silenciam-na — dissertou o mestre de Napoleon.

H comentou que as ideias começariam a libertar o espírito de Maximilien e a dar asas à sua imaginação. Seria bombástico. Maximilien se convenceria de que a sociedade havia corrompido o ser humano e, não poucas vezes, o escravizado. Começaria a defender o pensamento de que o Estado e o povo são os verdadeiros senhores de todos os bens. O rei cairia de sua cama se soubesse o que se passava na cabeça daquele jovem.

— Interessante — afirmou Napoleon. — As armas interrompem a marcha, mas são as ideias que mudam o mundo.

— Gostei — disse H, numa das raras vezes que exaltou Napoleon. Este sorriu, mas não por muito tempo, pois com frequência sua alegria era sucedida por tempestades.

— Maximilien se tornará um expoente na universidade. Ganhará o prêmio de melhor aluno do ano. Uma honra que merecerá os cumprimentos do alienado rei. A vida é um contrato de risco, com muitas cláusulas chamadas surpresa. O rei e a rainha apertarão as mãos do jovem que um dia será seu carrasco.

— Que trágico. Parabenizar seus carrascos sem o saber é horrível!

De repente, o semblante de H mudou. Passou da serenidade para o pesar. Encarou Napoleon e acusou:

— Guardadas as devidas proporções, você já fez isso.

— Como assim? Em que momento? Que absurdo!

— Não há absurdos nos porões da história de ninguém. Lembre-se de Marcos Paulo.

— O senador? — indagou Napoleon, engolindo saliva.

— Sim, o senador que o apoiou quando você era um simples candidato a deputado estadual. Você era tão jovem, e ele, um senhor. Ele não imaginava que, tempos mais tarde, quando você se tornasse uma importante figura política, fosse considerá-lo ultrapassado para dirigir o partido.

— Mas ele estava... velho — disse, gaguejando.

— Fisicamente sim, mas emocionalmente era o mais bem preparado de todos. Mas no fundo você o derrubou porque tinha outros interesses. Queria a vaga dele para o Senado.

Napoleon de fato enfrentou uma nova tempestade, e ela era mais violenta do que previra.

— Faz parte do jogo democrático.

— Debaixo dos lençóis do jogo democrático, há métodos escusos e ditatoriais.

— Mas havia duas vagas... Eu disputava uma.

— Preferiu que um homem mais conhecido pela ética duvidosa ocupasse a outra vaga para diminuir seu risco.

— Mas... — Napoleon ficou sem voz, ficou assombrado. Não entendia como H conseguia dissecar sua história. Ele parecia ouvir o que ninguém ousava dizer.

— Acalme-se. Você não cometeu um crime contra a Constituição, apenas contra a sua consciência. Mas vamos a Maximilien. Ele se formou em direito e sua estreia como advogado deu-se em 1783.

H continuou relatando que Maximilien teria um destino diferente do de François, seu pai. Brilharia, teria órbita própria, seria aplaudido, honrado, mas seus conflitos o levariam a perder o encanto pela advocacia.

— Ousado, o pensamento humanista de Maximilien o levou a discordar do tratamento desumano dispensado aos criminosos e aos doentes mentais. Precisaria fazer imperar a fraternidade. Sua preocupação social também ocupava seu imaginário. A Justiça era uma das lajes do seu pensamento. A política o abraçou e ele abraçou a política.

— Esse Maximilien é admirável.

— Foi mais ou menos assim que você abraçou a política e a política o abraçou, Napoleon?

— Estou com medo de você, H. Como, na Justiça, tudo o que o réu falar pode depor contra ele, prefiro o silêncio.

— Não tenha medo de mim, homem. Tenha medo de você.

— Você me faz conhecer os porões da minha mente.

— Mas você tem áreas dignas de serem exaltadas.

— Em meu país, milhares me elogiam dia e noite. Mas você me causa assombros.

Nesse momento, H tocou a cabeça de Napoleon, trazendo à tona a brisa arrebatadora que movia sua emoção. Com motivação irrefreável, desejo sincero e pensamento honesto, o político do século XXI queria fazer progredir a sociedade. Depois de sentir-se melhor, estava mais preparado para ouvir a fascinante e dramática história que se seguiria. Maximilien foi eleito deputado em 26 de abril de 1789. Era um jovem de trinta anos, despreparado para a vida, mas com uma paixão fortíssima para revolucionar a sociedade francesa.

— Espere! Quando você mencionou o carrasco do rei e da rainha, você estava contando a história de Luís XVI e de sua soberba esposa, Maria Antonieta. Os eventos que precederam a Revolução Francesa.

H comentou que a queda do rei e da rainha não foi súbita. Foi como um câncer crescendo e tomando conta do corpo social.

A fome asfixiava a população. A miséria fazia parte do cardápio diário da maioria dos franceses, enquanto havia abundância e desperdício de alimentos no palácio. Além disso, a corrupção epidêmica no reinado de Luís XVI e a insensibilidade de Maria Antonieta aos clamores populares, os impostos gritantes e a máquina estatal paquidérmica geraram um caldeirão para aninhar as ideias dos iluministas, o desejo incontrolável de mudança. Os ditadores e todos os líderes autoritários são tolos, sempre produzem os próprios predadores.

— Ocorreu, afinal, a Queda da Bastilha. Os sinais e os sintomas estão nas ruas, nas famílias, no Congresso, em todos os lugares, mas o governante, encastelado em seu poder, simplesmente os ignora — concluiu o candidato à presidência.

— Muitíssimo cuidado, homem, com a sua conclusão. Não apenas drogas viciam, mas o poder também. O poder cega os governantes, mexe com o metabolismo cerebral, libera a molécula do prazer, a endorfina, gera a necessidade neurótica de se perpetuar nele. O álcool demora meses para causar dependência; a heroína, uma semana; o poder, um dia ou horas.

H, como um especialista, comentou que os níveis de dependência de uma droga, bem como os do poder, dependem do tipo de personalidade, da intensidade da experiência e do grau de exposição à substância. Mas foi incisivo com Napoleon.

— Só é digno do poder quem é desprendido dele. Sinto muito, mas você já está drogado por ele.

— De jeito nenhum!

— Você reage à necessidade de poder como um macho em busca de uma fêmea no cio. Nesse período, os machos chegam até a se matar. Eu o perscrutei, homem, a busca pelo poder o enlouquece.

— Mas...

— Os que abandonaram o poder o fizeram frequentemente contra a sua vontade, ou porque acabaram seus mandatos e não foram reeleitos, ou porque faliram suas empresas, ou porque perderam relevância como atores, cantores ou esportistas. Ao deixá-lo, muitos tiveram síndrome de abstinência, se angustiaram, ficaram insones, procuraram de todas as formas uma nova dose da droga. Recaíram. Todavia, um dia vou lhe mostrar um personagem que viveu esta tese: nunca alguém tão grande se fez tão pequeno para tornar os pequenos grandes.

— Quem? — indagou, curioso, Napoleon.

— O homem mais inteligente da história. Mas espere, homem. Você tem de fazer por merecer.

Logo que H disse essas palavras, surgiu meia dúzia de criminosos armados com facas e paus querendo assaltá-los. Os dois foram encurralados e começaram a ser espancados. Todavia, H os dominou com inacreditável habilidade. Mais uma vez, mostrou uma força incomum para um idoso. Depois de dominá-los, transformou suas facas e seus bastões em flores. Os agressores urinaram de medo em suas roupas. Assustados, bateram em retirada.

— Sou ilusionista — brincou H para um Napoleon perplexo.

— Como é possível? Que força é essa?

— Conheci os especialistas em artes marciais. "Lutei" com Bruce Lee. Estive presente quando ele morreu, aos trinta e dois anos, de edema cerebral. Também presenciei a cena em que seu filho, Brandon Lee, foi morto acidentalmente aos vinte e oito anos. Imagine a surpresa: onde deveria haver uma bala de festim, havia uma verdadeira. Vi mitos morrerem cedo e frágeis viverem até não dar mais. Conheço muitas alegrias e dores indizíveis, homem. Vi sábios se tornarem loucos e loucos se tornarem sábios.

H tirava o fôlego de qualquer um, bastava abrir a boca. Napoleon continuava sem saber se tudo que estava vivendo era real ou imaginário. Com calma, H se aproximou de um edifício, abriu uma porta e ambos saíram do inferno das ruas para o céu de um salão bem iluminado e pomposo. Havia um mundo a ser explorado naquele lugar.

A Revolução Francesa e a guilhotina

O salão tinha quadros belíssimos, colunas torneadas com capitel de flores, piso rústico e mobília com estrias de madeira que expressavam a resiliência às intempéries do ambiente. Todos os elementos davam um toque de beleza. Mas a placidez do espaço exterior contrastava com os níveis de tensão interior dos ocupantes das cadeiras que lá estavam.

— Onde estamos? — perguntou Napoleon, seduzido pela beleza.

— Retornamos a Paris. Estamos no Parlamento francês.

Os deputados estavam todos reunidos em círculo, num anfiteatro com degraus de mogno africano e cedro finamente polidos.

Napoleon ia disparar outra pergunta, mas H desviou seu pensamento.

— Preste atenção ao discurso daquele jovem.

Com uma oratória surpreendente, o rapaz dizia:

— Um balanço da jornada revolucionária queima em nosso peito. A fome, a miséria, a injustiça, a desigualdade, a escassez de altruísmo, tudo isso que percorre as artérias da sociedade francesa sob a regência de Luís XVI deve ser estancado.

E o jovem continuou sua preleção. Napoleon bebeu das suas palavras.

— Esse político tem muito futuro. Quem é?

— Vá cumprimentá-lo. Não há ninguém ao seu redor, pois ainda não é um expoente na arena política francesa.

Impelido por H, Napoleon se aproximou e o elogiou:

— Parabéns por seu discurso. Fiquei comovido.

— Muito obrigado, senhor. Qual seu nome? E de onde é?

— Sou Napoleon. Sou de terras distantes. E seu nome?

— Maximilien de Robespierre.

Eles apertaram as mãos. Napoleon olhou para H, impressionado.

— Maximilien?

— Sim.

— O garoto que foi abandonado pelo pai.

— Como você sabe?

— Desculpe-me, apenas me veio essa ideia na cabeça...

— E Napoleon saiu, atordoado.

Tinham-se passado mais de vinte anos desde a cena do pequeno garoto suplicando para o pai voltar para casa. Quando H abriu a porta do edifício, ocorreu a mudança de tempo. Mais uma vez, fez para si a pergunta que não queria calar: "Que homem é este que tem esse poder?". Mas estava cansado de fazê-la. Era melhor navegar no oceano de dúvidas à deriva do que tentar aportar num lugar impossível de ser ancorado. Em vez de indagar sobre H, perguntou sobre o outro personagem.

— Esse jovem parlamentar é aquele garoto que ajudei?

— O mesmo.

— Mas afinal de contas, quem é Maximilien de Robespierre?

H meneou a cabeça, descontente com Napoleon:

— Políticos! Falam muito, mas leem pouco! — E não respondeu.

— Mas eu sou um homem de muita leitura.

— Mas depois que seguiu a carreira política, justo quando mais deveria ler, estacionou, passou a ler muito menos. Tem tempo para debater no Parlamento, mas não para conhecer universidades, empresas inovadoras, métodos de gestão. Você está anoréxico, emagreceu sua cultura, homem.

H foi saindo do ambiente e, ao abrir outra porta, viu a mesma Câmara dos Deputados, só que meses depois. Dessa vez, os discursos de Robespierre chamavam mais atenção.

— Meses se passaram. Estamos agora em 25 de janeiro de 1790. É impossível não notar um jovem deputado com essa eloquência e vibração.

Maximilien de Robespierre dizia:

— É o fim das indicações políticas para os cargos. Ninguém deveria exercer qualquer cargo público por indicação, a não ser por seus talentos e virtudes.

— É incrível. As suas ideias são atualíssimas. Ele queria introduzir a meritocracia, acabar com o fisiologismo e tornar eficiente a máquina pública — comentou Napoleon, admirado.

— Exatamente. Foi um começo notável.

Em seguida, H comentou com Napoleon que Robespierre, aos trinta e um anos, assumiu a liderança do Partido dos Jacobinos, em abril de 1790. Tornou-se um dos principais oradores da Assembleia Constituinte e proferiu mais de duzentos e sessenta discursos. O Clube dos Jacobinos representava uma das alas mais duras dos revolucionários, o que fez de Maximilien um dos principais articuladores da Revolução Francesa.

— Ninguém defendia o Estado como Robespierre, ninguém atacava a corrupção como ele. Seu pendor para a justiça era tão forte que, em maio de 1791, conseguiu o seu maior sucesso parlamentar: nenhum membro daquela Assembleia poderia ser eleito na legislatura seguinte. São dele estas palavras: "Os franceses livres e respeitados como um rei". "A mesma autoridade divina que ordena aos reis serem justos proíbe aos povos serem escravos." — Sua fama de defensor do povo lhe valeu um apelido. Sabe qual?

— Talvez Salvador da Pátria.

— Não. Esse foi o apelido que lhe deram no último discurso que você fez. Maximilien de Robespierre foi apelidado de Incorruptível.

— Também fui apelidado assim — apressou-se em afirmar, cheio de orgulho, o candidato à presidência.

— Eu sei, mas você o é?

— Preciso pensar — disse, caindo em si. Sabia que não era.

— Pense como juiz, com imparcialidade. — E o misterioso idoso acrescentou: — Não se conhece um homem por seus discursos, mas por suas ações. Não se conhece suas ações quando está em público, mas, quando está só, longe dos olhares sociais. A solidão revela o homem...

— Faz sentido.

— Jamais esqueça. Um governante não governa apenas com leis, mas também com seus fantasmas, raiva, medo, ciúme, inveja, vingança, traumas da infância.

— Nunca analisei a governabilidade sob esse ângulo. Mas novamente faz sentido. Homens brilhantes podem libertar seus fantasmas quando ascendem ao poder, e ter governos desastrosos — refletiu Napoleon. Não tinha ideia de que estaria construindo a própria armadilha.

— O que acha da postura de Maximilien?

— Notável. Tem tudo para ser um excelente governante. Mas a França, anos depois, foi dominada por Napoleon Bonaparte — disse Napoleon Benviláqua. Parecia haver uma venda nos seus olhos que o impedia de enxergar o verdadeiro Maximilien de Robespierre. Sabia pouco sobre ele.

— Em um dos seus memoráveis discursos você disse que a liberdade, a igualdade e a fraternidade pulsam em suas artérias! Lembra?

— Claro.

— Eis o homem que foi a alma delas!

Maximilien, mais conhecido como o famoso Robespierre, foi o ideólogo mais intenso e radical da Revolução Francesa. Ele encarnou como nunca as teses do seu último discurso.

— Surpreendente — disse o político, animado.

— Você é um privilegiado em ter conhecido Maximilien quando criança e agora como um político em ascensão.

— Não sei como você me trouxe aqui, H, mas agradeço. Estou respirando ao vivo e em cores o espírito da Revolução Francesa. Estou maravilhado.

H continuou discorrendo sobre Robespierre. Disse que foi um dos raros defensores do sufrágio universal e da igualdade dos direitos, defendendo a abolição da escravatura e o fortalecimento das associações populares. Embora a igreja tenha sido um dos principais alvos da Revolução, Robespierre acreditava na existência de um Ser Supremo.

— Robespierre cunhou estas instigantes palavras, que estão entre as mais belas da literatura universal e passaram quase despercebidas: "Se a existência de Deus e a imortalidade da alma não fossem senão sonhos, ainda assim seriam as mais belas de todas as concepções do espírito humano".

— De fato, são belas — atestou Napoleon, registrando-as em sua mente para aproveitá-las em seus discursos para cativar eleitores.

— Pode um homem como este praticar atrocidades? — questionou H, encarando o político.

— Eu juraria que não. Um homem espiritualizado com essas teses, que exalta a meritocracia e promove o ser humano comum ao status de um rei, deve ser dotado de tolerância, generosidade, altruísmo.

H deixou escapar uma lágrima.

— O inferno social e econômico está cheio de políticos bem-intencionados.

— Como assim? — comentou o criminalista, franzindo o rosto.

— Espere e verá com os próprios olhos.

— Você me dá calafrios, H.

Homem de eloquência ímpar, de palavras que adoçam o paladar dos seres humanos sofridos, eleito em 1789, Robespierre pouco a pouco ganhou proeminência no Parlamento francês. Viciou-se no poder, foi controlado por ele e, aos poucos, seus opositores deixaram de ser adversários e se tornaram inimigos a serem abatidos, tal qual em muitas famosas democracias.

O vírus do radicalismo ideológico infectou Robespierre, que transformou a política numa praça de guerra. Começou a atacar os girondinos, uma ala mais aberta da Revolução. Foi um dos que pediram a condenação do rei Luís XVI. Usou a guilhotina para cortar sua cabeça, em janeiro de 1793, e a de Maria Antonieta meses depois. Queria cortar o passado de forma cruel. E fez escola, ensinou os bolcheviques a cometerem violências um século depois para impor a ideologia socialista. H, em seguida, colocou as mãos no pescoço de Napoleon, que sentiu um arrepio na coluna.

— As ideias servem à ideologia, e a ideologia serve ao ser humano. Inverter essa ordem gera o terrorismo de Estado, o religioso e o filosófico. Em julho de 1793, no comando do Comitê da Salvação Pública, Robespierre passou a perseguir os inimigos da Revolução.

— Como pode um homem altruísta praticar o terror?

— O terror vivido em Paris na cálida sexta-feira de 13 de novembro de 2015 durou algumas horas e trouxe inimaginável sofrimento, mas o terror vivido em Paris nos anos de 1793 e 1794 foi longo e dramático.

H e Napoleon se aproximaram de Robespierre. Este estava proferindo a sentença a Danton, um dos revolucionários. Um diálogo penetrante se travou entre os dois pensadores.

— Você é um perigo para a Revolução, Danton — afirmou Robespierre, com uma escolta à sua volta.

— E você, Maximilien de Robespierre, é um perigo para a França.

— Exijo respeito! — esbravejou Robespierre.

— Exijo liberdade! — reagiu Danton.

— Terá, quando sua cabeça rolar.

Danton fora condenado à guilhotina.

— Somos companheiros políticos — disse Danton, enquanto seguravam seus braços.

— E hoje somos inimigos irreconciliáveis — completou o pensador da Revolução.

Após esse injusto julgamento, H se voltou a Napoleon.

— No auge da ditadura de Robespierre, foi instaurada a fase do Grande Terror, que condenou à guilhotina milhares de opositores políticos. O radicalismo dos revolucionários preparou a França para seu mais famoso ditador: Napoleon Bonaparte. A França mergulharia num calabouço, num cadafalso estrangulador.

Napoleon estava impressionado com o movimento pendular do ser humano.

— Parabéns, ilustre candidato à presidência. A quem muito é dado, muito será exigido — exaltou H a Napoleon, que sentiu uma vertigem.

— Dispenso suas ironias — respondeu o político.

— Suas palavras o comprometem.

— Não brinque comigo. Deixe-me em meu canto — disse Napoleon, preocupado. Desconhecia a identidade de H, mas o conhecia o suficiente para saber que ele era capaz de armar as maiores confusões para um ser humano.

— Vamos lá fora, Napoleon. Sua grande lição ainda está por vir.

— Desculpe-me, preciso ir ao banheiro.

— Vamos conversar com Robespierre. Aliás, um candidato à presidência deve ser um homem destemido.

Napoleon se recusou. Plantou-se no lugar em que estava. Olhava ao redor para saber onde era a porta de saída. Como se intimidou, Robespierre, com guardas, veio na direção dele.

— O homem está vindo, H. Vamos cair fora.

— Mas espere um pouco. Não foi você quem ficou entusiasmado em saber quem era Maximilien de Robespierre? Não foi você quem proclamou que os ideais da Revolução Francesa pulsam em suas artérias?

— Bem, um homem inteligente muda de ideia.

— Mas você tem o apelido de homem imutável. Alguém que erra pouco. Lembra? Vá até ele e convença-o de que ele está sendo um ditador, de que o poder o contaminou. Convença-o a defender a liberdade, a igualdade e a fraternidade. Vá!

— Você está louco? Esse maluco vai cortar minha cabeça.

— Mas até há pouco tempo você o admirava. Cadê o criminalista que livrava sociopatas do cárcere? Onde está o advogado ousadíssimo que atirava água no rosto do júri para mudar o movimento emocional dele?

Napoleon começou a perder a cor. Tentou bater em retirada, mas sentia suas pernas muito pesadas.

—Ah, o medo, esse velho fantasma, o vampirizou de novo.

Nesse momento, H soltou uma rajada de vento pela boca e impeliu Napoleon ao encontro de Robespierre. Este era quinze anos mais novo que Napoleon. Napoleon travou a boca, mas Maximilien de Robespierre observou bem sua face e o reconheceu.

— Espere um pouco! Você foi o homem que me deu apoio quando eu suplicava para meu pai retornar para casa!

Constrangido, Napoleon fez que sim com a cabeça. Robespierre completou:

— Espere. Você também foi um dos primeiros a me cumprimentar pelos meus discursos quando iniciava a carreira política.

Novamente Napoleon confirmou, constrangido. Robespierre o abraçou.

— Somos irmãos. Temos os mesmos ideais.

De longe, H soprava:

— Fale.

Mas o poderoso político permanecia como uma múmia. Então, H fez Napoleon abrir a boca e repetir algumas de suas últimas frases sobre a personalidade de Robespierre.

— Um homem espiritualizado que exalta a meritocracia e que promove o ser humano comum ao status de um rei deve ser dotado de tolerância e generosidade.

— Muito obrigado — agradeceu Robespierre.

Mas Napoleon repetiu sua última conclusão. Era impossível calar, mesmo falando de forma truncada.

— O homem incorruptível... corrompeu ao máximo sua mente, infectou até a última célula da sua emoção. Eu sou advogado. Quando se estabelece um tribunal injusto, os julgamentos são convenientes, políticos, divorciados dos fatos.

— O que você está dizendo? Está questionando meus julgamentos? — indagou Robespierre, num ataque de raiva.

— Você defendeu a igualdade, a liberdade e a fraternidade como pérolas da Revolução, e agora atira ao lixo suas crenças — disparou Napoleon.

Robespierre deu um passo para trás diante da coragem do homem que outrora o ajudara e o aplaudira. Contraiu os dentes, furiosamente. E Napoleon, por fim, não se aguentou:

— Maximilien de Robespierre, um líder que não é fiel às suas palavras tem uma dívida impagável com sua consciência.

Robespierre e todos os que estavam com ele ficaram chocados com tais palavras. Vendo alguns de seus pares recuarem das atrocidades que estavam cometendo, o eloquente e ferino líder da Revolução rapidamente interveio:

— Quase me persuade a mudar de ideia! Suas belas palavras são a fina flor da artimanha dos que querem destruir o sonho da Revolução Francesa. — E sentenciou Napoleon: — Guardas, degolem este traidor!

E pegaram Napoleon e o arrastaram até a guilhotina. Ele ficou desesperado, gritava por socorro. Pensou na esposa, pensou nos filhos, pensou no apagar das luzes da vida, esse episódio misterioso em que a existência deixa de pulsar e encontra a fonte das incertezas, o vácuo. Mas ninguém o ouvia. Apelou para H.

— H, não me abandone. Tire-me daqui.

Mas H apenas abaixou a cabeça, entristecido com seu desterro. Vendo a inércia dele, Napoleon teve um ataque de fúria. Debatendo-se nas mãos dos carrascos, bradava:

— Você me colocou nessa! Eu exijo, salve-me!

Mas o mais misterioso dos personagens estava inerte, paralisado.

Um dos carrascos, vendo a reação do mais recente sentenciado à guilhotina, comentou:

— Eis um dos maiores covardes a perder sua cabeça.

O sol reluzia sobre a lâmina, que se levantou de forma mordaz sobre o pescoço de Napoleon. Ela desceria em menos de um segundo. Seus olhos se fechariam para sempre, ele perderia o que mais amava, o sonho da presidência seria uma miragem.

— Por favor. Tenho esposa e filhos. Poupem-me.

O semideus encontrou a realidade crua: sempre fora um simples mortal. Sairia da vida e entraria nas páginas da história. Mas não entraria como herói, e sim como alguém que cintilou na sociedade e desapareceu sem deixar vestígios. De cabeça para baixo, verteu sobre o solo gotas de lágrimas que se misturaram com o mar de sangue dos outros guilhotinados.

Todo carrasco constrói seus monstros

Os oitenta e seis bilhões de neurônios que constituíam o cérebro de Napoleon estavam em pânico total diante do átimo final. No instante em que o carrasco prendeu a cabeça do político e começou a desamarrar a pesada lâmina, ele gritou:

— Nãããão!

O céu começou escurecer. Parecia que a lua tinha se interposto entre o sol e a Terra, gerando um eclipse total. Mais uma vez, raios cortaram o céu. Não se via mais nada. Silêncio completo, nenhum gemido, parecia que mais uma vida fora ceifada pelo homem que exaltara a democracia na Cidade das Luzes, Paris.

De repente, o cenário tétrico e frio mudou. Um foco de luz reluziu, expondo o centro do palco de um grande anfiteatro, e aos poucos desenhou a silhueta de um corpo estendido ao chão, inerte, sem fôlego, sem vida. Todavia, o corpo começou a distender seus músculos, movimentar suas articulações, como se ganhasse um sopro existencial. Sentou-se no chão. Ouviu-se um choro inexprimível. A luz incidiu sobre a face do personagem, expondo sua identidade.

— O que aconteceu? Estou vivo ou morto? — disse, continuando seu pranto. — Débora, onde está... você... Felipe... Fábio, meus filhos. Eu os amo...

Os grandes homens também choram. Se não com lágrimas úmidas, pelo menos com lágrimas secas, ocultas debaixo do tapete da sua maquiagem social. Napoleon já não era um semeador de sonhos, mas de pesadelos. Suas palavras e seus movimentos encenavam um sofrível monólogo. Era o único ator encenando uma única peça para apenas um espectador que ele não enxergava. Passou as mãos no pescoço e proclamou, atônito:

— Cadê o sangue? Este é meu corpo físico? Não é possível! Fui guilhotinado em nome da Revolução Francesa... Meu coração não pulsa em meu peito. Meu sangue não corre em minhas artérias. Sou destituído de vida. Será este ambiente gélido o destino de todo mortal, uma tumba fria? Mas como pode ser gigantesca? — Limpou os olhos com a mão e se surpreendeu — Espere! Por que sinto minhas lágrimas encenando no palco do meu rosto? Por que ainda estou consciente? A imortalidade proclamada pelos religiosos é uma realidade?

Suas perplexas indagações fluíam como um rio caudaloso que circulava pelos circuitos cerebrais e traduzia-se em gestos dramáticos, notáveis. O homem que nunca participou de uma peça teatral revelara-se um excelente ator. Shakespeare se emocionaria. Eis que o único espectador, sensibilizado pelo monólogo, irrompeu em aplausos.

Napoleon se virou assustado para a plateia sob a penumbra.

— Alguém está me ouvindo?

— Você ainda está vivo, homem! Pelo menos por enquanto.

Napoleon ficou felicíssimo ao ouvir aquela voz conhecida. Era o personagem que o fazia viver o drama e a comédia, aplausos e vaias, tal como a vida é.

— H? Que bom que está aqui! — afirmou, mas em seguida cerrou o semblante e indagou: — Por que me aflige?

— Não sou eu. Você está passeando pelas páginas dos livros.

— Mas não quero vivê-las. Não as suporto!

— Todo líder deveria experimentá-las.

— Mas por quê?

— Porque usam a guilhotina com muita facilidade!

— Discordo veementemente! A guilhotina foi um instrumento de Maximilien de Robespierre e de outros franceses radicais. Não de homens democratas.

— Será? A guilhotina emocional, tão sutil e tão cortante, é usada frequentemente no teatro da política, das empresas e até das universidades — disse H, olhando ao redor daquele imenso teatro, como se ele fosse uma metáfora do mundo.

— Mas... dessa atrocidade você não pode me acusar!

— Memória curta, memória conveniente, meu caro. Responda-me, por favor. Em cinco segundos se faz um grande discurso?

— É óbvio que não! Apenas se proferem algumas palavras.

— Em cinco segundos se faz uma grande caminhada?

— Não, é claro. Apenas se dão alguns passos.

— Mas em cinco segundos no território da emoção pode-se mudar uma vida para o bem ou para o mal. Pode-se decepar a autoestima, a identidade e a história de um ser humano. Professores que sentenciam "você não vai virar nada na vida!", parceiros que dizem um ao outro "não te suporto!". Momentos rapidíssimos podem construir cárceres cerebrais.

Napoleon embargou a voz diante do intrigante H. Não tardou para ser posto em xeque.

— Certa vez, seu filho mais velho, Fábio, tinha dez anos. Era ansioso, agitado, estabanado, mas divertido, transparente. Era 30 de março, dia do seu aniversário, gente poderosa estava na festa do político em ascensão. Você já não era mais prefeito, mas deputado federal. Fábio correu atrás do mais novo, Felipe. Seu olhar de desaprovação parecia engoli-los. De repente, ele caiu em cima da mesa com comida.

— Sim, foi... desastroso — comentou o criminalista.

— Para quem ama o circo, seria um momento de aplauso, mas, para quem coloca sua imagem social acima de tudo, foi um desastre. Estragou sua festa. Sob ataque de ira, você disparou na frente dos convidados: "Você me envergonha! Só me decepciona!".

— Mas eu precisava colocar um limite.

— Não confunda jamais limites com a guilhotina. Você a usou com requinte com seu garoto. Ele parou assustado. Estava chorando. Já tinha sido punido por ter consciência de que derrubou a comida. Mas você esqueceu que era o melhor advogado de defesa. Foi um juiz implacável: "Nem parece meu filho! Vá para seu quarto, moleque!". E você se esqueceu dele. Esqueceu de chamá-lo para cantar parabéns, para jantar, para conversar sobre o assunto.

— Tive a melhor das intenções — falou, embaraçado.

— O inferno emocional está cheio de pessoas bem-intencionadas. Corrigir é fundamental, sentenciar é desastroso. Você se esqueceu de que também foi jovem, falhou e frustrou seus pais. Mostrou sua autoridade, mas perdeu seu filho.

— Mas não imaginei que isso o machucaria tanto.

— Em dez segundos, você gerou uma janela traumática duplamente poderosa, com o poder de sequestrar o Eu e de retroalimentar-se. Sabe quantas vezes seu filho ancorou-se nesse arquivo e reproduziu a cena? Cento e vinte e sete vezes. Raramente alguém assiste a um filme mais do que três ou quatro vezes, mas certos traumas são lidos, relidos e registrados de volta. Freud ficaria perplexo se tivesse estudado esse pernicioso mecanismo. Sabe quantas vezes Fábio sentiu-se desamado, pensando que você valoriza mais seu cargo do que ele? Cento e setenta e seis vezes. Você não percebeu que os olhos dele nunca mais brilharam quando o via?

Napoleon quase desmaiou ao ouvir os dados desse misterioso personagem que sondava os pensamentos. Estava convencido de que pilotara muito mal sua aeronave mental.

— Nunca reparei...

— Você é um mestre em observar e desarmar deputados, senadores e até ministros, mas não observou que seu filho nunca mais o beijou espontaneamente? Sua presença o inibe. Cortar pessoas de nossa história porque nos frustram é desumano. A guilhotina física é brutal, a guilhotina emocional é cruel.

Caindo em si, Napoleon colocou as mãos no rosto e comentou:

— Meu Deus... Como somos despreparados para ser pais! O que faço com a culpa?

— A culpa branda corrige rotas, a culpa intensa fomenta autodestruição. A escolha é sua.

Expressando generosidade depois de colocar Napoleon frente a frente com seus erros como educador, H tirou uma maçã tenra e suculenta de dentro da bolsa que carregava e a entregou. O político, embora faminto, estava sem apetite. Queria voltar no tempo e resgatar seu filho, pedir desculpas, curar feridas. Comeu a fruta como se estivesse digerindo sua fragilidade e sua falibilidade. Enquanto nutria-se, não tirava os olhos do seu mestre.

— A vida é assombrosamente breve para se viver e espantosamente longa para se errar — afirmou H, que parecia perscrutar com um microscópio eletrônico os meandros da personalidade humana. Nada escapava à sua observação. H, apesar de não usar disfarces, não ter medo de nada e de ninguém, expressava uma simplicidade fascinante para alguém que tinha um poder de descortinar a mente que juízes, promotores, psiquiatras e psicólogos jamais sonharam.

— Tenho que admitir que a vida humana é brevíssima para se velejar e longuíssima para naufragar no oceano da existência — parafraseou Napoleon, inspirado na tese de H. Estava começando a abandonar o raciocínio linear e a organizar o raciocínio complexo.

— Parabéns, homem. Está sendo poético — comentou H, exaltando-o logo depois de mostrar seus erros.

— Estou chorando por dentro. Preciso reescrever minha história.

— Certamente. Você deixou seus amigos dos tempos de anonimato pelo caminho.

— Como assim? — indagou, confuso.

H comentou que seu melhor amigo, Dilberto, o havia procurado havia seis meses e ele sequer enviara uma mensagem em resposta. Sua tia Doroty, que cuidara dele como uma segunda mãe, estava doente, mas havia dois anos não a visitava.

— Sarah, a prima de quem você mais gostava na adolescência, precisa de recursos financeiros para fazer uma cirurgia. Tentou recorrer a você, mas não conseguiu chegar até o homem famosíssimo e ocupado.

— Sou, infelizmente, muito ocupado, mesmo.

— Um empresário, um ator, um esportista, um escritor, um político de sucesso, todos têm muitas desculpas, algumas pertinentes, outras estúpidas. O sucesso é mais difícil de ser trabalhado que o fracasso. O risco do homem de sucesso é se transformar numa máquina de trabalhar, ter mil atividades para perpetuar o próprio sucesso.

Napoleon parou para mais uma pausa reflexiva.

— O sucesso tem efeitos colaterais tão grandes quanto seus benefícios — comentou Napoleon, exercendo a autocrítica.

— Mais uma vez poético. E o maior efeito colateral é colocar pessoas caríssimas no rodapé de sua história — afirmou H. — Sarah está com câncer.

— Mas como? Eu não podia imaginar... — disse, arrependido.

— Como falei, há muitas formas de guilhotinas. A indiferença é uma das piores delas.

— Meu Deus, e eu pensava que era um homem com poucos defeitos.

— Os defeitos de um ser humano não estão na sua face, mas nas suas costas. E sabe qual foi o destino de Maximilien de Robespierre, justo quem se converteu no carrasco da guilhotina?

— Não lembro.

— Mas sabe o princípio que já abordei: todo carrasco constrói seus próprios predadores.

— Os ditadores jamais triunfam.

— A política financeira desastrosa que Robespierre imprimiu, as atrocidades que cometeu com seus adversários e seu idealismo radical fizeram com que caísse em desgraça. No dia 27 de julho de 1794, foi feito prisioneiro. A Comuna de Paris ainda tentou defendê-lo, mas a sua insurreição fracassou.

— Que impressionante!

— Impressionante foi seu fim. Depois de assassinar milhares de pessoas, foi guilhotinado em Paris no dia seguinte, 28 de julho, sem ter sido julgado, junto de seu irmão, Augustin de Robespierre, e mais vinte de seus colaboradores.

— Bebeu do próprio veneno.

— E, depois de bebê-lo, proferiu suas últimas palavras, que podem ser consideradas o seu epitáfio: "A morte não é o sono eterno. Mandai antes gravar: a morte é o início da imortalidade!".

— É estranho que homens poderosos invoquem Deus, mas não um deus acolhedor, que dá tantas chances quantas necessárias, mas um deus castrador, que satisfaz seu ego.

— Maximilien de Robespierre desenvolveu um culto à sua personalidade, construiu um deus à sua imagem e semelhança, estabelecendo a religião do ego, a mais intolerante e implacável das religiões. Quem não rezava a sua cartilha caía em desgraça.

Napoleon ficou impactado com essa discussão. Refletindo sobre sua história profissional, comentou:

— Por ser criminalista, estudei os grandes crimes da história, mas nunca havia refletido sobre esse tipo de religião, a religião do ego, como fonte de criminalidade, como celeiro de exclusão social. Stálin não tinha um deus formal na União Soviética, mas o culto à personalidade e o culto à ideologia socialista tornaram-se seus rituais religiosos.

— Correto! — disse H. — Stálin, como sacerdote da religião do ego, assassinava seus opositores à noite e, de manhã, tomava café com as esposas deles sem peso na consciência.

— Um dos provérbios mais lindos da história é: "Deus conta as lágrimas dos homens adultos; as das mulheres, Ele chora com elas; com as crianças, Ele sofre junto".

— Desconheço esse provérbio, mas ele é de extrema sensibilidade.

Depois de uma pausa, H refletiu sobre o adoecimento da espécie humana.

— As pessoas que têm traços marcantes de radicalismo, egocentrismo e individualismo não reconhecem suas falhas e têm necessidade neurótica de poder, que é um deus da religião do ego. Sua meta é que outros gravitem em sua órbita. É muito fácil para ateus ou devotos de qualquer religião construírem a própria religião. Uma religião dentro da sua religião. Há deuses nas religiões, nas empresas, nas universidades e, em destaque, na política. E você, homem, é um desses deuses? — indagou H a Napoleon.

— Eu nunca pensei nisso — disse Napoleon. — Mas pensando agora, talvez...

— Talvez? Transparência, como é difícil encontrá-la! — comentou H, aspirando o ar como se fosse um raro perfume. — Você dissimula, distorce, trapaceia ou mente em média sete vezes por dia.

— Tudo isso? Não é possível. Sempre me achei transparente.

— Meu departamento de estatísticas não erra.

— Que departamento é este? Tudo parece tremenda loucura!

— Sim, é loucura. Você machucou as pessoas mais próximas mais de cem vezes neste ano e pediu desculpas duas vezes e, ainda assim, sem espontaneidade. Não estou falando sobre certo e errado, falha e acerto. Esse binômio é doentio, depende da interpretação. Estou falando de pessoas feridas por você, algo que senti na própria pele! Sua dificuldade em reconhecer erros e pedir desculpas, seu orgulho inflado, isso sempre o posicionou como um deus. Sim, reitero, é loucura. Quer ver os episódios em que atropelou as pessoas?

— Não, não precisa.

— Na humanidade, em seu tempo, no século XXI, há mais de cinco mil religiões formais. E quantos deuses ou religiões do ego existem? Pelos meus cálculos, quase um terço da espécie humana. Há 2 bilhões, 310 milhões, 127 mil e doze seres humanos que cultuam o próprio ego, são ególatras, orgulhosos, individualistas em diversos graus. Não reconhecem erros, não pedem desculpas, não sabem se colocar no lugar dos outros. Grande parte é constituída de homens, pois as mulheres são mais generosas. Todas as religiões têm seus ególatras. Alguns são brutais, mas a maioria é apenas carrasco de si, já que uma pessoa egocêntrica nunca é feliz.

Depois dessas palavras, H fez uma pausa. Então disse:

— E outros noventa e dois seres humanos postularam-se deuses durante a minha fala.

Napoleon, mais uma vez, ficou assombrado com seu professor. H era um contador de episódios da corrupção, das lágrimas, das loucuras e das fraquezas dos homens. A espécie humana, a única que pensa e tem consciência de que pensa em meio a mais de oito milhões de espécies, havia se tornado uma fábrica de deuses. O mestre arrematou:

— Muitos homens querem ser empresários, muitos empresários querem ser políticos, muitos políticos querem ser reis, muitos reis querem ser deuses, mas raramente um homem quer ser um simples ser humano.

A humanidade estava perdendo a sua essência.

Himmler: o agrônomo que assassinou milhões

Adolf Hitler também desenvolveu a religião do ego na plenitude. Era um homem que citava constantemente a "Providência". A "Providência" o predestinou, o comissionou, o autorizou... Ele desenvolveu inclusive uma oração semelhante ao *Pai nosso* em que exaltava o partido nazista e a raça ariana. Ao ouvir a explanação de H, Napoleon aproveitou para fazer um questionamento que há décadas, desde os tempos de criminalista, o inquietava.

— Jesus era judeu. Como Hitler, que era marcadamente egocêntrico, o encarava?

— No começo o admirava; depois, à medida que Hitler ascendeu ao poder e construiu a religião do ego, o Jesus judeu tornou-se um problema para quem massacraria esse povo. Hitler passou a considerá-lo um judeu frágil, com uma ética feminina, que distribuía deliberadamente o perdão a tudo e a todos, que cometia o sacrilégio de dar a outra face aos seus inimigos.

Depois de fazer uma pausa reflexiva, H perguntou:

— O que você acha de dar a outra face, Napoleon?

— Admiro muito Jesus, mas ele exagerou nessa tese.
— Depende de como você interpreta o que é face.
— Como assim?
— Se interpretá-la como a face física, refletirá submissão, mas, se interpretá-la como face mental, refletirá maturidade. Elogiar primeiro a pessoa que erra, para depois tocar em seu erro, abre o circuito da memória, oxigena a capacidade de pensar de seu inimigo. Essa é uma forma solene de dar a outra face.
— Nunca analisei por esse ângulo.
— Não analisou porque você sempre foi implacável com seus desafetos. Um homem que não sabe dar a outra face sempre será um colecionador de inimigos. Não tem proteção emocional, compra o que não lhe pertence, qualquer contrariedade o invade e o infecta. Em especial, não sabe encantar pessoas difíceis.

Esse argumento tocou o político. Tinha admiradores e adversários como raros. Depois disso, H começou a descrever a personalidade de Hitler.

— Você pode criticar Adolf Hitler como o maior psicopata da história, mas sua capacidade de seduzir as pessoas e sua eloquência eram incomuns. O líder nazista era um sumo sacerdote da religião do ego muito acima da média.
— Que ele era eloquente eu sabia, mas que era sedutor, jamais.
— O solteirão Hitler se curvava diante das mulheres nos teatros e nas festas, beijava delicadamente suas mãos e as levava ao delírio. No palco social, era elegantíssimo; nos bastidores, violentíssimo. Por isso, algumas mulheres que se relacionaram com ele se suicidaram.
— Impressionante e aterrador — falou Napoleon. — Que relação há entre o francês Robespierre e o austríaco Hitler?
— Além de invocarem a Deus segundo seu ego e de considerarem seus governos messiânicos, achavam-se insubstituíveis, salvadores da pátria. Hitler era muito mais versátil e astuto que Robespierre. Era um estrangeiro, tosco, não tinha

biótipo ariano nem era versado na cultura alemã, mas se colocou como o alemão dos alemães. E a imprensa teve culpa no processo de agigantamento de Adolf Hitler no inconsciente coletivo dos alemães.

— Como assim?

— No episódio conhecido como Putsch da Cervejaria de Munique, onde um bocado de jovens enfrentou as tropas do governo, os alemães se dissiparam, mas ele, Hitler, se apresentou como responsável. Foi preso e na prisão escreveu um livro de autoajuda radical, saturado de teses superficiais sobre economia, gestão pública e exclusão social: *Minha luta*. E, quando foi julgado, não se intimidou perante o juiz. Embora fosse forasteiro, declarou-se o alemão dos alemães, se curvou em amor pela pátria, uma falsa paixão. E a imprensa escrita e as rádios deram voz ao ilustre desconhecido oito anos antes de ele se tornar chanceler. Exaltaram um político completamente despreparado para dirigir um botequim.

— Foi rápida sua ascensão? — indagou Napoleon, cujo crescimento na política fora de uma velocidade impressionante.

— Meteórica! É uma regra: um ditador sempre sobe meteoricamente ao poder. Em 1918, Hitler era um simples soldado que circulava perturbado e fragilizado na Primeira Guerra, trazendo e levando notícias do front para o quartel. E pasme! Quinze anos depois, lá estava ele como o todo-poderoso dirigente da Alemanha, dominando com mão de ferro os generais, marechais e brigadeiros das Forças Armadas do país.

— Quase inacreditável. Sempre me interessei pela história de Hitler, mas nunca fiz essa correlação temporal.

A humilhação com a derrota na Primeira Guerra, a fragmentação da liderança política e outros elementos criaram um caldo de cultura que permitiu a esse austríaco revelar seus talentos como o maior manipulador da emoção da história.

— A engenharia emocional patrocinada por esse homem rude, inculto, depressivo, de hábitos noturnos, foi surpreendentemente trágica. Hitler conquistou algo que jamais outro político conseguiu: o inconsciente coletivo e o território da emoção de crianças e adolescentes. Por isso, eles formaram, em massa, a Juventude Hitlerista, regada a redações, peças teatrais e músicas que exaltavam o líder e os ideais nazistas.

Napoleon ficou chocado ao descobrir o nível de culto à personalidade fomentado por Hitler, inclusive através do cumprimento "Heil Hitler!". Os jovens alemães que um dia perderiam suas vidas na guerra por causa da sua megalomania foram seduzidos quando tinham idades entre sete e doze anos.

— Conheci alguns traumas que Robespierre vivenciou e que o moldaram. Quais atrocidades Hitler viveu que o transformaram num monstro?

— A personalidade de Hitler é um caso incomum.

— Como assim?

— Hitler não tinha um histórico de traumas na infância como Robespierre, capaz de transformá-lo no maior sociopata da Europa.

— É difícil acreditar nisso.

Quando Napoleon colocou em xeque a tese de H, este não se chateou, apenas caminhou até o fundo do palco, colocou os ouvidos sob a porta e comentou:

— Silêncio. Ouça o menino que ateará fogo no continente.

— Não ouço nada.

— Venha, vamos entrar.

— Recuso-me a entrar nos bastidores deste teatro.

— Não tema, estamos no teatro do tempo.

— Pior ainda.

Como Napoleon resistia, H fez um gesto como se estivesse laçando-o com uma corda invisível. Napoleon sentiu-se arrastado.

— Você não tem esse direito!

— É melhor entrar comigo do que ficar no meio do conflito que se desenrola neste palco — comentou H, irônico.

Napoleon se viu então dentro de uma guerra, com bombas caindo próximo dele, rajadas de metralhadoras. Era melhor seguir H se quisesse sobreviver ou não ficar louco. Ao abrir a porta, saíram do cenário de guerra. Entraram na sala da casa de uma família típica.

— Parece uma família conversando — comentou o político, respirando aliviado.

— Vamos nos aproximar. Eles não nos perceberão — afirmou H.

Era o ano de 1900. Os pais estavam conversando com seu filho de onze anos, que havia nascido em 20 de abril de 1889 na pequena cidade de Braunau, na Áustria. H e Napoleon se sentaram em duas cadeiras de madeira cujo assento era de pelo de cabra. Os pais estavam acomodados no velho sofá de madeira com almofadas vermelhas trançadas à mão. O menino estava entre o pai e a mãe. Ela acariciava seu filho. Preocupada com sua trajetória de vida, comentou:

— Filho, você vai ser um grande artista plástico. Seu talento é inegável.

— Mas preciso melhorar meu traço.

— Klara, você não percebe os talentos desse garoto — disse o pai, corrigindo a esposa. E, voltando-se para o menino, completou, num tom mais austero: — Eu acho que você deve seguir o canto, a música.

— Não, Alois — rebateu a mãe. — Em alguns anos, nosso filho irá para Viena. Adolf se matriculará na Escola de Belas Artes.

— Você decide — falou o pai, contrariado.

— Prefiro as artes plásticas, meu pai — disse o filho, timidamente.

— Tudo bem. Mas, se não tiver êxito, criará abelhas comigo — reagiu o pai, que tinha um emprego estável na Alfândega, mas era um homem que amava a natureza. E levantou-se.

A mãe e o filho ficaram na sala por mais alguns instantes. Ela o beijou na testa.

— Será um grande artista.

Em seguida, eles saíram do ambiente. Napoleon, durante a fala, fixava-se na imagem do garoto e estava incrédulo.

— Esse menino mimado é Adolf Hitler? O homem dos campos de concentração, das guerras-relâmpago, o assassino de milhões de pessoas?

— O próprio.

Tomado por raiva, Napoleon sugeriu:

— Por que não... não...

— Tem coragem de assassiná-lo?

— Eu... — falou ofegante.

— O futuro não muda o passado, mas o passado pode mudar o futuro.

— Mas quase morri pelas mãos de Robespierre.

— De fato, você representa o futuro.

Depois dessa reflexão, Napoleon acrescentou:

— Cadê o abandono pelo qual Hitler passou, tal qual Robespierre? Onde estão as privações, os traumas, os abusos que formataram o sociopata?

— Eis o paradoxo hitleriano: você não precisa ser devorado na infância para se tornar um devorador na vida adulta. Os estresses pelos quais Hitler passou na formação de sua personalidade foram "normais", embora cada personalidade possa digerir de forma diferente os estímulos estressantes.

H comentou que, mais tarde, Adolf Hitler se inscreveu na Escola de Belas Artes de Viena, mas o professor que o avaliou considerou que ele não estava apto a seguir o curso. Ele nunca se esqueceu desse trauma. Por isso, durante a Segunda Guerra, poupou Paris, a cidade das artes, de ser bombardeada. Por isso, também, tornou-se o maior espoliador e comprador de obras de artes de toda a Europa.

— Se o professor de artes plásticas de Viena tivesse aceitado o jovem Hitler em sua escola, talvez tivéssemos um artista plástico medíocre, mas não um dos maiores monstros da história. Nas mãos dos professores, passam alunos que um dia se tornarão "médicos" ou "monstros". Se eles soubessem disso, dariam uma atenção especial à sua plateia.

Depois dessas palavras, H olhou para o horizonte e emendou:

— Ah, educação cartesiana que exalta a mecânica de Newton, o mecanismo de ação e reação, tão importante para a física e tão atroz para as relações sociais. Quantas guerras e violências você não patrocinou?

Napoleon observava a face triste do seu mestre. Parecia que ele gemia com os miseráveis nos capítulos mais cáusticos da história.

— Se Hitler foi poupado de grandes traumas na infância, de que forma ele foi gestado, então, como sociopata?

H encarou Napoleon:

— Há dois tipos de sociopatas. O primeiro é forjado na infância pelos traumas. Esse destrói alguns, mas não consegue ter ascensão política. Felizmente uma minoria se torna agressiva quando atravessa o caos. O segundo é formado pelo adestramento mental. Alguns desses sociopatas têm habilidades para dirigir nações e levar ao calabouço toda uma geração. São os sociopatas funcionais.

Ideias racistas, antissemitas, ideologia radical, embates constantes com marxistas, oposição ferrenha ao Tratado de Versalhes, crítica atroz aos líderes da Alemanha, inflação alta, desemprego em massa, tudo isso ajudou a forjar o caráter messiânico de Hitler.

— Robespierre e Stalin foram forjados pelas duas escolas. Hitler viveu a segunda, em especial.

— Nunca imaginei que o cérebro humano pudesse ser adestrado com facilidade.

— Às vezes com mais facilidade do que cães. Um animal não se autodestrói — disse H. — Esqueceu-se da religião do ego? Partidos políticos radicais, ideologias egocêntricas, fundamentalismo religioso são fontes de adestramento mental.

— Que espécie é essa tão inteligente e tão sujeita ao cabresto? — questionou Napoleon, frustrado com a humanidade.

— Venha.

— Para onde?

H abriu uma porta e o cenário mudou. Estavam no campo. Havia uma casa agradável, um curral com algumas vacas e um barracão onde se criavam galinhas. Era um dia de primavera, um clima ameno.

— Eu amo a natureza — comentou Napoleon, aspirando o ar puro. — Onde estamos?

H também inspirou o ar.

— Ah, eu amo o ar da Bavária.

— Bavária, Alemanha? — perguntou, animado, o advogado.

— Sim. Deixe-me mostrar algo interessante.

Era o ano de 1919. Eles se aproximaram do barracão das aves.

Havia um escritório ao lado do barracão cheio de gaiolas e um jovem dezenove anos, que estava cursando a escola técnica de ciências agronômicas de Munique. Dedicado, fazia algumas experiências de cruzamento. Eles estavam imperceptíveis ao jovem.

— O que ele está fazendo? — questionou Napoleon.

— Selecionando frangos. Estudo genético.

O jovem fazendeiro era dedicado, compenetrado, introspectivo. De repente seu pai o chamou na sede da fazenda.

— Venha almoçar, garoto!

Ele demorou mais cinco minutos. O pai insistiu. Quando o jovem foi almoçar, H e Napoleon o acompanharam como se fossem invisíveis. Ao chegar perante o pai, ele disse:

— Acho que estou conseguindo.

— O quê? — indagou o pai, desconfiado.

— Frangos... mais robustos — falou, timidamente.

— Tenho minhas dúvidas — disse o pai, que costumava duvidar da capacidade do filho.

— Vai dar certo.

Seu pai era culto, reitor de uma universidade, mas impaciente. Os dois foram almoçar. Antes disso, o jovem lavou as mãos três vezes. Era inseguro, preocupado com doenças. Flertava com a hipocondria.

— Preciso voltar para as minhas experiências — disse o jovem, tão logo almoçou.

H e Napoleon o acompanharam. Em seguida, o homem que conhecia todos os capítulos da história comentou:

— Pode alguém ligado às ciências agronômicas ser uma ameaça social? Como criminalista, você vê nesse selecionador de frangos um potencial assassino?

— Só se for de vacas e galinhas — disse Napoleon, com deboche.

— Venha. Vejamos.

H abriu uma porta do barracão e, em seguida, trocaram de ambiente novamente. Entraram numa casa pálida, cujos móveis estavam despedaçados e atirados ao chão. Rajadas de metralhadoras eram ouvidas nas ruas. Pareciam estar num gueto.

— Onde estamos? — perguntou Napoleon, assustado.

— A solução final já começou. A caçada infernal contra judeus está em curso.

— Como assim? A destruição em massa dos judeus? — disse, sentindo um frio na espinha. — Meu coração não vai aguentar, H. Passamos pela infância de Hitler, fomos visitar um jovem fazendeiro e agora me coloca num clima de terror. — Mas, de repente, ficou intrigado: — Espere um pouco! Quem era aquele selecionador de frangos...?

— As atrocidades da Segunda Guerra têm segredos para os quais nem os historiadores atentaram.

Mal H terminou de dizer essas palavras, policiais entraram arrombando a porta da sala.

— Judeu! — gritaram.

Pegaram Napoleon e o arrastaram para fora de casa. H permaneceu imperceptível.

Os soldados o espancaram no caminho.

— Ai, ai... H, por favor!

Arrastaram o candidato à presidência até o todo-poderoso líder da mais atroz polícia da história, a SS. Napoleon sangrava pela boca, estava ofegante, atirado ao chão. Seu olhar começou a subir da bota de couro do líder, passando pela farda e pela suástica, até se fixar no olhar frio do homem, que parecia insensível como um deus implacável. Não podia acreditar, estava pasmado. Reconheceu o jovem que tinha aptidões agrárias. Era um dos maiores carrascos da história: Heinrich Himmler.

O jovem agrônomo que selecionava frangos agora era um selecionador de seres humanos, o responsável pela limpeza racial, por preservar a raça ariana. A loucura chegara aos limites máximos. Em nome de Hitler, Himmler criou e construiu os campos de extermínio. Como facilitador e supervisor dos campos de concentração, Himmler foi responsável pela morte de cerca de seis milhões de judeus e cinco milhões de não judeus, incluindo poloneses, ciganos, presos políticos e homossexuais. Nunca na história um suposto amante da natureza odiou tanto a humanidade.

Seu fim, como o de seu adestrador, Hitler, foi o suicídio. Quando um líder de uma nação delira, trata-se de um surto individual; quando os seus assessores deliram com ele, a nação torna-se um hospício. Himmler também chutou Napoleon e o ofendeu impiedosamente, algo típico dele.

— Esses ratos estão em todo lugar.

Napoleon urinou nas calças devido ao estresse violento que sofreu. O candidato à presidência de um país numeroso precisava implantar políticas educacionais que contemplassem ferramentas mais nobres para promover a paz social. Ele começou a entender que era vital intensificar a incorporação de imigrantes à cultura, à saúde e à educação. H acreditava que somente a igualdade de oportunidades e a educação da emoção, de nativos ou imigrantes, nas escolas, nas empresas e nas igrejas, levariam as pessoas a pensarem como humanidade. Brancos e negros, árabes e judeus, nativos e imigrantes deveriam se enxergar como uma só família. Sem essa política, a Europa continuaria a ser um barril de pólvora.

— Eu mesmo mato esse verme. Quero estourar seus miolos — afirmou o carrasco-mor da SS.

Napoleon procurou assustado por H. Mas ele desaparecera. Os pulmões de Napoleon estavam na velocidade máxima, parecia que iriam entrar em colapso. Himmler apontou sua arma para a cabeça do homem e, quando apertou o gatilho e se ouviu o estampido da bala, Napoleon deu um grito estridente que quase matou Débora, sua esposa, de infarto. Sem entender como, ele estava em sua cama, mais uma vez em estado de pânico.

— O que foi, querido? Mais um pesadelo? — ela disse, colocando a mão sobre seu peito para acalmá-lo.

— Oh, Débora. Que bom ouvir a sua voz.

— O que aconteceu? Sua boca está sangrando.

— Ai. Minhas costas — disse ele, sentindo dor ao se movimentar. — Se eu contasse, você me internaria.

— Conte. Sou sua esposa.

— Quase fui degolado e depois, assassinado. O que está acontecendo comigo, meu Deus? Estou enlouquecendo, Débora.

— Acalme-se querido, essa campanha está te matando.

— Onde está o Fábio? Preciso muito conversar com ele.

— Também acho. Mas ele está passando alguns dias na casa de um amigo. Distanciou-se da campanha.

Débora tratou suas feridas, deu-lhe um analgésico e um anti-inflamatório. Napoleon estava tão fatigado que se entregou à cama. Dormiu profundamente. Tinha de se preparar para a jornada da candidatura, tinha também de montar alguma estratégia para nunca mais encontrar H. Convocou padres, pastores, rabinos e outros líderes religiosos para fazer preces. Queria espantar o misterioso homem da sua história. Nunca amara tanto um professor e, paradoxalmente, nunca tivera tanto medo de revê-lo.

Direito de escolher

Napoleon tentou se recompor no café da manhã, mas ainda sentia dores nas costas. Lembrou-se de H. Tudo parecia tão real e tão surreal, tão concreto e tão imaginário. Faltavam vinte dias para as eleições. As estatísticas demonstravam que estava com 31% das intenções de votos, empatado tecnicamente com seu principal oponente, Carlos de Mello, da situação, que tinha 32%. Havia 16% de eleitores indecisos e outros 21% estavam tão desanimados com os líderes políticos e com a corrupção no país que diziam que votariam em branco. Não queriam exercer o direito solene de escolher. Tinham perdido a confiança na classe política, acreditavam que, na essência, eram iguais, gravitavam em torno do seu próprio umbigo, areia da mesma praia, farinha do mesmo saco.

— Vamos ganhar, Napoleon — diziam os especialistas em marketing, destacando a baixa taxa de rejeição do candidato.

— Vamos conter nossa euforia e trabalhar — Napoleon dizia com propriedade.

No dia seguinte, ele se preparava para mais um debate televisivo, um dos mais importantes da campanha. Estava no camarim. Seus assessores de marketing o instruíam.

O marqueteiro-chefe, João Gilberto, já o chamava de presidente. A autoestima tinha de estar em alta. Olhou bem em seus olhos e ensinou:

— Presidente, olhe bem na lente da câmera. Mesmo quando não tiver certeza de um dado, fale com convicção.

Napoleon, sempre questionador, perguntou:

— Por que não dizer a verdade, João? Por que não dizer simplesmente "não sei" quando não conhecer a resposta e ser sincero dizendo que vou procurar me informar?

— Estou te estranhando! Marketing político é um jogo de faz de conta. Cerca de 80% das pessoas não leem jornal e não vão checar os números. Dos 20% que leem, 15% não sabem interpretar dados, são analfabetos funcionais. Portanto, uma resposta errada, mas dita com convicção, tem muito mais peso que um honesto "não sei".

— Você não está subestimando o povo, João Gilberto? Sua orientação é carregada de prepotência.

— Estatísticas, Napoleon.

— Mas se falta educação para a população em geral, vamos procurar educá-la. Sem transparência, não existe educação; sem educação, não se constrói a autonomia de um povo.

O chefe do marketing respirou profundamente.

— Belas palavras. Mas estamos num coliseu. Esqueceu-se disso?

— Não, estamos numa campanha.

João Gilberto ficou intrigado com a repulsa de Napoleon. Ele tinha convicções fortes, mas era influenciado com frequência pela sua equipe de marketing.

— Olhe bem nos meus olhos, Napoleon. Se quiser ganhar esta campanha, tem de confiar em mim e no meu time. Já lhe disse e repito: a disputa para o Senado, que foi exitosa, é diferente da de presidente. Agora, você não pode vacilar. Ao ser questionado, fale com convicção os dados, ainda que imprecisos. E, se seu adversário o corrigir, será a sua palavra contra a dele.

— Você está me induzindo a mentir?

— Não o estou entendendo. Você me ouvia mais. O que quero dizer é que é preciso fazer com que os eleitores se convençam de que você sabe o que está falando.

João Gilberto ganhava muito dinheiro na campanha, mas tinha direito a um excelente extra em caso de vitória. Mas para ele havia mais do que dinheiro em jogo, havia o seu ego. O sucesso do seu candidato era seu sucesso pessoal, de sua astúcia, sua habilidade. Não importava para João Gilberto o sucesso do país. Vendo as convicções sólidas do candidato à presidência, outro assessor de marketing, Fernando, interveio com rapidez.

— Todos nós sabemos do seu caráter, Napoleon. Sua postura é digna de aplausos. Se não quiser mentir, dissimule, dê respostas evasivas.

— Dissimular é a primeira lição que se aprende em política. Não é essa uma forma colorida de mentir? — repetiu Napoleon, irado, batendo na mesa.

João Gilberto, espantado com a postura do candidato, acrescentou:

— Saia pela tangente, em especial se tiver que falar medidas impopulares. Cuidado! Não se sabote.

Ao ouvir isso, Napoleon lembrou-se de H. João Gilberto e H eram dois professores completamente diferentes. Diante disso, ele questionou o líder de marketing.

— Você está pensando no seu bolso ou na nação?

— Caramba! Parece que estamos em times diferentes! — disse João Gilberto, que era ansioso e autoritário. — Estou pensando em você. Tenho vinte e quatro anos de estrada em marketing político. A maior parte das campanhas dele fora vitoriosa, principalmente quando os candidatos eram flexíveis e me ouviam. Você era mais maleável, mas nos últimos dias está...

— Intratável, incontrolável, indomável! — disse Napoleon, irritado. — É isso o que você quer dizer?

— Não — dissimulou o marqueteiro, diminuindo o tom de voz. Era a primeira vez que um candidato que ele orientava o enfrentava. João Gilberto era uma referência no mercado. Todos os candidatos que assessorava tinham de ler sua cartilha. Era um homem temido e admirado. Abaixou a crista e disse: — Quis dizer que é indiferente à derrota.

Napoleon fez uma pausa e comentou:

— Quero vencer, sem dúvida, mas a qualquer preço, João Gilberto?

— O que está acontecendo com você? Você está mudado. Quem está fazendo sua cabeça? — indagou Carvalho, o tesoureiro da campanha.

— Sou da terceira via. Não sou de esquerda nem de direita. Se for eleito, pegarei as melhores cabeças do país para me ajudar a governar, independentemente da corrente ideológica. Defendo políticas de Estado capazes de dar sustentabilidade à nação, mesmo se eu for derrotado. Se as medidas que tomarei exigirem austeridade de toda a nação, explicarei os motivos e pronto, mas não evitarei comentá-las em meus discursos. Caso contrário, se ganhar as eleições, como as implantarei? Que credibilidade terei?

João Gilberto coçou a cabeça.

— Esse excesso de transparência é ingenuidade política, é suicídio eleitoral. Ninguém vota em político trator, que atropela a sociedade. Não toque em sacrifícios sociais. Venda o país das maravilhas.

— Você está louco, homem — disse Napoleon, usando a expressão de H. — Não está entendendo que o país pode quebrar! Os gastos para sustentar a máquina governamental, neste período, que eram de 13,7% do PIB, chegaram a 22,5%. Uma empresa que gasta mais do que ganha vai à falência!

— Mas isso não é culpa sua! — afirmou Carvalho, categoricamente. — Esse é um problema causado pelos governos anteriores, em especial o atual.

— Tornou-se meu problema, Carvalho. Não sou um extraterrestre. Estou no Senado há oito anos. Todos os políticos, sejam da oposição, como nós, sejam da situação, têm sua cota de responsabilidade. É responsabilidade minha traçar política de Estado e não política de partido, deputado — falou para o tesoureiro. E depois voltou-se para o chefe do marketing:
— Sabe a diferença entre política de partido e de Estado, João?
— Está querendo me sabatinar? — disse, com rispidez.
— Sem dúvida! É um absurdo um homem do seu nível ser leigo nessa área.
— Para o marketing, não há grandes diferenças — reagiu João, constrangido.
— Sempre saindo pela tangente. A política de partido está matando este país. Ela é paternalista, conivente, torna-se um projeto de grupos políticos para se perpetuar no poder. Política de Estado transcende partidos, ultrapassa egos, objetiva construir os alicerces de uma sociedade mais justa, empreendedora, com mais oportunidades, com inflação controlada, com custeios responsáveis e investimentos a médio e longo prazos.
— O povo está cansado de teoria. Depois de ganhar as eleições, você resolve a equação.
— Você não ama seu país, homem. Um governo que gasta mais do que arrecada comete um crime contra seu povo. Não é sustentável. Este país precisa mais de ação e menos de papagaios, mais trabalho e menos discursos.
— Está me chamando de papagaio? — falou João Gilberto, irritadiço. Nunca ninguém enfrentara e ofendera tanto o ícone do marketing.
— Serviu a carapuça?
Carvalho comentou:
— João Gilberto está certo. A massa tende a votar em super-heróis. Em candidatos que vendam a ideia de que são salvadores da pátria.
— Maximilien de Robespierre e Hitler foram dois salvadores da pátria. Foram dois terroristas de Estado.

— Quem é Robespierre? E por que trazer esses nomes à tona agora? Nós podemos perder a eleição!

— Quero o voto consciente.

— Realmente, você está estranho. É a sua vida, é o seu sonho!

— Mas não será meu pesadelo.

— Todo político queria estar às portas dessa vitória! Voto é voto, consciente ou não! — afirmou Carvalho.

— O voto consciente é o voto das pessoas que querem um norte, o que, no meu ponto de vista, significa um farol sinalizando que o Estado será menor e mais eficiente; que o ensino médio será técnico profissionalizante, e não um colegial vazio; que a educação deixará de ser conteudista e passará a ser proativa, instigante e investigativa; que as faculdades particulares que tenham condições materiais e intelectuais possam oferecer cursos de mestrado e doutorado sem restrições; que as universidades públicas se aproximem das empresas; que seus professores e pesquisadores formem centros de excelência e sejam encorajados a desenvolver produtos, ter patentes e a enriquecer sem culpa.

— Gostei! — disse João Gilberto, curvando-se ao projeto de Napoleon. Mas, em seguida, ele o decepcionou.

— O voto consciente será um norte para desburocratizar a sociedade. O voto de quem espera que poderá abrir uma empresa em dois dias e fechá-la em três; que a idade mínima para se aposentar passe a garantir que seus filhos e netos também se aposentem. Quero os votos de quem sonha com um norte para este país.

Todos ficaram surpresos com as palavras de Napoleon. João Gilberto, o chefe de marketing, desferiu suas palavras.

— Eu pensava que o conhecia, mas acho que me enganei. Sinto-me traído, pois você nunca se abriu completamente comigo.

— Não pensa no futuro do país, João? — disse o candidato, indignado.

— Olhe, Napoleon, infelizmente, ou não, no marketing político o que vale não é o conteúdo, mas a embalagem, como o vendemos.

— Isso é um sequestro do direito de escolher.

— Não, esse é o jogo. Essas são as regras.

— Vocês subestimam o julgamento das pessoas na era digital. Será que elas são tão ingênuas que não conseguem ver a diferença entre falácia e conteúdo?

— Pesquisas demonstram que não — disse João Gilberto. — Certa vez um repórter, trajando um elegante terno, foi entrevistar pessoas nas ruas de uma cidade dos Estados Unidos, perguntando se elas sabiam que o país estava sendo atacado por zumbis. Por incrível que pareça, muitas ficaram apavoradas. O mesmo repórter, usando roupas muito mais simples, fez a mesma entrevista com outras pessoas. Todas acharam que era piada.

Depois de contar essa história, o chefe do marketing reafirmou:

— É a embalagem o que conta.

— É interessante como a mente pode ser encarcerada. Mas não vou jogar esse jogo. As pessoas não são zumbis.

Marlus, outro assessor de marketing, incomodado com a rebeldia do candidato, interferiu:

— Uma simples fita zebrada, embora baratíssima, pode impedir uma multidão de circular numa rua. Por outro lado, vários carros Ferrari, dispostos um atrás do outro para impedir as pessoas de circularem, não as impedirão. João Gilberto está certo. Não é o conteúdo, é a representação; não é a essência, é a aparência que conta no inconsciente coletivo. Bem-vindo ao marketing político.

— Se essa é uma condição, não os quero na minha campanha.

— Você está louco, Napoleon — esbravejou Carvalho, o tesoureiro. — Você entrará num debate fundamental em minutos. Milhares de empresários e investidores estão colocando dinheiro na sua campanha. Eu abandonei tudo para servir você. Que bicho te mordeu, cara?

— Não foi um bicho, Carvalho, quase perdi a cabeça.

Calisto, o senador que era fiel escudeiro, foi mais ponderado:

— Napoleon, adoce a pílula, deixe-a com um gosto mais agradável e, depois que assumir o governo, mostre suas garras.

— Calisto, meu amigo. Num país democrático, fazer política é a arte da negociação, não do radicalismo. Eu sei, eu sei, eu sei — repetiu em tom de voz alto. — Mas negociação é diferente de negociata. Mudanças duras exigem sacrifício de todos. Que as medidas sejam amargas e rápidas, mas implementáveis. Nunca leu Maquiavel?

— Não — respondeu Calisto.

Os assessores não conseguiriam mover um milímetro do pensamento do candidato, que estava sendo massacrado pelo estranho H, nem arredariam pé do que pensavam. Jogadores do mesmo time estavam agora em lados opostos.

— Ok. Mantenha suas ideias, seja fiel ao seu projeto, mas, pelo menos, ataque Carlos de Mello. Não dê trégua ao seu opositor, mesmo quando ele estiver correto.

— Combater por combater?

— Exatamente! Se ele rebater, eleve o tom de voz e volte a atacar — orientou João Gilberto. Nunca um candidato lhe tirara tanto o chão.

O debate televisivo começaria em cinco minutos. Não seria possível passar nenhuma outra orientação. Para dar ao camarim um clima mais suportável, João Gilberto olhou para o relógio e saiu do inferno da tensão para o céu do prazer. Tentou sutilmente afagar o ego rebelde de seu candidato:

— Relaxe e escute, presidente! Pense: "Em poucos dias, poderei ser o homem mais poderoso desta nação". Você irrigará a sociedade com seus projetos. E, de quebra, terá seu nome nos anais da história. Será um homem lembrado por gerações. Ah, o poder é bom. O poder é o júbilo dos júbilos. É melhor que o gozo do Oscar, que o deleite do Nobel, que o sabor do Grammy, que o amor das mulheres. O poder é uma bomba de endorfina para o cérebro, leva-o ao êxtase, ao último estágio de prazer. Ah, o poder é insubstituível!

    Todos os que ouviram o especialista em marketing político salivaram como se fossem machos no cio. Impactados, aplaudiram-no com entusiasmo antes de dirigirem os aplausos ao candidato.

Um homem ousadíssimo

O time de marketing que assessorava Napoleon, capitaneado por João Gilberto, era muito experiente. Já havia contribuído para eleger um presidente, cinco governadores e três senadores. E tinha uma boa chance de emplacar mais um presidente. Quando saiu do último encontro, o líder da equipe confessou aos auxiliares:

— Napoleão Bonaparte teria sido mais fácil de domar.

— Que candidato se propõe a ir contra as receitas básicas do marketing político? — reclamou Marlus.

— Parece que foi comprado pelo adversário — refletiu o chefe.

Os dois adversários foram chamados ao centro do palco do debate, que seria transmitido pelo mais importante canal de TV do país. O âncora do principal jornal da emissora seria o moderador. Faria as perguntas, controlaria as réplicas, as tréplicas e o tempo de cada uma das respostas.

Na primeira metade do debate, Napoleon, por ser mais culto, eloquente, rápido nas respostas, brilhou. Sobressaiu-se ao oponente. Na segunda metade, os políticos que participavam de sua campanha e que estavam na primeira fila, vários deles sonhando em ser ministros, faziam sinais demonstrando que ele estava sendo generoso e explicativo demais.

De fato, Napoleon deixou de lado suas táticas de criminalista combativo para ser um político didático, preocupado em expor suas ideias e propostas. No final do debate, cometeu o sacrilégio de elogiar uma das propostas do candidato.

— Eu concordo com a proposta de Carlos de Mello. Ela é importante e, inclusive, será observada em meu governo.

João Gilberto quis morrer ao ouvir essas palavras. Queria que seu candidato fosse implacável com o adversário. Carlos de Mello não perdeu tempo.

— Estão vendo, senhoras e senhores, sou tão bom que meu adversário quer votar em mim.

A plateia gargalhou. Napoleon, embora constrangido, não se deixou ser provocado, não comprava suas ironias. Rebateu:

— Se você tiver meu caráter e propostas semelhantes às minhas, votarei em você.

Todos deram ainda mais risadas com Napoleon. Seu adversário, apesar de ter ouvido todas as suas propostas, quis mostrar para o telespectador que Napoleon não sabia o que estava fazendo ali.

— O candidato não tem projeto de governo. Está me plagiando.

Na tréplica, Napoleon, frustrado, disse:

— Você foi muito bem treinado pelos seus marqueteiros. Não tem opinião própria. É assim que quer governar a nação? Dissimulando, atacando por atacar? Não estamos num circo, senhor, o que está em jogo é a vida de milhões de seres humanos.

A plateia ficou compenetrada. Gostou do que ouviu de Napoleon. De repente, o moderador do debate fez uma pergunta sobre o espinhoso tema da Previdência Social.

— Senhor Napoleon, o que o senhor acha do déficit da Previdência nos últimos anos e que medidas o senhor tomará, se for presidente para que, nas próximas décadas, a aposentadoria de milhões de trabalhadores seja garantida?

O político tinha os dados na cabeça, mas andava tão estressado que achou difícil resgatar os números na memória. Lembrou-se da conversa que teve com seus assessores. Deveria sair pela tangente ou dar números imprecisos, mas dotados de convicção. Corrigir esses déficits exigiria políticas impopulares que poderiam sepultar não apenas um presidente, mas qualquer candidatura de alguém que aspirasse ao cargo.

Napoleon olhou brevemente para seus assessores. Eles indicavam com os lábios, como se gritando aos seus ouvidos: "Dissimule!", "disfarce!", "camufle!". O candidato fez uma pausa, respirou profundamente e, lembrando-se do perturbador H, falou poeticamente:

— A vida é bela como gotas de orvalho que por instantes aparecem e logo se dissipam. Em breve vamos para a solidão de um túmulo. Todo trabalhador, portanto, deve gozar do fruto de seu trabalho, em destaque, de sua aposentadoria, caso contrário, se tornará carrasco de si mesmo. Mas por erros dos líderes do passado, pela falta de planejamento das políticas públicas das últimas décadas, pela indisciplina fiscal e pela falta de aproveitamento do bônus demográfico da juventude, gerou-se um câncer orçamentário. Nossa nação se tornará um país de idosos antes de enriquecer.

— E a solução? — indagou o jornalista que moderava o debate.

— A solução? Seria conversar com a população sobre que tipo de nação queremos para nós, nossos filhos e netos. Quando um paciente chega a um hospital nas últimas, é operado ou morre. — E, após respirar profundamente, olhou para os ambiciosos profissionais que cuidavam de seu marketing e depois para a plateia, e comentou: — Se não se curar esse câncer orçamentário, as crianças e os jovens de hoje, quando forem adultos, não conseguirão, com seus impostos, suportar a aposentadoria dos mais velhos. A falta de atitude agora seria um crime contra nossos filhos e os filhos dos nossos filhos. Indicativos demonstravam que, sem essas e outras reformas, países da Ásia, como Japão e Coreia do Sul; da Europa, como França e Alemanha; da América Latina, como México e Brasil, quebrariam o sistema previdenciário até 2040. A aposentadoria, de paraíso do trabalhador, passaria a inferno social.

Os assessores de Napoleon tiveram ataques de pânico. Estavam inconformados. O que ele chamava de honestidade não passava, para eles, da mais pura ingenuidade política. Acreditavam que ele jogara no lixo seu sonho da presidência. Seu adversário salivou como um predador prestes a atacar sua presa. Chegou o momento de seu questionamento, e ele foi ferino:

— Estão vendo, senhoras e senhores? Meu adversário está violentando o direito dos trabalhadores. Com sacrifício, vocês pagam impostos e, agora, ele quer sequestrar seus direitos, sua aposentadoria. É nesse homem que vocês querem votar?

Na tréplica, Napoleon assustou a todos:

— Vou ser claro. Se querem alguém que continue com essa política previdenciária desastrosa, não votem em mim.

— Observem, senhoras e senhores, esse homem tem uma bomba social e quer atirá-la nos braços dos trabalhadores — disse Carlos de Mello, desrespeitando as regras do debate ao interferir na tréplica do concorrente.

Para Napoleon, todos deveriam ter uma cota de sacrifício em nome de um país viável. Minutos depois, encerrou-se o debate.

O time de Napoleon, deputados e senadores do partido e que formavam a coalizão, ao se recolherem para avaliar o desempenho do candidato, criticaram-no severamente. Foram cruéis.

— O debate estava ganho. Sua eleição estava garantida — disse João Gilberto.

— Você atirou na lama a oportunidade de massacrar nosso oponente — disse Carvalho, tesoureiro da campanha.

— Tentei ser fiel à minha consciência.

— Consciência? Há mil pessoas envolvidas em sua campanha — comentou o ambicioso senador Marcos Paulo, que sonhava em ser ministro. Ele achava que a campanha daria uma guinada para baixo.

— Milhões de reais gastos por semana. Uma dificuldade enorme de arrecadar dinheiro para financiar a campanha — atacou Carvalho. — Cadê seu sonho?

— Tenho vontade de abandonar sua campanha — disse o marqueteiro-chefe. — Não é possível trabalhar para alguém incapaz de ouvir orientações lúcidas. Parece que quer passar a faixa presidencial para seu opositor!

— Não passe vontade. Abandone-a — afirmou Napoleon, cheio de coragem.

— Calma, gente — ponderou o senador Calisto. — Napoleon, não sei o que se passa em sua cabeça, mas você não tem a mesma ambição de antes. Faltam-lhe garra, entusiasmo, sede pelo cargo.

Napoleon ficou arrasado. Ainda teve fôlego para dizer:

— Estou tentando colocar a sociedade em primeiro lugar, de forma menos ufanista e mais inteligente.

Sua mulher, Débora, estava presente. Somente ela o poupou.

— Eu gostei das suas colocações. Você foi sincero. Este é o homem com quem me casei. O que tiver de ser, será.

— Débora, política não é superstição — disse João Gilberto.

Carvalho achava que Débora estava estragando o marido. Resolveu chacoalhá-la:

— Sei que atrás de um grande homem há sempre uma grande mulher. Mas…

— Atrás, não, senhor Carvalho. Ao lado e, muitas vezes, à frente, aliviando seu estresse, abrindo-lhe a mente, inspirando sua ousadia. Mas esse massacre não ajuda meu marido.

— Deixe de ser feminista. Estamos às portas da eleição — irritou-se Marcos Paulo.

E assim se dissiparam. Cada um foi para sua casa, todos atentos às pesquisas de opinião e às notícias da mídia. Para espanto dos políticos que o assistiam e do seu time de marketing, Napoleon foi considerado o vencedor do debate. O povo estava cansado do teatro político. As pessoas não aguentavam mais líderes que discursavam como ventríloquos e não tinham propostas concretas. As propostas de Napoleon afetariam todos os que estavam na ativa, mas foram simpáticos quanto à sua transparência. Todos que pensavam em abandoná-lo retornaram.

— Parabéns! — disse João Gilberto.

— Mas você me apunhalou.

— Errado. Eu o instiguei para que seguisse seus instintos. Esse é o melhor marketing.

— Quer dizer que vocês nunca perdem. Se me lasco, é porque não os ouvi; se sou aclamado, é porque vocês provocaram meu instinto animal. Onde está a verdade, João Gilberto?

— Pergunte a Einstein. Marketing é a teoria da relatividade!

Napoleon lembrou-se de quando H o advertira: políticos atiram para todos os lados tentando acertar seus alvos. O marketing também estava nessa conta. Diante da pesquisa de opinião, sua motivação cresceu.

— Se há o relativo, há o absoluto.

— Parabéns, nunca vi alguém como você. Você nega seus princípios? — disse João Gilberto, elogiando e questionando, como uma serpente ziguezagueando na mente de Napoleon.

O candidato à presidência foi fisgado.

— Não, não nego! Não sou Pedro, eu me chamo Napoleon Benviláqua Filho — disse, orgulhoso, o candidato à presidência. Esquecera-se por instantes de curvar-se humildemente diante da vida. Esquecera-se da máxima que aprendera: a vida é assombrosamente curta para se viver e espantosamente longa para se errar.

A necessidade neurótica de poder

Um homem perplexo estava nos porões escuros de algo que parecia um palácio, um castelo ou uma arena. As tochas iluminavam os labirintos que se espalhavam por todo o subsolo. Andava cambaleante, embriagado, não pelo álcool, mas pela ansiedade. Tateava as paredes revestidas com mármore travertino, sentia os poros da pedra com a ponta dos dedos. Fatigado, apoiou-se nas grades ao seu lado. De repente, quase desmaiou de medo – viu algumas feras atirando-se contra ele para atacá-lo.

Tinha se apoiado numa jaula de leões. O trauma foi de tal ordem que ele perdeu o fôlego, teve uma breve crise asmática. Suas mãos foram arranhadas pelas garras dos animais. Os rugidos despertaram outras feras que ali dormiam. Leopardos, panteras e leões entoavam uma sinfonia horripilante. O barulho era ensurdecedor, parecia que toda a África estava ali, concentrada, desnudada, dobrada aos pés da vaidade dos poderosos. Mais uma vez, esse nobre continente serviria de pasto para saciar os instintos do animal humano.

O homem atacado começou a correr no labirinto. Não sabia onde estava e para onde fugir, só sabia que era impossível ficar plantado no mesmo lugar. Num rompante, um personagem saiu da penumbra e o agarrou. Mais um tremendo susto e um grito forte, como o de uma presa querendo escapar do seu predador.

— Aaaaah!

Mas eis que a pessoa que o agarrara o conhecia.

— Napoleon, sou eu!

— O quê? H? Você de novo!

O dicionário de vida que não tinha a palavra medo, agora contava com as palavras ansiedade, crise, tensão, desespero, fobia, conflito. Enfim, todas as derivações do medo em cada uma das suas páginas. O homem que não tinha tempo para morrer passou a iluminar sua mente para compreender que ataques de pânico e medo da morte eram atributos não dos fracos, mas dos amantes da vida.

— Tente se controlar.

— Impossível! — Depois, demonstrando irritação, comentou: — O que você aprontou agora? Faz dias que não aparece. Pensei que não apareceria mais, em especial depois que pedi ajuda para me livrar de você.

— Interessante. Você queria me espantar por meio da ação de religiosos.

— Como soube?

— Esqueceu-se de quem sou?

— Não sei quem você é. Nem sei quem sou.

— Mas, diga, estava com saudades do seu mestre?

— Em hipótese nenhuma — reagiu.

— Uma pena, pois eu estava.

— Você esgota meu cérebro. Mata-me aos poucos. É difícil ter saudade. Ao levar-me ao limite, introduziu-me no tecido da história e da minha história, abriu meus olhos... Mas basta!

— Eu entendo! Amo a humanidade mais que os humanos. Mas os homens sempre cuspiram em meu rosto, me humilharam, me transformaram em capacho, esfregaram seus pés sujos sobre mim.

— Não sei quem é você, mas eu não fiz isso!

Uma nova sessão de rugido de feras começou quando Napoleon disse essas palavras. Os animais atiravam-se sobre as grades, querendo rompê-las, ameaçando devorar o político.

— Onde estamos?

— No Amphitheatrum Flavium.

— Onde fica isso?

— A leste de um fórum importantíssimo — disse H, mantendo o mistério. — Vespasiano o construiu.

— Mas quem é Vespasiano? — indagou Napoleon, cerrando o semblante. Muitos o consideravam culto, mas seu conhecimento sobre civilizações antigas era deficitário. — E por que estamos aqui, neste inferno cheio de feras?

— Para participar da inauguração deste anfiteatro! Mas não veremos Vespasiano, ele morreu há pouco. Seu filho, Tito, irá nos receber...

— Mas por quê? Qual é o sentido? Qual é a lição? — questionou Napoleon apreensivo, querendo saber que bomba H estaria prestes a detonar.

— Há muito espero essa pergunta. É a primeira vez que você questiona qual é a lição.

— Nunca ouvi falar deste teatro.

— Flavium é o nome de família do imperador.

— Imperador romano?

H não respondeu.

— Muitos empregados sonharam ser patrões, muitos patrões sonharam ser presidentes, muitos presidentes sonharam ser imperadores. E todos esses sonhadores sonharam eternizar seus nomes, imortalizar suas histórias.

— Mas esse não é meu proble...

— Pare. Não complete a frase, homem. Ah, deixe-me sentir... — disse H, elevando os olhos e aspirando o ar. — Sinto o odor de vaidade exalando da sua pele. Você quer inscrever seu nome nos anais da história? Sim ou não?

— Bom eu... eu...

— Como é difícil ser honesto! Perto do seu time de assessores, você é um ícone, mas os ícones também ficam doentes.

— Discordo! Você não me conhece como acredita. Eu quis dizer que quero servir ao meu país, mas você sempre me atravessa!

— Memória curta é memória conveniente, homem — disse novamente H, mas desta vez perdeu a ironia e elevou o tom de voz. — Quando foi prefeito, você induziu os vereadores a colocarem o nome do seu pai no teatro municipal que você construiu e inaugurou.

Napoleon deu um passo para trás, mas rebateu.

— Coloquei o nome naquele teatro em memória de meu pai.

Nesse momento, uma leoa se lançou contra a jaula, abriu-a e, furiosa, partiu para cima de Napoleon. H, usando uma força descomunal, segurou a fera e impediu o ataque. Era impossível um homem segurá-la, ainda mais um velho. Mas ele o fez. E acariciando-a, por fim, conseguiu fazê-la se acalmar e a conduziu como um animal de estimação de volta à cela.

O homem cujo avião havia se chocado contra os Alpes franceses, que havia sido quase degolado por Robespierre, quase fuzilado por Himmler, experimentara agora a fúria de um predador, quase fora devorado. Vendo-o recuado, H o atacou, mas sem agressividade:

— Em memória de um pai vivo, que você não visita. É estranho, não? A imprensa chiou com razão. — E ele encorpou a voz: — Essa leoa conseguiu abrir a jaula no exato momento que Napoleon Benviláqua mentiu!

Colocado em xeque, o criminalista recobrou a voz e partiu para o contra-ataque.

— Eu não menti! Como você pode ser juiz das minhas intenções? Juiz presunçoso é juiz injusto!

— Ok! Mas você colocou o nome no teatro para perpetuar sua vaidade em primeiro lugar, não para homenagear seu pai. Você tem o mesmo nome que ele.

— Errado! Eu quis homenageá-lo. Meu pai foi um grande homem.

Outras feras rugiram atrás das grades, pregando mais um susto no candidato à presidência. H, fungando, afirmou:

— O odor piorou. Sinto um cheiro de hipocrisia no ar.

— Não sou hipócrita! — falou Napoleon, furioso.

— Hipocrisia é um nome belo. É um artista que disfarça seus comportamentos. Você, aos dezenove anos, num dia 5 de setembro. Lembra?

— Que data é essa? — indagou, confuso, o político.

Como num passe de mágica, H abriu uma grande porta lateral do labirinto e os dois entraram num ambiente bem iluminado, um quarto. Napoleon ficou atônito, reconheceu a mobília. E reconheceu os personagens. Seus olhos ficaram úmidos. Naquele ambiente, um jovem, num ataque de raiva, estava discutindo com seu pai.

— Tenho vergonha de ser seu filho! Você sempre foi o carrasco de minha mãe! Sempre nos abandonou!

— Eu sei que sou um fracassado, sei que tenho sido um péssimo pai. Mas sempre amei os meus filhos.

— Você fala da boca para fora, não muda nunca.

O pai, decepcionado, com uma garrafa de uísque nas mãos, falou, antes de se retirar:

— Você é um filho ingrato! E ingrato ao extremo. Cospe no prato em que sempre comeu.

Depois que o pai saiu, o jovem disse para si:

— Velho idiota, vou enfiar na sua cara meu diploma de advogado. Nunca mais vou precisar do seu dinheiro!

Perplexo com o poder de H e com o que ele descortinara, Napoleon gaguejou.

— Mas como? Meu pai era um advogado falido e alcoólatra.

— Como o pai de Robespierre.

— Espere! Não fiz essa ligação.

— Cuidado com a guilhotina, homem. Por trás de uma pessoa que machuca, há sempre uma pessoa machucada. Você continuou dependendo do dinheiro do seu pai por alguns anos, mas colocou uma guilhotina na relação com ele. Nunca mais olhou em seus olhos, nunca mais teve um diálogo profundo com ele.

— Mas ele vivia bêbado.

— Não! Ele estava sóbrio em 68,4% do tempo.

— Como... — Ele engoliu a pergunta.

H acrescentou:

— Ele nunca foi um grande homem aos seus olhos. Mas você se apropriou do nome dele para exaltar o seu. E seu papai bebia porque era depressivo. Bebia porque nunca se recuperou do suicídio de seu irmão.

— Será? — questionou Napoleon, perturbado, pois sempre achara que ele próprio tinha sido quem mais sofrera a perda do irmão.

— Ele se culpava dia e noite, porque, assim como você, discutira poucas horas antes com Rubens.

A voz de Napoleon ficou embargada.

— Eu não sabia disso. Por que ele nunca me contou?

— Diálogo não é monólogo, homem, mas uma via de mão dupla. Por que você nunca perguntou para ele? Por que nunca indagou o motivo pelo qual ele se derreteu profissional e emocionalmente como gelo ao sol do meio-dia?

Suas palavras saíram truncadas. Ainda tentou justificar por que se distanciou de forma tão dramática de seu pai.

— Às vezes, ele deixava meus irmãos e a mim passando necessidade. Além disso, depois do alcoolismo, ele traiu minha mãe diversas vezes. Eu tinha de consolá-la.

— Então ele não foi um grande homem!

Uma pausa para respirar duas longas vezes.

— Mas eu o perdoei.

— Quem perdoa constrói pontes com os perdoados.

— Esse é um buraco negro na minha história. Apesar de tudo, nunca deixei de amá-lo.

— O amor sem atitudes é estéril. Você não o perdoou, mas, ao homenagear seu pai, além de se autopromover, estava procurando uma via de acesso em sua história.

Napoleon ficou aborrecido com seu gesto, mas, ao mesmo tempo, tocado pelas palavras.

— Tive agradáveis lembranças de meu pai. Mas parecia que eu queria apagá-las.

— Apagar a memória sempre foi o sonho dos seres humanos, mas é impossível. As únicas possibilidades são reescrever os traumas e, portanto, resolvê-los ou escondê-los nos porões da mente, trancafiando-os como fantasmas que assombram a personalidade. Homens como você tornaram-se especialistas na segunda opção.

— Mas de onde vem esse conhecimento?

— Estive presente na construção de todas as teorias. Mas esqueça o que penso e pense na sua história. Seu pai está vivo nos porões da sua história. Libertá-lo ou não é uma escolha sua.

— Por onde começar?

— É mais fácil dirigir uma nação do que a emoção.

Napoleon sentou-se no chão. Estava sem forças. Parecia o mais derrotado dos homens. Em seguida, H pegou as mãos do político, levantou-o e ambos foram para dentro da arena. O político ficou atônito com o ambiente. Olhou ao redor e viu o imenso teatro, com cerca de 50 mil pessoas excitadas com a ideia de ver os gladiadores lutarem com as feras.

— Mas isso aqui parece o Coliseu! — disse Napoleon, apavorado.

— Esse é o nome como ficou popular.

— Estamos visíveis aos olhos deles?

— Não. Veja esta plateia sedenta por sangue. Estamos na inauguração de um dos maiores projetos políticos para anestesiar a consciência crítica do povo: pão e circo! Um fenômeno que se reproduziu de muitas formas na história.

— Mas sempre fui contra o pão e circo.

— Ser contra um veneno não quer dizer que não vai aplicá-lo.

— Jamais o apliquei.

— Tem certeza?

— Andar com você me faz respirar a teoria quântica: o princípio da incerteza.

— É mais sábio.

— Quando você contrata shows a peso de ouro para atrair e entreter a população para seus discursos, não há, ainda que em doses brandas, pão e circo? Quando faz inaugurações de obras não terminadas, quando oferece políticas paternalistas, quando dá o pão sem sacrifícios, como você chama isso?

— Bem eu... Confesso...

Nesse momento, gladiadores entraram na arena do Coliseu e começaram a lutar uns com os outros. H pegou uma espada de um gladiador que acabara de ser morto e a jogou para Napoleon, que tremeu ao sentir o frio da lâmina.

— Agora estão vendo você, mas não a mim.

— O quê?

E três gladiadores partiram para cima dele. O ser humano corre em média 24 quilômetros por hora. Napoleon corria como uma lebre. Todo o estádio começou a rir dele, imaginando que fosse o palhaço do imperador. Em seguida, devido à perseguição, Napoleon se escondeu atrás de H. Mas H era apenas uma imagem holográfica, não parecia físico.

— Não me deixe desprotegido diante desses brutamontes! — bradou.

Eles o golpearam com a espada, uma, duas, três vezes. Mas, por incrível que parecesse, Napoleon se defendeu. Todos ficaram impressionados com o homem de cinquenta anos, alto, mas franzino, sem musculatura evidente, que conseguia escapar dos golpes de gladiadores treinados.

O próprio Napoleon não entendia de onde vinha tamanha destreza. Em seguida, sentindo tremenda confiança, partiu para cima deles. Lutou bravamente. Feriu um na coxa direita, mas não o matou; outro, fez desmaiar; derrubou o terceiro e, quando ia matá-lo, parou sua espada no ar. O público se calou.

H apareceu perto dele e indagou.

— Como você conseguiu lutar, homem?

— Não sei.

H deu a resposta.

— Spartacus. Ao tocar a espada, eu lhe transferi algumas das habilidades dele.

Em seguida, elevou o braço de Napoleon. A plateia foi ao delírio.

Tito, o imperador romano, silenciou a multidão e fez um sinal com o polegar para baixo, determinando a execução do político.

H e Napoleon se entreolharam.

— As decisões mais importantes são solitárias — disse o mestre.

Napoleon resistiu. Para a surpresa de todos, jogou a espada na direção do imperador. Um sacrilégio punível com morte.

— Parabéns pela escolha — disse H. — Mas todas as escolhas trazem perdas. Os heróis morrem cedo.

Sentindo-se aviltado, o imperador deu uma ordem e dois leões machos saíram do subsolo, entrando na arena.

— E agora? — perguntou Napoleon, paralisado.

— Já foi mastigado? Você nos colocou na maior fria — comentou H.

— Eu? Você é quem sempre tumultua.

— Economize energia.

E não houve tempo para falar mais nada. As feras partiram para cima deles, dando saltos para abocanhar as duas frágeis presas. Napoleon rolou no chão, gritando, espernando, como se fosse um pedaço de carne na boca de feras. Mais uma vez, seu cérebro estava no limite, em colapso.

— Não! Não!

Mas, de repente, já não estava no Coliseu. O jovem Fábio, ao ver o pai grunhindo em posição fetal, tentou despertá-lo:

— Papai!
— O quê?
— Papai, acorde!
— Fábio, você? Mas como estou aqui?
— O que você estava fazendo?
— Lutando com feras.
— Com feras? Você está no tapete de casa. Mas por que sua camisa está rasgada, suas mãos e seus braços estão arranhados? Por que sua calça está suja de areia?

Napoleon se levantou com dificuldade. Apoiou-se no filho que precisava resgatar.

— Um dia lhe conto. Um dia... Ai, ai — gemeu. Em seguida, encarou o filho e percebeu que ele já era um homem. O tempo passara cruelmente rápido. — Hoje, agora, quero apenas olhar nos seus olhos e dizer que tenho orgulho de ser seu pai.

— Por que está me dizendo isso? — questionou Fábio, surpreso. Seu pai raramente o elogiava, e nunca nesse nível.

— Quando você tinha dez anos, eu o ofendi muito. Eu disse: "Você me envergonha! Só me decepciona!".

Fábio repetiu as palavras com o pai.

— Desculpe, pai. Dez anos se passaram, mas jamais as esqueci.

— Eu sei, você reproduziu essa cena na sua mente cento e vinte e sete vezes. Fui cruel e injusto com você, meu filho. Eu falhei, não demonstrei o quanto você é mais importante que meu cargo, que a política.

O jovem de vinte anos, que raramente chorava, desmanchou-se em lágrimas. Começou a limpá-las com as mãos.

— Não parece...
— Ainda que meus gestos tenham gritado o contrário, eu te amo... até as raízes da minha alma. Eu te amo, filho — repetiu.

Fábio o abraçou.

— Estou todo sujo — constrangeu-se o pai.

— O que importa? Acabei de receber o melhor presente da minha vida.

Daquele momento em diante, a relação deles nunca mais foi a mesma. Um pai e um filho que dividiam a mesma casa, o mesmo ar, os mesmos alimentos, que viviam tão próximos fisicamente, mas, ao mesmo tempo, infinitamente distantes, aproximaram-se e passaram a dividir a mesma história. As feridas da guilhotina emocional foram tratadas.

A droga das drogas

Dois dias depois, ouviu-se um alarido num imenso pátio. As pessoas estavam febris, salivando de desejo de ver o perturbador da ordem naquelas áridas cercanias ser sentenciado. As mulheres, parte mais serena e altruísta dessa complexa espécie, choravam do lado de fora da fortaleza localizada na cidade que seduzia homens por séculos e ainda seduziria por milênios: Jerusalém. O útero do tempo estava gestando o maior acontecimento da história. Em horas, daria à luz.

Os chicotes pesados e cortantes dos soldados romanos, o único exército que treinava em tempo de paz, dilaceravam a pele e as fibras do criminoso. Julgado, inquirido, questionado, ele optara, em todo o processo, pelo cálice do silêncio. Sabia que o poder político era efêmero, queria conquistar o inconquistável, o coração humano, mas este era de pedra.

Enquanto isso, uma pessoa, cuja cabeça estava coberta com um manto de tecido rústico, caminhava de um lado para o outro tentando sintonizar seu cérebro. Procurava a porta de saída. Estava cansado de se meter em confusão. Precisava de ar livre. Mas os homens, agitados, esbarravam nele e o arremessavam ora para a esquerda, ora para a direita. Eis que apareceu um intruso e invadiu sua emoção.

— Perturbado, Napoleon?

Aquela voz, pela primeira vez, soou como música aos seus ouvidos. Num sobressalto, ele emitiu seu parecer.

— H? Senti a sua falta.

— Mas como? Já não perturbo mais seu cérebro. Seria eu um repouso para sua mente?

— Não exagere. Tenho uma grande novidade: estou conquistando meu filho, Fábio. Tivemos um encontro mágico.

— Fico feliz por você. A felicidade só é sustentável se for inteligente. E sua tranquilidade? Tem sido sustentável?

— Creio que sim. O que pode estressar mais um homem do que sobreviver a um acidente aéreo, escapar da guilhotina de Robespierre, do rifle de Himmler e de seus asseclas, das espadas dos gladiadores e das garras das feras?

— A política, meu caro...

— Mas eu vivi séculos de experiências em alguns dias! O que pode ser pior que isso?

— A necessidade neurótica de ser o centro das atenções. Um vírus que infecta todo ser humano. Os sintomas dessa virose? Orgulho, egoísmo, vingança, inveja, sede de poder, competição predatória. Até o reverso, a timidez, é um dos seus tentáculos.

— Mas como? Os tímidos não querem ser socialmente expostos.

— Gritar de forma rudimentar "prestem atenção em mim!" ou de forma subliminar "me esqueçam!" são dois polos do mesmo conflito. Mas houve um homem que não apenas foi desprendido da necessidade de ser o centro das atenções, mas também foi espantosamente crítico desse vírus. Ele inverteu a ordem política, produzindo, inclusive, vacinas contra essa neurose.

— De quem você está falando agora?

— Em seu último jantar, Jesus estava no auge da fama. Como se tratava de um líder em seu ápice, era de se esperar que todos o servissem, gravitassem em sua órbita. Mas, para espanto da história e das ciências sociopolíticas, ele se curvou aos pés dos alunos que só lhe davam dores de cabeça. Pedro era ansioso e impulsivo, Tomé era paranoico, desconfiava da própria sombra, João era bipolar.

— João, bipolar?

— Não tinha o que chamamos hoje de depressão bipolar, mas sua emoção flutuava entre o céu da afetividade e o inferno da exclusão social; ele queria eliminar quem não andava com seu mestre. Por fim, Judas Iscariotes, ah, esse era o melhor deles.

— O melhor? Como assim?

— Era o melhor. Culto, da tribo dos zelotes, comedido, com vocação social, não estressava seu mestre, mas tinha um defeito gravíssimo de personalidade: não era transparente. E, lembre-se, quem não é transparente não resolve seus traumas, os trancafia nos porões de sua mente.

— Suas informações me fazem pensar — disse Napoleon, mas não ousou mais perguntar como ele sabia.

O misterioso H, então, apalpou a parede lateral do pátio onde se encontravam, descobriu uma porta secreta, abriu-a, e eles saíram daquele ambiente mal iluminado, cheirando a suor, apinhado de gente. Entraram num cenáculo bem iluminado, onde um homem se curvava gentilmente aos pés de outros mais jovens. Suas palavras eram antivirais:

— Em toda a história, os maiorais sempre tiveram a necessidade ansiosa de serem servidos. Mas, se quiserem andar comigo, saibam que no Reino dos Céus o maior é que serve ao menor.

Um dos discípulos se recusou a ter os pés lavados. Mas o mestre foi resoluto:

— Pedro, se quiser ter parte comigo, você tem de aprender a fazer como eu faço: dê o melhor do que possui para aqueles que pouco têm.

E então o cenário onde eles estavam desapareceu. Napoleon estava perplexo.

— Esse é o homem que mais admiro. Você já me fez passar por incríveis tempestades, deixe-me participar dessa ceia. Por favor.

— É o suficiente saber que ele inverteu a ordem política. Nunca alguém tão grande se fez tão pequeno para tornar os pequenos grandes.

— Você me disse que iria falar sobre o personagem que viveu essa tese.

— O caráter de um líder que muda a história tem muitas características. Passa pelo equilíbrio entre a ousadia e a humildade, o desprendimento do poder e a capacidade de empreender, a habilidade de se repensar e a disposição de ser proativo, o prazer de debater e a necessidade de ouvir.

H ainda comentou outras características e, por fim, falou que uma sociedade é tanto mais madura quanto mais seus líderes políticos, após exercerem seus mandatos, forem felizes para o anonimato, deixando espaço para novas lideranças.

— Mas esse país é uma utopia. Não existe — rebateu Napoleon.

— A utopia é a fonte que anima os sonhos. Sonho com o dia em que os deputados deixem, alegres, de pisar no Congresso depois de dois mandatos, que os senadores saiam de cena realizados após um mandato, que os presidentes, após o exercício do poder, façam poesias, cuidem das flores ou façam filantropia. Desapareçam do centro das atenções depois de dar a sua contribuição. E é melhor para eles.

— Por quê? — indagou Napoleon, atônito, saturado de dúvidas.

— Porque o preço de estar em evidência social é caríssimo para a saúde emocional.

— Mas, se são experientes, por que não continuar?

— Orgulho, homem. Sangue novo, ideias novas. Lembre-se de que falei que, na matemática, as grandes fórmulas foram produzidas até os vinte e poucos anos de idade. E na física? Einstein era um jovem de vinte e seis anos quando criou a base de sua teoria. Quantas pessoas tão capazes quanto você, ou até mais, poderiam ser presidentes em seu país?

— Não sei.

— Não dissimule, você já pensou nisso. Já passou pela sua cabeça que você é único.

— Não me lembro de ter pensado isso.

— Quer que lhe dê o dia, a hora e o minuto? O último governador que fez discurso de apoio à sua campanha disse que você é um daqueles homens raríssimos, que nasce um a cada século. Que atitude você teve ao ouvir essas palavras?

Napoleon ficou confuso mais uma vez. Mas resolveu ser sincero.

— Aplaudi sua fala.

— Mas sabe quantas pessoas poderiam ser presidentes tão bons quanto ou melhores do que você apenas em seu quarteirão? O futuro não é minha especialidade. Mas, pelo caráter e pelas habilidades que elas têm, catorze.

— Não acredito, desculpe.

— Sabe quantos seriam melhores estadistas que Stálin apenas na mais importante avenida de Moscou no tempo em que ele foi secretário do partido socialista? Quase todos. Seis seriam sociopatas como ele. Sabe quantos eleitores teriam habilidades iguais ou melhores que as de Abraham Lincoln nos Estados Unidos, nos dramáticos momentos da Guerra de Secessão? Mil e setenta e cinco! Sabe quantos teriam sido presidentes mais eficientes do que John Kennedy em seu tempo? Dez mil, setecentos e sessenta e cinco! Sabe quantos seriam congressistas mais eficientes, mais proativos que você no momento em que se candidatou a deputado federal? Mais de cento e vinte e três mil.

— Que loucura é essa? — disse Napoleon, angustiado.

— Mais uma vez, eu digo, é loucura mesmo. É loucura se achar insubstituível. Como seres humanos, são únicos, mas como políticos, empresários, artistas, jamais. E sabe por que não foram melhores?

— Por falta de oportunidade e porque os que se embriagam com o poder não largam o osso!

— Parabéns, homem. Você foi transparente. Mil vezes reitero, o poder é viciante, é a droga das drogas que infecta a emoção, é o vírus dos vírus que corrompe a mente. A neurose pelo centro das atenções o potencializa.

H se calou, e Napoleon indagou:

— Mas qual é a solução?

H continuou calado. E o político, abrindo os porões da sua mente, começou a recordar as lições que aprendera:

— Enxergar diariamente a efemeridade da existência, ser desprendido, ter consciência crítica, ter mais prazer em servir do que em ser servido, saber que em breve iremos para a solidão de um túmulo!

— Basta! — disse enfaticamente H, interrompendo-o.

— Minhas conclusões estão erradas?

— Entre o discurso e a práxis há mais mistérios do que imagina o verniz da política. Você enfrentou muitos carrascos. Mas os mais ferinos estão dentro de você.

— O que é mais perigoso que a morte?

— Estar vivo!

Nesse momento, H abriu outra porta e novamente entraram na fortaleza saturada de gente e de odores da transpiração. Tiveram que aumentar o tom de voz para ouvirem um ao outro. O político nunca sabia se agradava ou não a seu mestre.

— Não sei de onde você é. Nem quem você é. Nem muito menos se foi enviado por algo ou alguém para me desnudar. Mas desta vez eu é que digo: basta! Por favor, envie-me ao meu século. Já diagnostiquei meus cânceres.

— Tem um que não diagnosticou: negar seus princípios.

— Espere! — esbravejou Napoleon. — Meus princípios, jamais. Fui péssimo pai, péssimo filho, péssimo amante, fui infectado pela necessidade neurótica de poder e pela necessidade egocêntrica de evidência social. Reconheço que, em situações triviais, uso alguns disfarces e dissimulações! Mas jamais abandonei meus princípios.

H reagiu:

— Ah, a hipocrisia vem e vai como a respiração. Judas Iscariotes aplaudiria sua traição.

Num rompante de ansiedade, Napoleon esqueceu-se de que estava diante do poderoso H. Detonou o gatilho, abriu uma janela traumática, fechou o circuito da sua memória e reagiu por impulso.

— Que calúnia! Ah, como tenho vontade de processá-lo!

— Processe-me! Vamos. Você já fez coisas piores — encorajou H, com a voz embargada.

— Você, emocionado? Pensei que era insensível.

— Sou cirurgicamente preciso, mas sou passional, profundamente emotivo. Só não enxerga meu rio de lágrimas quem é cego e surdo em sua mente. Raramente alguém foi ferido como eu. Fui alvo de guerras, bombas, granadas. Fui asfixiado, esfaqueado, sofri ataques terroristas. Fui abandonado, humilhado, traído, tratado como escória.

— Quando?

— Fui exaltado como herói e excomungado como vilão. Fui acariciado como um bebê e caçado como predador.

— Meu Deus, quem é você? Por que perturba meu cérebro com seus enigmas? Por que se recusa a me responder quem é você?

— Arranque sua máscara e enxergue-me!

— Tenho lá meus defeitos, mas dissimular não está entre eles. Não tenho máscaras. Sou fiel à minha consciência.

— Será, homem? Conhece suas loucuras?

Ao dizer essas palavras, o misterioso H se preparou para mais um campo cirúrgico para dissecar outro câncer psíquico que se alojava nos porões da mente de inumeráveis líderes sociais, ali representados por Napoleon. A fidelidade a seus princípios seria colocada em xeque.

O maior julgamento da história

Após afirmar que foi um dos personagens mais discriminados, rejeitados, dilacerados que já pisaram no teatro da existência humana, H mostrou seu peito a Napoleon. A luz dos candelabros que estavam pendurados na parede daquele pátio incidiu sobre seu tórax e seu abdômen, revelando uma figura fantasmagórica. Uma imagem que provocava repulsa aos olhos. Havia tantos retalhos que dava para ver seu coração pulsando e seu estômago e intestinos expostos.

— Muitos me açoitaram — afirmou.

— Mas quem cometeu essas atrocidades contra você?

Fitando Napoleon, H disse, sem meias-palavras.

— Você é um deles.

Napoleon deu um passo para trás.

— Você está surtando? Eu o conheço há poucos dias.

— Você mente vergonhosamente, Napoleon. Você me traiu e me negou muitas vezes.

— Não delire — disse, enfaticamente, Napoleon.

H, olhando-o nos olhos, questionou:

— O que lhe vem à mente sobre um fatídico dia 29 de março há trinta e quatro anos?

— Nada me ocorre.

— Você era um garoto. O professor de física disse para você e para seu amigo Jorge Linus: "A resposta de um é exatamente igual à do outro, com todos os acertos e erros. Logo se deduz que um deve ter colado do outro. Quem foi?". Você ficou nervoso, trêmulo, mas negou ter colado do seu colega. E ele, tendo uma nobre atitude, não o entregou. "Falem!", enfatizou o professor. "Senão os dois levarão zero!" Mas você novamente se calou.

Napoleon ficou branco, suas mãos suavam.

— Pare, H, é suficiente.

Mas H não interrompeu seu relato.

— Seu amigo olhou para você, esperando que tomasse a dianteira. Mas você continuou negando que tinha colado na prova. O resultado? O professor disse: "Ambos levarão zero".

— Sinceramente, faz tanto tempo...

— Furar filas, estacionar em vaga para pessoas com deficiência, ultrapassar os limites de velocidade, desrespeitar pedestres ou colar nas provas são formas de corrupção, ainda que diminutas.

— Mas eu me defendo. Eu era um menino quando isso aconteceu.

— Você tinha dezesseis anos, sete meses e três dias.

— Mas eu...

— Você deveria pelo menos ter pedido desculpas. Mas relaxe, dê risadas de sua estupidez. Reconhecer a sua imperfeição e renunciar a ela lhe faz bem, torna-o humano, mais leve. Essa é uma das lições vitais do meu treinamento — disparou H, como um mestre resoluto.

— Mas nunca decidi me submeter a este treinamento — falou Napoleon, com arrogância.

— Ok! Quer desistir? Se quiser, atuo em seu cérebro agora e extraio todas as experiências que teve comigo no último mês. Decida, homem!

Napoleon jamais esperava ser colocado contra a parede desse modo. Adquirira a duras penas um tesouro que reis não tiveram.

— Não posso abandonar minha essência.

Ao dizer essas palavras, um soldado alto e musculoso, todo paramentado com uniforme romano, correu em direção ao centro da fortaleza, atropelou Napoleon e o derrubou. Algumas pessoas viram e deram risadas. Ao mesmo tempo, outras começaram a dizer umas para as outras:

— O criminoso vai logo sair. Foi sentenciado.

Perturbado com o que diziam, Napoleon se deu conta que estava num território desconhecido.

— Afinal de contas, onde estamos?

H respirou profundamente, percorreu o olhar ao redor. E disse, emocionado:

— No julgamento mais importante da história.

— Do que você está falando? — disse Napoleon, franzindo a testa e sentindo seu coração pulsar mais rápido.

— Um arrogante político preposto vai proferir uma grande sentença.

— Quem é o sentenciador? E quem é o sentenciado? — inquiriu o político.

— O sentenciador se chama Pôncio Pilatos.

Napoleon bambeou as pernas de tal forma que precisou se segurar em H. Abriu um sorriso e disse:

— Eu, Napoleon Benviláqua, advogado de profissão e coração, assistirei ao julgamento de Jesus Cristo? Você só pode estar brincando!

— Pelo menos aos instantes finais.

— Mas que lugar é este? — quis saber.

— Estamos na Fortaleza Antônia, a casa de Pilatos. Estou lhe propiciando um presente com que reis sonharam, pelo qual bilionários pagariam fortunas e presidentes de tribunais dariam tudo. Diferentemente da cena da última ceia, deste evento, permitirei que participe.

— Eu não mereço. Desculpe, estou eufórico por ver o personagem que mais admiro na vida. Nunca me curvaria diante de reis ou de presidentes, mas me curvaria humildemente diante do homem Jesus. O Sermão da Montanha, para mim, é uma carta magna dos direitos humanos.

Mais uma vez, Napoleon respirou aliviado por estar com H. Não via risco nenhum de estar lá. E, como gesto de agradecimento, abraçou-o:

— Muito obrigado pelas incríveis lições. Muito obrigado por você existir.

De repente, a trinta metros deles, uma escolta trazia o criminoso que fora interrogado secretamente por Pilatos. O coração de Napoleon disparou. Sua respiração tornou-se mais rápida e ofegante. De repente, a escolta se abriu e o criminoso foi revelado. Napoleon saiu do ápice da euforia para o ápice da compaixão. O rosto de Jesus estava desfigurado. Seus lábios estavam edemaciados, inchados, devido aos traumas. Sua boca sangrava. Por todo o crânio, havia pequenas hemorragias que tingiam sua face, resultado da coroa de espinhos.

Parecia um anti-herói, frágil, desprotegido, e não o homem que arrebatava multidões. Perplexo, Napoleon colocou a mão direita sobre a boca. Ao seu lado, um personagem encapuzado começou a soluçar baixo. Estava chorando, desconsolado. O estranho disse para si em voz baixa, mas Napoleon pôde ouvir:

— Não é possível, não é possível!

— Tenho vontade de abraçá-lo — Napoleon disse.

— Muito mais eu — respondeu o estranho. — Os romanos espancaram o mais amável dos homens como o pior criminoso.

Napoleon, com ternura, indagou.

— De onde você o conhece?

— Eu andei com ele.

— Você é... — Mas, antes que pudesse perguntar a identidade do estranho, este o interrompeu:

— Você o conhece?

— Já ouvi falar muito dele.

— Ah, se o tivesse conhecido, você se prostraria. Ele tratou prostitutas como se fossem princesas. Fez das mulheres rainhas na época do silêncio. Aos leprosos, estendeu as mãos como alguém faria somente a diletos amigos. E, aos inimigos, deu a outra face — afirmou o estranho.

— Quem é você?

— Sou Simão Pedro — disse, em tom menor.

— Pedro, o discípulo? Meu Deus, quanta honra — falou Napoleon, entusiasmado.

H os observava. Mal eles se cumprimentaram, apareceu uma empregada, sem grande destaque social, mas com virulência enorme nas palavras. Como as hienas, pessoas comuns se calam quando estão desprotegidas, mas se tornam predadoras quando a presa é abatida. Chegou a vez dessa mulher salivar diante de sua presa.

— Espere, quem é você? — perguntou ela em tom alto para Pedro.

Pedro ficou embaraçado. Rapidamente indagou:

— Por que a pergunta?

Nesse momento, os soldados espancaram Jesus no meio da multidão. Foi possível ouvir os estalidos das bofetadas. Seus gemidos ecoaram no pátio. Pedro recolheu seu heroísmo. De repente, a serva cresceu. Elevou mais ainda o tom de voz, depois de ouvir os gemidos do sentenciado, para que muitos a ouvissem:

— Você é um dos seguidores do Nazareno!

As palavras dela foram como favo de mel para o enxame de abelhas. Rapidamente, fechou-se um cordão de agressores em torno de Pedro. O discípulo, como num raio de luz, detonou o copiloto Gatilho da Memória, que entrou nas entranhas das janelas do medo, o que elevou os níveis de tensão e fez com que a Âncora da Memória, outro copiloto, fixasse o processo de leitura nessa área, fechando instantaneamente o circuito cerebral.

O Eu de Pedro não tinha acesso a milhões de dados para dar respostas inteligentes. Seu cérebro entrou num estado de alerta máximo, preparando-o para fugir e não para pensar. O mais forte dos discípulos demorou dez segundos para iniciar sua fatídica negação.

— Eu... Eu... não conheço esse homem.

Napoleon por instantes ficou indignado com o discípulo, mas de repente a serva virou sua metralhadora para Napoleon. Olhou-o de cima a baixo. Ele sentiu calafrios na espinha. Em seguida disparou seu golpe fatal no homem que dissera certa vez: "Não nego meus princípios".

— E você? Certamente é um deles?

— Não sou Pedro, eu me chamo Napoleon Benviláqua Filho.

Os homens voltaram-se para Napoleon, furiosos. Agarraram-no com brutalidade. Ele demorou menos de cinco segundos para fechar o cofre da sua mente e iniciar sua eloquente negação.

— Nunca ouvi falar desse homem! Nem sou deste lugar!

Como os dois negaram com veemência, a roda logo se abriu. Napoleon disse a H, referindo-se a Pedro:

— Vamos sair de perto desse homem.

— Por quê? — disse H, testando-o. — Você o exaltou tanto.

— Não se faça de ingênuo. Você sabe a fria em que ele se meteu.

Enquanto saíam, Pedro e Napoleon tropeçaram um no outro. Alguns soldados, vendo-os perdidos, barraram-nos, e um deles desferiu a segunda acusação, agora com mais veemência, chamando a atenção de um grupo maior. Primeiro questionou Pedro:

— Este é um galileu, um dos seguidores do Nazareno! Seus gestos o denunciam!

E, nesse instante, ouviu-se uma bofetada violenta e mais uma chicotada cortando cruelmente a carne de Jesus.

— Acabei de dizer que não o conheço. Eu asseguro: nunca andei com esse homem! — disse Pedro, assustado.

— Então o que se esconde atrás de você certamente é um de seus liderados.

Napoleon apareceu timidamente, mas declarou, com convicção:

— Não estou me escondendo! Estava apenas procurando uma porção de água. Quanto a esse homem, jamais o segui ou o seguiria! Não sei nada sobre ele!

A roda novamente se abriu diante de uma negativa tão contundente. Estavam suando frio. Tinham medo do linchamento sumário. Nesse momento, um queria ficar longe do outro. Napoleon estava tendo ataque de nervos, não pensava, só queria bater em retirada.

— H, vamos cair fora! Pedro é uma armadilha ambulante. Segundo a história, ele escapou do linchamento, mas não terei a mesma sorte.

Quando o ser humano está em grupo nos focos de tensão, como crises, brigas e motins, ele potencializa sua agressividade. O *Homo sapiens* se torna *Homo bios*, um animal. Pessoas comuns se convertem em animais nos estádios, pessoas com graduação acadêmica perdem o autocontrole nas greves, políticos discutindo no Congresso parecem gladiadores num coliseu. Eram vítimas da síndrome do circuito da memória. Eram escravos vivendo em sociedades livres. Napoleon, como destacado criminalista, sabia disso.

E ele, voltando-se para Pedro, ordenou:

— Fique longe de mim!

— Mas há pouco você me disse que era uma honra conhecer-me.

— Eu disse isso? — questionou, olhando ao redor.

Quando estavam a três metros da porta, os dois ouviram um grito estridente, uma ordem do oficial da guarda.

— Parem estes homens!

Os lábios de ambos tremularam e suas pernas bambearam.

— Tragam-nos aqui.

Imediatamente, os soldados que guardavam a fortaleza os levaram para o centro do julgamento, a dez metros de Jesus. Os dois, cabisbaixos, o olharam envergonhados. Entre eles um espaço vazio, tão próximos, mas infinitamente distantes. Com voz altissonante, o oficial olhou para Pilatos e os acusou.

— Estes dois homens andam como galileus, se vestem como galileus, cheiram a galileu. Certamente são seguidores desse rebelde, do homem que quer atear fogo no Império Romano, em especial na Judeia, na sua administração, ó, excelentíssimo Pôncio Pilatos. Confessem!

E, empurrados sem piedade, caíram ao chão. Napoleon, sem meias-palavras, como era perito em discurso, foi o primeiro a negar Cristo pela terceira vez. E o fez magistralmente.

— Digníssimo senhor, jamais convivi com esse homem. Respeito o status de Roma e tenho grande apreço pelo imperador Vespasiano. — Muitos deram risadas, pois não conheciam tal imperador. Vespasiano se tornaria imperador apenas décadas depois. Em seguida, mostraram seus dentes irados.

H, que estava ao seu lado, soprou-lhe o nome do imperador atual:

— Tibério César.

— Quero dizer, o grande imperador Tibério César, que com justiça governa o mundo.

— E você? — indagou o oficial a Pedro. — Você cheira ao Nazareno.

— Que absurdo! Que injustiça! Nunca me sentei à sua mesa! Jamais ouvi suas palavras.

Quando Pedro o negou pela terceira vez, o galo cantou pela segunda vez, tal como o mestre de Nazaré havia previsto. Ele usou o belo canto de uma ave não para acusar Pedro, mas para revelar com delicadeza sua tremenda insegurança.

— Não é possível que sejam seus discípulos. São frágeis demais — disse Pilatos, e fez um sinal para que os soltassem.

Nesse exato momento, os olhos do mestre alcançaram Pedro e Napoleon. Jesus estava preso por fora, mas livre por dentro, os dois estavam livres por fora, mas encarcerados por dentro. Eles se entreolharam demoradamente. Pedro e Napoleon representavam ali toda a humanidade, em especial a casta dos líderes, que parecem fortes quando aplaudidos, mas frágeis quando o mundo desmorona aos seus pés. H, notável cineasta, filmava a cena com a câmera de seus globos oculares.

Subitamente, o Mestre olhou para Pedro e balbuciou:

— Eu o compreendo.

Era um gesto único, inigualável, ímpar. Nenhuma repreensão, nenhuma crítica, nenhuma condenação. Pela primeira vez na história, uma pessoa torturada deu a outra face para seus negadores, protegeu-os como a filhos, deu o melhor de si para os que o feriram.

Pedro saiu e foi chorar. Cada gota de lágrima que serpenteava nos vincos do seu rosto levava-o para camadas mais profundas de sua personalidade. De agora em diante, Pedro, um simples, inculto e rude pescador, que se fosse um aluno no século XXI seria do tipo que todo professor gostaria de ver a milhas de distância, estava preparado para ser um dos maiores agentes transformadores da história.

Napoleon, antes de sair da fortaleza de Pôncio Pilatos, agora sem pressão, caiu em si e também começou a chorar.

— Neguei a quem mais amei. Como fiz isso? Cuspi no rosto do homem que mais admirava.

— De fato você o negou vexatória e rapidamente — confirmou H. — Mas olhe para Pilatos. Ele está lavando as mãos. Tinha o poder de livrá-lo da condenação e sabia que Jesus era inocente, mas o julgou politicamente, preferiu se preocupar com sua imagem social, ser infiel à sua consciência e condenar um inocente. — Depois dessa análise, H inquiriu Napoleon: — Mas quem mais errou, você ou Pilatos? O que é mais atroz: negar um amigo ou lavar as mãos?

H deixava o cérebro de Napoleon assombrado com seus questionamentos. Mais uma vez, fez uma caminhada interior.

— Refletindo sobre os dois fenômenos, penso que... negar é mais vexatório.

— Você é mais ético que Pilatos, mas os dois foram fracos.

H lhe deu as costas. E saiu da famosa e lúgubre Fortaleza Antônia, a casa do governador. Mas, antes de abandonar Napoleon, ele se virou e disse:

— Mas não se culpe, você estava sob mais pressão que Pilatos! E, além disso, milhões de cristãos que dizem defender Jesus dariam vexames maiores.

Logo a sentença saiu. O homem mais inteligente da história, o mais generoso e humilde dos professores, aquele que se curvou aos pés dos problemáticos alunos, que superou em prosa e verso a necessidade neurótica de poder e de evidência social, agora estaria pela primeira vez acima dos seres humanos. Seria pendurado na cruz.

Quem apaga a luz?

Todos os mais importantes líderes da campanha de Napoleon estavam reunidos em seu comitê. João Gilberto, o líder do marketing; Carvalho, o tesoureiro da campanha; Calisto e Gutemberg, senadores conselheiros; Marcos Cintra e Ana de Mello, líderes do conselho de economia; Silas Pedrosa e Silvia Abreu, especialistas em educação; Carlos Castro e Manoel Toller, expoentes da saúde. Além desses, outros vinte membros faziam parte do seu estafe mais próximo, incluindo o senador mais velho da casa, chamado Marcos Paulo.

A euforia penetrava nas entranhas do comitê. Eles não paravam de comentar as pesquisas de opinião por classes sociais, por faixa etária e por sexo. Napoleon tinha 54% dos votos válidos das mulheres, 57% dos que tinham ensino superior e 32% daqueles que não tiveram a oportunidade de fazer uma faculdade. Perdia entre aqueles que ganhavam até três salários mínimos. Todavia, ultrapassara seu principal oponente. Estava 6% à frente e em crescimento. Sua taxa de rejeição continuava sendo menor do que os outros quatro candidatos. Estavam no céu das estatísticas.

Muitos dos líderes que o assessoravam já sonhavam com os cargos de alta visibilidade. Seriam ministros, estariam no centro das decisões políticas e no centro das atenções sociais. A endorfina irrigaria seus cérebros, seriam convidados para festas e jantares. Emitiriam suas opiniões em canais de TV, suas ideias seriam comentadas nos jornais, frequentariam as colunas sociais. Sairiam da escuridão da madrugada para o estrelato, para a luz do meio-dia.

Se não fossem os comportamentos estranhos que Napoleon apresentara nas últimas semanas, o ambiente não poderia estar melhor.

— Certamente seremos vencedores. Mas precisamos, nesta reta final, do combustível emocional de Napoleon — concluiu João Gilberto.

— Nunca vi um primeiro lugar tão sem entusiasmo! — lamentou Carvalho.

— Bom humor nunca foi o seu forte, mas ele está mais introspectivo — disse a especialista em educação Silvia Abreu.

— O que está acontecendo com ele? Está doente? — indagou Marcos Cintra, orientador da cartilha de economia, que já tinha sido economista-chefe do Banco Mundial.

— Não, não! É o estresse da campanha! — afirmou o todo-poderoso tesoureiro Carvalho.

— Concordo! Sempre foi um grande otimista. Sua agenda apertadíssima tem sido sua pior inimiga.

Quando Napoleon apareceu, todos se levantaram para o futuro presidente. Na época em que estava em quarto lugar, não tinha essa notória respeitabilidade. O comitê suspirava diante de alguém com dezenas de milhões de possíveis votos.

Sentou-se e olhou para todos os membros do comitê. Não estava muito disposto a conversar. A sua última noite fora terrível. Havia negado a pessoa a quem mais admirava na vida. Negara Cristo.

— Como está o mais forte de todos os candidatos? — tentou animá-lo Calisto.

— No ápice da reflexão sobre a própria fragilidade, meu amigo.

— Parece que você não dormiu à noite — disse Carvalho.

— Quem dormiria bem se vivesse os eventos que vivi? — comentou, misterioso.

— Que eventos? — perguntou Ana de Mello, a outra especialista em economia.

Como explicar o inexplicável? Como falar que estivera no maior julgamento da história? Seria internado, interditado. O silêncio era recomendável.

— Napoleon, em breve você poderá ser o presidente da nação. As pessoas precisam de um homem que esqueça seus problemas particulares e coloque combustível em seus sonhos — afirmou João Gilberto.

— Eu sei, João. E peço desculpas por estar estressado. A esperança é o oxigênio da emoção. Vamos lá!

— É isso aí. Seja um vendedor de esperança.

O candidato tentou recuperar suas forças. Precisava animar seu time, tirar energia dos recônditos do seu ser.

— Eu creio no país, creio que superaremos nossas dificuldades financeiras, creio no superávit fiscal.

Todos o aplaudiram. Napoleon ganhou um pouco mais de fôlego e continuou:

— Creio que podemos melhorar nossa saúde, torná-la mais democrática. Creio que a educação pode dar um salto, formando mentes brilhantes, proativas, empreendedoras. Creio que podemos desburocratizar a sociedade, que empresas poderão ser abertas e fechadas em uma semana. Creio que podemos diminuir o número de processos judiciais, que a sociedade poderá ser mais pacificadora e menos litigiosa.

Mais aplausos. Agora o sorriso estava estampado até no seu mais velado crítico, João Gilberto.

— Pois, sem acreditarmos na nação, os investidores desaparecerão, os consumidores se esconderão, a teia econômica perderá sustentabilidade.

— Parabéns, meu presidente — disse Carvalho.

— Esse é o homem que governará esta nação — decretou o líder do marketing.

De repente, um funcionário do comitê aproximou-se de Napoleon e falou aos seus ouvidos:

— Senhor, desculpe, mas me entregaram uma mensagem.

— Mensagem, Antônio?

— Sim, disseram que é urgente.

— Esta reunião é mais importante.

— Mas o sujeito insistiu e suplicou que o senhor a lesse tão logo a recebesse.

Napoleon agradeceu, dispensou Antônio e abriu o envelope. Enquanto seu time estava distraído, animado com o bordão "eu creio no país", começou a ler. Franziu a testa e os músculos ao redor dos olhos. Não sabia se o conteúdo da mensagem era verdadeiro ou não, mas ele impactou muitíssimo o criminalista.

"No ano dezenove de Tibério César, imperador romano de todo mundo. Sob o regimento do governador da cidade de Jerusalém, presidente gratíssimo, Pôncio Pilatos. Regente na baixa Galileia, Herodes Antipas. Pontífice sumo sacerdote, Caifás. Cônsul romano da cidade de Jerusalém, Quinto Cornélio Sublime. Eu, Pôncio Pilatos, condeno e sentencio à morte Jesus, chamado pela plebe de Cristo Nazareno, e galileu de nação, homem sedicioso contra a Lei Mosaica e o senhorio do grande imperador Tibério César pois, congregando e ajuntando homens de todas as estirpes, ricos e pobres, inclusive os de baixa moral, tem promovido tumultos jamais presenciados por toda a Galileia, e, sendo de carne e ossos, proclama ousadamente ser filho de Deus e rei de Israel, ameaçando a governabilidade de Jerusalém e a estabilidade do Império Romano, negando a grandeza do supremo César, tendo ainda o atrevimento de entrar triunfalmente com ramos, com grande parte da plebe, dentro da cidade de Jerusalém. Sob o regime das magnas Leis Romanas, o réu em seu julgamento abriu mão do seu direito de defesa, portando um silêncio inquietante,

não negando nem rebatendo todos os crimes contra o Estado de que é acusado. Portanto, por todos eles, sentencio que seja açoitado e coroado de espinhos, que se lhe dê morte na cruz, sendo pregado com cravos, como todos os inimigos do Império. Saindo pela porta da Fortaleza Antônia, que se conduza Jesus para fora dos muros de Jerusalém, onde seu corpo ficará pendurado sobre o madeiro como espetáculo para inibir todos os rebeldes e malfeitores e que sobre sua cabeça se ponha, em diversas línguas, o título: Jesus Nazarenus, Rex Judeorun. Ordeno também que nenhum habitante da Galileia, da Judeia, Samaria ou de qualquer outra região impeça a justiça por mim proferida e executada com todo rigor, segundo os Decretos e Leis Romanas, sob pena de rebelião contra o digníssimo imperador Tibério César. Testemunhas: Lucio Extilo e Amacio Chilcio."

Alguns dos presentes observaram o semblante compenetrado de Napoleon e perguntaram a ele:

— Algum problema?

— Não. Vamos continuar a reunião.

— Vamos lá, eu creio no país de Napoleon! — disse João Gilberto, reacendendo as chamas do clima eufórico.

Todavia, quando todos achavam que ele estaria no Everest da animação, o candidato à presidência voltou para os vales árduos da realidade.

— Mas não podemos ser vendedores de ilusões. Temos de falar a verdade e, reitero, procurar o voto consciente. Não se pode ter um desenvolvimento sustentável e zerar o déficit fiscal sem sacrifícios! Teremos que dar o exemplo. Que tal, no caso de eu me eleger, cortarmos nossos salários em pelo menos 30%? Não é possível falar em sacrifício da sociedade sem cortar a nossa própria carne. — Todos ficaram perplexos com a proposta. — Temos de nos sentar no caixa do governo e cortar gastos para conquistar credibilidade internacional, para continuar atraindo investimentos, e, ao mesmo tempo, sobrar recursos para investimentos em áreas vitais.

— Mas, mas... — começou a ponderar o tesoureiro.

— Vai doer. Muitos vão chorar, pois vai faltar anestesia para todo mundo. Mas não há ilusões.

— Cortar nossos salários, mas isso é quase nada contra os bilhões que o governo gasta. Essa conta não fecha — afirmou Silas Pedrosa, o educador. Marcos Cintra concordou. Eram medidas paliativas.

— Não é o dinheiro que será mais importante, mas o princípio. Vocês sabem disso. O que talvez não saibam é que a matemática da emoção é diferente da matemática numérica. Na numérica, dividir é diminuir; na da emoção, dividir é aumentar. Maquiavel orientou líderes políticos dizendo que, se tivessem de fazer o mal, fizessem de uma vez, pois isso logo seria esquecido, enquanto o bem deveria ser feito aos poucos.

— Interessantes as ideias de Maquiavel — disse o senador Marcos Cintra, que nunca havia lido nada dele.

— As ideias de Maquiavel têm de ser corrigidas, pois o tempo é o carrasco do homem. É necessário diagnosticar se a sociedade suporta medidas drásticas. Todavia, se cortarmos nossa carne, teremos moral para cortar mais rapidamente os gastos do governo, e será mais fácil incluir a sociedade nessa empreitada. Fazer o bem aos poucos para ser lembrado a longo prazo é um desrespeito aos direitos do homem. Não se faz política para promover políticos, e sim para o bem-estar social. E confesso, com angústia, que já errei nessa área.

— Espere. Vamos comunicar medidas drásticas só depois das eleições — sugeriu Carvalho.

— Concordo em gênero, número e grau — falou o marqueteiro. — Você ganhou uma batalha, mas pode perder a guerra. Só faltam treze dias para as eleições. Se não tivermos nenhum deslize...

— Nós seremos vitoriosos! — completou Napoleon, aplaudindo. Mas, depois, questionou-os: — Respondam-me, quem apaga a luz?

Uns olharam para os outros e não entenderam a pergunta. Novamente ele perguntou, agora dirigindo-se para os conselheiros de economia.

— Quem apaga a luz numa casa, Marcos Cintra e Ana de Mello? Não são vocês, notáveis economistas? Estou esperando, respondam.

Eles não se arriscaram a responder, não entenderam o questionamento que inferia o mais básico dos fundamentos econômicos.

Carvalho se antecipou e respondeu.

— Qualquer pessoa que desliga a tomada, é óbvio.

— Errado, tesoureiro. Quem apaga a luz numa casa é quem paga a conta. Já falei mil vezes para meus filhos apagarem a luz da cozinha, da sala, da varanda, antes de dormir. Mas eles raramente o fazem. Eu saio apagando as luzes todas as noites em que estou em casa. Dói em meu bolso. Agora, quem apaga a luz do governo? Quem paga os seus gastos?

— Os tesoureiros, os diretores financeiros etc. — arriscou Calisto.

— Errado, é o contribuinte. No inconsciente coletivo, parece que a coisa pública não tem dono. Mas tem: é o contribuinte, reitero. O contribuinte é o patrão, do rico ao mais humilde. Ele paga nossos salários, milhões de gastos do governo, e muitos o fazem com sacrifício. Ele vai escolher nas urnas em quem confia que apagará a luz. Eu terei de apagar a luz do governo. Não posso mentir para o povo. Eu e o time que escolher deveremos gastar responsavelmente o dinheiro do nosso patrão, usar de forma eficiente seus recursos.

— Metáfora interessante — avaliou Silvia Abreu.

— Todavia, a política está doente, e não poucos políticos também o estão, cenário em que me incluo. Nós não vemos os contribuintes como nosso patrão, eles não ocupam nossos sonhos, nós não nos curvamos quando eles passam, nem repensamos quando reclamam. Diante dessa tese, respondam: somos funcionários públicos?

— Claro! — afirmou Marcos Cintra, chefe do conselho de economia. — Uns são eleitos, alguns, concursados, e ainda outros têm cargos de confiança. E nesse time há líderes que poderão coroar sua gestão ocupando os mais notáveis cargos públicos.

— Sem dúvida, somos funcionários públicos — interferiu o ambicioso Marcos Paulo, o senador que perdera a indicação do partido para Napoleon. Todos acompanharam essa velha raposa da política. Marcos Paulo era um líder periférico na campanha de Napoleon, mas sonhava em ser ministro dos transportes, comunicação ou educação. Era um especialista em se autopromover, o que constrangia o candidato à presidência.

— Desculpe, Marcos Paulo! Mas não somos funcionários públicos, somos funcionários do público. Por isso, minha gestão será profissional.

— Como assim? — indagou o senador, abalado, com os lábios trêmulos.

— Ser funcionário público nos induz a pensar que somos donos da coisa pública. Ser funcionário do público é ser funcionário da sociedade que, reitero, paga nossos salários. Se tivéssemos plena consciência disso, se falássemos dia e noite dessa postura, coibiríamos mais de 50% da corrupção em todas as esferas públicas. Não trataríamos com descaso o contribuinte.

Alguns ficaram atônitos diante desses argumentos. Percebendo a inquietação, Napoleon passou os olhos em todo seu estafe e advertiu:

— Eu falhei. Deveria ter tido esta conversa antes. Mas quem não concordar com minha proposta de cortar nossos salários pode deixar minha campanha.

O silêncio foi surpreendente. Três pessoas deixaram a sala. Apesar do clima horrível, Napoleon não se intimidou:

— Como funcionários do povo, devemos ter política de Estado, e não de partido!

— Mas defendemos nossas bandeiras! — argumentou o senador Gutemberg.

— Gutemberg, erramos muito nessa sutil e vital área. A política de partido infecta as nações, objetiva perpetuar um grupo no poder. Política de Estado, ao contrário, é a política que irriga a sociedade com projetos que financiam o bem-estar sustentável. Só é digno do poder quem governa para sua sociedade, e não para seu partido.

— Desse jeito, se você ganhar a eleição, não se preocupará em fazer seu sucessor, não respeitará quem está na fila — afirmou Gutemberg, com as bênçãos de Calisto, Carvalho e Marcos Paulo, quatro políticos que sonhavam em estar na posição de Napoleon.

— Por acaso você está se colocando nessa fila? — E, lembrando o Mestre que havia negado três vezes, emendou: — Não estamos numa eleição para ver quem será o maior, mas quem melhor servirá. A sociedade escolherá não uma celebridade ou um ser humano poderoso, mas um simples funcionário para dirigir a nação com responsabilidade e competência, com a obrigação de vacinar-se contra a necessidade neurótica de poder e de ser o centro das atenções. Vocês já se vacinaram?

De repente, Marcos Paulo, o velho senador, se levantou e saiu sem que os outros soubessem se ia ao banheiro ou se discordava das ideias de Napoleon. João Gilberto não sabia se ria ou se chorava. Queria estar discutindo estratégias para consolidar a eleição, somente isso importava.

— Não o entendo. Você está com a eleição garantida e está armando confusão.

Mas Napoleon disse:

— Você se preocupa com o país ou com seu ego? A porta de saída está aberta.

— Longe de mim. Você é o cara para dirigir a nação!

— Dispenso o elogio. Não sou insubstituível. Apenas na rua onde moro deve haver pelo menos uma dúzia de pessoas que poderiam dirigir a nação tão bem quanto ou até melhor do que eu. Só não têm a oportunidade.

— Você está louco, Napoleon. Governadores dizem que você é um ser humano raríssimo e nos aplaudem como um time de notáveis — afirmou Carvalho, ansioso. — E, com seus assessores, formaremos um time de ouro.

— Um governo afunda não apenas pela inabilidade de um governante, mas pela sua incompetência de escolher seus assessores. Se vencermos as eleições, espero escolher mentes proativas, ousadas, bem resolvidas e apaixonadas pela sociedade.

— Com quem você tem aprendido essas coisas? Suas palavras são simples, mas paradoxalmente profundas e estranhamente belas — falou Silvia Abreu.

Napoleon fez uma pausa para respirar e para recordar o personagem que vinha desnudando-o e dissecando sua psicose política.

— Essas teses gritam aos nossos ouvidos, mas não as ouvimos.

— Excelente, excelente! — falou Carvalho, e o aplaudiu, levando todos a acompanhá-lo. — Mas, pelo amor de Deus, vamos ganhar esta eleição.

— Carvalho, meu medo não é perder a eleição, mas não ser fiel à minha consciência.

— Como não? O meu medo aumentou. Tenho pesadelos com a eleição todos os dias — disse o tesoureiro, que sonhava em ser o ministro do desenvolvimento. — Sou seu fiel escudeiro, desprendido de outras intenções. Sei do meu valor, mas não busco ser ministro. A escolha será sua... O que me preocupa é a eficiência do governo.

— O vírus da corrupção está na circulação humana. Diminua sua imunidade e esse vírus eclodirá — afirmou Napoleon, que tinha visitado os porões de sua mente.

— Mas eu não sou corrupto — rebateu João Gilberto.

— Muito menos eu — arrematou o tesoureiro.

— Existe a corrupção branda, que só prejudica o hospedeiro, e a corrupção agressiva, que destrói as famílias, as empresas e a sociedade. Um ser humano produz em média de cinco a sete mentiras ou dissimulações diárias. Vocês dois estão acima ou abaixo da curva? Que tipo de cepa os infecta? — perguntou, de forma perspicaz.

— Bom eu… eu… Você não pode me julgar! — fuzilou João Gilberto.

Napoleon perdeu a paciência. Bateu na mesa com força, assustando todos, pois, apesar de ser excessivamente acelerado, era equilibrado.

— Estamos numa eleição para presidente, caramba! — E, após uma breve pausa, indagou: — Vocês me acham ético?

Todos declararam que sim. Calisto comentou:

— Eu o conheço há quinze anos. Para mim, você é ansioso, mas radicalmente honesto.

E pela primeira vez um candidato à presidência de um país fez esta declaração:

— Eu também pensava assim. Mas tenho descoberto que o vírus da corrupção circula nas artérias de meu cérebro.

— Mas então quem está livre desse mal? — indagou o senador.

— Quem se vacina todos os dias. Quem se coloca como funcionário do público. Quem tem consciência da efemeridade do poder. Quem tem humildade para reconhecer suas loucuras e a habilidade para mapear seus demônios emocionais. Nossos patrões exigirão isso nas urnas… Isso basta!

Levantou-se e, assim, terminou aquela reunião. Todos ficaram estarrecidos com Napoleon Benviláqua. À medida que enxergava suas limitações e suas deficiências, sua ousadia e sua inteligência ganhavam musculatura, pelo menos para ser transparente. Parecia indomável pelos líderes da campanha. Aprendera a ser um homem em construção, que desejava mudar seu mundo antes de mudar a sociedade…

Estranhos em família

A agenda de Napoleon estava ainda mais intensa nos dias que antecediam as eleições. Ele lutava para não ser uma máquina de trabalhar, de resolver problemas, de dar entrevistas. Mas perdia suas batalhas. Descobrira que precisava relaxar, se divertir, dar risadas de algumas bobagens, enfim, oxigenar sua emoção e abrir o leque da sua memória para dar respostas mais profundas aos desafios do cargo. Convenceu-se de que Robespierre e milhares de outros líderes primeiro foram devorados pelo seu estresse para, depois, devorar seus pares, sua cidade, seu estado, seu país.

Precisava desesperadamente da solidão criativa: encontrar-se consigo, se repensar, se interiorizar, mas as únicas oportunidades que tinha para penetrar em camadas mais profundas de si eram as viagens patrocinadas por H. O desgaste era tão grande, no entanto, que ele torcia para que o misterioso personagem desaparecesse de sua história. Sair do verniz social tinha seu preço.

Na manhã seguinte, estava tomando café com Débora e os dois filhos, Fábio e Felipe. Sem controle da emoção, seu relacionamento havia começado no céu do romance e estava terminando no inferno do tédio e dos atritos. Fora de casa, ele era sempre solícito, dado ao diálogo, mas em casa era fechado, circunspecto, sisudo, de poucas palavras. Era um homem muito distante, e a duras penas descobrira que sua família estava emocionalmente falida.

Quando, no meio da refeição, Fábio derrubou leite sobre a mesa, todos imaginaram o sermão que vinha pela frente. Mas, em vez de Napoleon dizer: "Você não tem cuidado! Vive no mundo da lua!", ele controlou a ansiedade e voltou a surpreender o filho:

— Não se preocupe, Fábio, as grandes ideias nascem do caos.

Débora, admirada, não entendeu seu humor. Por pequenas coisas ele costumava ficar contrariado.

— Você não vai dar uma bronca nele?

— Bronca? Esse garoto só merece elogios.

E os dois, o pai e o filho, bateram o punho um no outro mostrando que estavam em sintonia.

— O que está acontecendo, Napoleon? Você está tão diferente.

— É a décima vez que você me pergunta isso. Estou diferente para pior ou para melhor?

O filho mais novo, Felipe, se antecipou:

— Para melhor, papai.

— Sim, para melhor. Mas você está indo a algum psiquiatra, psicólogo, *coach*, padre, pastor? — questionou a mulher.

— Estou aprendendo a dar risadas da minha estupidez.

— Mas você era tão lógico e linear, sempre levou a vida a ferro e fogo. Ouvir isso de você é no mínimo espetacular.

Nesse momento, Felipe percebeu que seu celular não estava consigo e questionou o irmão:

— Cadê meu celular?

— A bateria do meu acabou. Já devolvo — respondeu o mais velho.

— Você sempre pega minhas coisas sem pedir! — reclamou Felipe, em tom alto.

— E você é um egoísta que nunca empresta nada! — reagiu o irmão, estressado, jogando o celular sobre a mesa.

As estações emocionais na casa do homem que queria liderar a nação eram doentiamente flutuantes, a tal ponto que saíam da primavera para o inverno em segundos.

— Você é que é um egoísta!

E o tempo fechou. Napoleon percebeu que seus filhos estavam reproduzindo o que ele tinha de pior, e não de melhor. Ficou atônito com essa conclusão, extraída sem a presença de H. O limiar para frustrações estava baixíssimo, por pequenas decepções seus filhos se digladiavam, viviam num coliseu familiar. Sentiu que falhara como educador. Preocupado, colocou as mãos na cabeça.

Débora observava atentamente a reação de Napoleon:

— Por que está espantado? Esses atritos são tão comuns aqui em casa...

Napoleon tentou abrandar os ânimos, em voz baixa:

— Acalmem-se, garotos.

Mas eles não o ouviam, continuavam acusando-se mutuamente.

— Prestem atenção.

Mas nada. Elevou o tom de voz:

— Acalmem-se, meninos.

Mas eles ainda não o ouviram.

Então ele gritou:

— Fiquem calados!

Todos levaram um susto. H apareceu substituindo o rosto de Abraham Lincoln, o político que Napoleon mais respeitava, estampado num imenso quadro que estava no centro da sua sala. Constrangido, o pai disse aos filhos:

— Se preciso elevar o tom de voz para me fazer ouvir, é porque sou grande fora, mas pequeno dentro de casa, pelo menos nos focos de estresse. Se eu fosse grande para vocês, se me admirassem, meu tom de voz poderia ser brando que teria enorme impacto. Eu falhei como pai, me desculpem.

Com essas palavras, H desapareceu e Abraham Lincoln voltou.

— Mas nós o admiramos — disse Felipe.

— É verdade — confirmou Fábio.

Tentando se recompor, Napoleon olhou para os filhos:

— Não o suficiente, mas não os culpo. Quanto ao atrito de vocês, todo relacionamento exige a arte de negociar para pacificar os conflitos.

Os filhos se entreolharam. Havia anos que seu pai não tinha uma conversa séria com eles.

— E arte de negociar sempre implica ganhos e perdas dos dois lados. Se, numa negociação, uma pessoa leva muita vantagem, ganha muito, a outra sai perdendo. Se ambas cedem um pouco e ficam levemente insatisfeitas, a negociação tem grande chance de ter sido um sucesso. Entenderam?

Felipe tomou a frente.

— Bem, papai. Eu poderia não ter gritado com o Fábio e pedido com educação que ele me devolvesse o celular.

Acusado pela própria consciência, Fábio também concluiu:

— Eu também errei. Poderia não ter invadido seu espaço. Bastava ter pedido emprestado.

— Parabéns. Vocês ainda vão errar muito nesta vida. Mas, se aprenderem a arte de negociar, transformarão os erros em acertos, lágrimas em alegria, crises em oportunidades.

— É assim que se governa um país? — perguntou o filho mais novo.

— É assim que se governa nossa emoção, filho.

Era um sábado, então os garotos logo saíram para aproveitar o dia. O casal ficou só. Os dois permaneceram em silêncio por algum tempo. Discretamente, Débora começou a chorar.

— O que foi, querida? — disse o político, pegando em suas mãos.

— Estou feliz porque você voltou.

— Como assim?

— Lembro-me muito bem de quando me casei, mas não me lembro de quando o perdi.

Ele franziu o rosto. Sabia o que ela queria dizer.

— Foi sutil, pouco a pouco, como uma chama que foi se apagando até o breu invadir o ambiente.

— Mas ainda estou aqui.

— Você não percebe que não tenho mais o mesmo brilho nos olhos? Sorrio quando estamos diante dos fotógrafos, mas choro por dentro. Sorrio quando estou com você nas festas e nas confraternizações, mas me falta o pão da alegria.

Napoleon observou a mulher, respirou profundamente e comentou:

— Como disse um amigo: a Era dos Mendigos não terminou.

— O que quer dizer com isso?

— Há muitos mendigos emocionais morando em casas de condomínios e apartamentos confortáveis como este.

Ela ficou impressionada com a sensibilidade. Fez que sim com a cabeça. Não queria chorar, mas não se conteve:

— A política, ou o excesso de atividades que ela traz, nos asfixiou. Somos um dos casais mais fotografados e admirados deste país, mas não temos privacidade, não sabemos mais namorar, fazer coisas triviais, ser simples mortais.

— Lembra o tempo em que eu ia ao supermercado comprar frutas e outra coisas para a casa? — disse ele, inspirado. — Comprava até mortadela, algo de que sempre gostei, apesar de você me criticar.

Débora sorriu:

— Você ia para a cozinha, dizia que era o melhor chef, mas fazia uma bagunça. Ah, que saudades daquele tempo! Hoje você discute os problemas da nação, mas não discute a nossa relação.

— Sou o culpado. Não separei a vida pública da privada. Preocupo-me com o bem-estar de milhões de pessoas que estão distantes de mim, mas faço sofrer as pessoas que mais amo. Sinto-me um zumbi.

— Sinto por você, Napoleon, por nós, pelos nossos filhos. Não sei se há uma solução — afirmou ela, condoída: — E agora?

O político eloquente, capaz de fazer discursos brilhantes, estava sem voz. Há um momento, cedo ou tarde, em que todo ser humano tira a maquiagem, enfrenta a realidade crua da existência. Chegara a vez de Napoleon. Sua família tornara-se um grupo de estranhos.

— E agora? — repetiu ela, colocando-o contra a parede.

— E agora? — repetiu ele, enquanto pensava: *O que as pessoas fazem quando descobrem que faliram? Choram, se destroem, se separam ou então reconhecem suas imperfeições e suas debilidades e gritam para si: "Que se dane o mundo! Apesar das minhas dívidas, vou me reconstruir sem culpa. Agora vou ser feliz".* — Não se preocupe com a presidência. Você tem toda liberdade de desistir de mim. Qual é a sua opção?

Débora parou, pensou, repensou. Era uma decisão difícil. Se ela desistisse da relação, seria um escândalo, ele poderia perder a eleição. Tempos antes, Napoleon pressionava as pessoas a seguirem suas ideias; agora, mesmo nos momentos mais difíceis, tinha a coragem de dar a liberdade para elas decidirem. Depois de uma respiração solitária e profunda, ela falou:

— Prefiro a opção de seguir meu coração. Dizer em alto e bom som: "Este é o homem que tenho, saturado de defeitos e que erra seus principais alvos, mas vou investir nesta relação. Vou reconstruir minha história sem culpa. Que se dane o resto" — comentou ela, com um sorriso cheio de lágrimas.

Feliz, ele completou:

— Vinicius de Moraes defendeu a tese de que o amor fosse eterno enquanto durasse, mas precisamos de uma tese mais profunda: que o amor seja eterno enquanto se cultive. Desculpe-me por tê-la abandonado. De todas as coisas que conquistei na vida, você é a melhor. Eu te amo.

Ela voou sem asas às nuvens. E respondeu:

— Os homens domam máquinas e cavalos, mas as mulheres são especialistas em domar o coração. Ainda bem que o amor é ilógico. Eu também te amo.

Em seguida, Débora se levantou, foi até o aparelho de som e colocou a música que ambos amavam: "New York, New York", na voz de Frank Sinatra. E dançaram como nos velhos tempos, como dois adolescentes que iniciavam uma história. E, assim, um romance fragmentado e falido começou a ressurgir do caos.

O grande provocador da mente

A tempestade vestiu aquela noite com um manto de dor. Pela manhã, os pássaros deveriam despertar angustiados, ninhos derrubados, o trabalho de toda a primavera destruído, mas, para espanto da natureza, apagaram da memória a chuva torrencial e as rajadas agressivas dos ventos, e se colocaram a cantar. Como músicos que não se dão o direito de lamentar, entoaram melodias que homenageavam à vida como um espetáculo. O sol cobriu aquela manhã com o lençol da alegria.

As estrias dos raios incidiam sobre a face de um homem que dormia sob uma árvore de folhas diminutas e espiculadas. Como as aves, esse homem esquecera-se de que atravessara os vales dos vexames, os desertos das crises, as escarpas das contradições. Esquecera ainda, pelo menos naquela madrugada, que dissecara em sua personalidade úlceras extensas por trás da pele maquiada. Não havia cama nem travesseiro, mas encontrara finalmente descanso depois de tantos embates.

Não acordou num sobressalto, mas folgadamente.

— Ah, como é bom estar em paz comigo — comentou para si.

Sentou-se ao chão e, faminto, comeu as frutas pretas caídas no solo. Colocou-as entre os dentes, sentiu uma suave textura, remeteu-a para suas glândulas salivares e imediatamente sentiu um gosto amargo insuportável. Cuspiu-as. Eram azeitonas. Curtidas, são agradáveis; cruas, como o ser humano impulsivo e deseducado, são intoleráveis.

Olhou ao redor e tentou se localizar, mas não conseguiu. Pressentiu que H estaria por trás daquela nova situação, mas girou o pescoço e não o viu. Todavia, teve a convicção de que estava num solo que jamais pisara, num espaço que jamais respirara. Rotina, ah, essa doce prisão que os conformistas amam, já havia muito não fazia mais parte do seu cardápio existencial. Tudo nos últimos tempos de Napoleon era surpreendente, ainda que o mergulhasse nos mares da ansiedade.

Então, palavras proferidas num tom cada vez mais alto começaram a pressionar seus ouvidos. Eram homens se aproximando. Discutindo não como inimigos, mas como fraternos companheiros de jornada, sobre os percalços da existência. Um deles, de nome Críton, advertiu seu companheiro.

— O que pensa da vida? Você inspirou crianças a sonharem, jovens a pensarem e líderes a se revisarem. Lutou contra feras bravas da alma humana. Entrega-se agora sem lutar?

O homem que fora advertido era um pensador que em breve passaria pelos desertos cáusticos de um julgamento desumano. Deveria bater em retirada, como todo mortal, mas se recusara a deixar a meca da filosofia, Atenas. Era tão teimoso quanto inteligente. Era uma obra de arte ambulante e, ao mesmo tempo, tinha modos estranhos: costumava caminhar descalço, amava a conexão com a terra, não tinha afinidade com banhos e sua especialidade principal era perturbar mentes incautas, rígidas e fechadas. Era mestre em usar o instrumento mais cortante da formação humana: a arte das perguntas.

Napoleon os observava. Percebeu que era um diálogo incomum. O sujeito que estava sendo aconselhado a fugir acenou para Napoleon com a cabeça, sem se importar com a atenção do intruso à sua conversa. Sua vida era um livro aberto. Não usava artifícios para se esconder. Em seguida, encarou seu interlocutor:

— Críton, meu amigo. Por que teria eu pavor de meu julgamento? Levarei essas mentes turronas, que querem me silenciar, a pensarem! É uma grande oportunidade! Esqueceu quem sou? Não trabalho com ferros, não selo cavalos, não planto vinhas! Minha ocupação é a maiêutica: o parto das ideias!

Napoleon ficou impressionado com a fineza do seu pensamento e a descrição da sua profissão. Nunca conhecera alguém com essa ocupação. *Que homem é esse?*, questionou-se.

— Ó filósofo da dúvida e da teimosia, tem filhos e mulher — alertou Críton: — Do que servirá se morrer? Será um cadáver estéril, um peso insuportável para quem ama e um fluxo de lágrimas para seus alunos.

— Quer dizer que não adianta ser um parteiro de ideias se a Terra me receberá em seu útero? Quem disse que depois da morte não poderei parir novas ideias?

— Ninguém pode com seus argumentos — asseverou Críton, desanimado.

—Ah, Críton, se eu pudesse abrir sua mente, entenderia que, durante meus breves anos nesta Terra, descobri que o conhecimento está dentro das pessoas, que todas elas são dotadas de habilidades de aprender por si mesmas. Aprenderei nesse julgamento, não silenciarão minha voz. Deixe-me continuar filosofando. Deixe-me ser quem sou.

— Se ajuda muitos a libertar seu autoconhecimento, por que não permite que eu liberte o seu, ainda que seja uma fresta de luz? Por que não me dá espaços para ajudá-lo a entender que a vida deve ser preservada a qualquer preço?

— Porque não concordo com a tese. Há um preço impagável. Não posso violar minha própria consciência.

E os dois se afastaram alguns passos de Napoleon. Enquanto este se distraía com aquele inteligente diálogo, alguém tocou seu ombro. Virou-se, assustado.

— H? Há dias não o vejo!

— Estava com saudade?

— Não sei. Quase me interno num hospital psiquiátrico ao retornar. Não suportei ter negado vexatoriamente a Cristo.

— Não precisa se internar. A sociedade em que você está já é um hospital de loucos — disse H, com ar de ironia.

— Hoje eu sei. Mas fiquei deprimido — assegurou o político.

— A esperança é o oxigênio da emoção. Sem ela, qualquer um se deprime — ponderou H.

Em seguida, Napoleon perguntou, curioso, ao personagem cuja memória nem os supercomputadores do seu tempo tinham:

— Quem são esses dois? Parecem intelectuais, mas o ambiente aqui é tão rústico.

— Não reconhece aquele? — E apontou para o pensador que em breve seria julgado.

Napoleon não tinha a menor ideia de quem era, só sabia que fora cativado pelos seus diálogos. Fez um sinal negativo com a cabeça. H, sempre ensinando com sutilezas, comentou:

— Aquele simples homem é um dos maiores provocadores da mente humana que nossa espécie já conheceu. Estar com ele é um convite a pensar.

— Mas qual seu nome?

— Tente descobrir.

Em seguida, H explicou que a maiêutica, ou parto das ideias daquele homem, tinha dois momentos cruciais. O primeiro se dava quando ele usava o instrumento das perguntas para dissecar as falsas verdades e os preconceitos débeis.

— Seus interlocutores ficam em estado de pânico pela maneira como ele os coloca em xeque. Se alguém lhe diz "você está errado", o parteiro das ideias o metralha com seus questionamentos: "Quem sou eu? Quem é você? O que é o erro? Qual é a diferença entre o erro e o acerto? Quais parâmetros utiliza para me acusar?".

Mas o parto das ideias ainda não estava completo. H continuou a explicar:

— Após colocar seu interlocutor contra a parede, o sujeito abre o circuito da sua memória, o que permite elaborar novas ideias, mais próximas da realidade.

Napoleon ficou perplexo com esse método de aprendizado.

— Eu sempre fiz o contrário do método desse homem. Sou um especialista em apontar falhas, não em questioná-las.

— De fato, você sempre foi um invasor de privacidade. Era um trator, passava por cima dos outros. Raramente bombardeava com perguntas os deputados, os senadores, seus assessores, seus filhos. Você sempre foi ótimo em estressar os outros, não em formar pensadores.

— Acho que fui um colecionador de inimigos. Parece que esse pensador usa os copilotos da aeronave mental a seu favor, liberta o Eu deles para serem autores da própria história — concluiu o poderoso político, que nunca se conhecera tanto como nas últimas semanas.

— Alunos que não manipulam a arte das perguntas se tornam estéreis, repetirão ideias e não serão pensadores. É no que esse homem que será julgado acredita.

— Mas quem é ele?

— Não conhece o homem que disse: "Três coisas devem ser feitas por um juiz: ouvir atentamente, considerar sobriamente e decidir imparcialmente"?

— Não, não me vem à cabeça.

— Nem estes pensamentos: "Não sou nem ateniense, nem grego, mas sim um cidadão do mundo" e "a vida sem desafios não vale a pena ser vivida"?

— Não estou lembrando.

— Nem as teses: "Conhece a ti mesmo e conhecerá o universo" e "as pessoas precisam de três coisas: prudência no ânimo, silêncio na língua e vergonha na cara"?

— Nada tão belo e nada tão irônico. Sinto muito, mas ainda estou inseguro entre Sócrates, Platão, Aristóteles, Pitágoras.

— "Só sei que nada sei. E o fato de reconhecer isso me dá vantagem sobre aqueles que julgam saber." Não reconhece o autor desse pensamento?

A mente de Napoleon foi iluminada.

— Não é possível. É Sócrates, o grande pensador do Ocidente?

H confirmou. O político ficou ansioso, animadíssimo. Em seguida, comentou:

— Fiquei assombrado diante do homem que mais admiro, Jesus de Nazaré. Agora estou diante de outro homem que, embora não conheça tão bem, foi um dos maiores pensadores da história. Geralmente, a fama de um personagem é muito maior do que ele mesmo, mas eis que o personagem é maior que sua fama!

Napoleon tinha razão em ficar animado. Sócrates e seu discípulo mais notável, Platão, fizeram contribuições importantes e duradouras aos campos da epistemologia e da lógica. Sua habilidade em questionar tudo e a todos e nunca aceitar dogmas como verdades, sem passar pelo crivo da dúvida, moldou muitos pensadores ocidentais. Sócrates sempre foi uma figura misteriosa, pois nunca escreveu um livro de próprio punho. Todavia, seus discípulos, Platão e Xenofonte, e as peças teatrais de Aristófanes descreveram suas ideias e seus comportamentos.

Logo que ficou sabendo que Sócrates estava dividindo o mesmo ar que ele, Napoleon diminuiu os ruídos da sua mente, aproximou-se e atentou mais ainda ao diálogo entre Sócrates e Críton.

— Sócrates, meu dileto mestre. É capaz de parar o que está fazendo e ficar imóvel por horas, contemplando ou meditando sobre algum problema, um tema, uma tese. Mas não ouve a voz da razão. Está prestes a fechar seus olhos para a vida. Fuja!

Mas Sócrates terminou o diálogo.

— Críton, não percamos mais tempo. A hora do meu julgamento se aproxima.

E eles se foram. H e Napoleon os acompanharam a distância. Depois de presenciar emocionado uma parte do julgamento de Jesus Cristo, agora testemunharia o de Sócrates. Era um privilegiado, nunca mais seria o mesmo. Mas, subitamente, interrompeu seus passos, olhou para H e seu coração disparou.

— O que está preparando para mim desta vez?

— Fique tranquilo.

— Com você, jamais ficarei.

— Onde está o político corajoso que usa o microfone como cetro?

— Não sei. Hoje sou um homem alquebrado, cuja alma está partida em mil pedaços. Se for para correr mais um risco de vida ou para visitar os vales sórdidos da minha pequenez, basta, eu fico.

— Fica onde?

— Aqui.

— Com aquele leão por estas bandas?

E avistaram um leão a uns cem metros, distraído. Napoleon apressou o passo.

— Preciso de garantias de que não me colocará novamente na cova dos leões.

— O passado é uma certeza, o futuro é imprevisível. Se tiver medo dos predadores do futuro, o medo se tornará um predador presente.

— Não me venha com filosofias agora. Se for para participar desse julgamento, prefiro subir numa oliveira e de lá não descer. Se puder acompanhar como espectador, vou com você.

— O advogado que quer dirigir uma nação cinquenta vezes maior que a Grécia está com medo de um julgamento?

— Bom, eu… nunca me senti tão incapaz. Não tenho medo de abandonar minha campanha. Você me levou à lona muitas vezes.

Enquanto isso, Sócrates e Críton continuavam caminhando até a cidade. H e Napoleon, num embate profundo, esqueceram que os seguiam. Desistir não era um verbo que Napoleon conjugava, ainda mais sabendo que estava na frente da disputa pela presidência, seu maior sonho. H, surpreso, indagou:

— Está disposto a atravessar os vales dos vexames se desistir?

— Creio que sim — disse, titubeando. Pelo menos já não era tão radical.

— Todos o considerarão um covarde — afirmou H.

— Já passei por coisas piores com você.

— Mas é seu melhor momento.

— Eu não o entendo. Você me destruiu, me partiu em mil fragmentos e agora quer me encorajar? Estou doente, viciado no poder e tenho dúvidas sérias sobre o time que me assessora. Às vezes, sinto que nos primeiros lugares estamos eu, meus conselheiros, o partido, nossa vaidade, e, em último, a sociedade.

— Diagnosticar um câncer é uma oportunidade para o tratamento. Você trairá os sonhos de milhões de pessoas que creem em você?

— Sou um traidor. Traí meus filhos, minha esposa, minha saúde e meus sonhos.

—Acho que você é um covarde — disse H, sem nenhum pudor.

— Covarde? Você está brincando comigo! Você sabe o que é ser degolado por Maximilien de Robespierre?

— Mas você não foi!

— Não fui fisicamente, mas senti minha cabeça descolando do meu corpo. Sabe o que é ser fuzilado por um sociopata?

— Mas você está vivo.

— O que é a vida? O que é estar vivo? — questionou, como Sócrates. — Quando Himmler me chamou de verme e apontou sua arma, tive um ataque de pânico. Sabe o que é ser atacado por gladiadores ou deglutido por feras?

— Pare, não é preciso continuar. Basta — interrompeu H.

— Sabe o tamanho da dor de negar três vezes a pessoa que você acreditava mais amar? Sabe o que é ancorar a leitura da memória dia e noite num arquivo que grita que sou infiel aos meus princípios? Você não conhece as mazelas humanas, H! — continuou Napoleon, irado. — Desconfio de que você esteja no corpo de um homem, mas não seja humano. É destituído de emoção, é insensível, disseca minhas tolices sem anestesia, é meu algoz.

— Você me espanta por me desconhecer, político! Não enxerga que tenho a afetividade dos romancistas, a generosidade dos filantropos, a magia dos poetas e a ingenuidade das crianças!

Napoleon caiu na gargalhada.

— Era só o que me faltava! Ingenuidade de uma criança. Você é irônico como Sócrates. Um terrorista não teria tanto requinte de crueldade. — E, embargando a voz, completou: — Você acabou comigo, furtou minha ambição, sequestrou meu sonho. Estou com a vitória quase garantida nas eleições, mas é incrível: não tenho coragem de continuar.

H franziu os músculos do rosto, sentindo pela primeira vez que seu aprendiz estava deixando de ser um ególatra, estava entregue, fragmentado. Bateu nas suas costas e comentou.

— Desculpe-me, homem. Mas dei-lhe sabedoria que sábios não tiveram.

— Mas o preço é alto. Você me virou de cabeça para baixo. Cortou meu ego em mil pedaços.

Então, Napoleon e H interromperam sua marcha e olharam de alto a baixo o grande edifício que estava diante deles. H tomou a frente:

— Chegamos.

— Onde?

— No anfiteatro em que Sócrates será julgado.

— Ele morrerá?

— Não conhece a história? Não vou responder. Você pode partir. Estou pronto para colocá-lo na sua cama, sem ninguém ver, debaixo do seu edredom, acomodado no seu travesseiro de plumas de ganso.

H, ao dizer essas palavras, deu-lhe as costas e entrou no anfiteatro. Napoleon suspirou e o interrompeu:

— Não perderei este julgamento por nada.

H sorriu e meneou a cabeça, satisfeito. Os dois personagens entraram no anfiteatro. Napoleon não tinha a mínima ideia do que o aguardava.

Julgar sem conhecer

O tribunal que julgaria Sócrates era constituído por quinhentos cidadãos com direito a voto. Era um evento muitíssimo concorrido, não apenas porque o réu era famoso, mas porque a condenação do filósofo que arrebatara milhares de jovens poderia dar origem a uma revolta no seio de Atenas.

Sócrates foi acusado de três crimes. Primeiro, de não acreditar nos costumes e nos deuses gregos. Segundo, de unir-se a deuses malignos que gostavam de destruir as cidades e que seriam seguidores de um deus único. E, em terceiro lugar, de corromper os jovens com suas ideias.

Devido à arte da pergunta e à sua habilidade de provocar a mente das pessoas, Sócrates tornara-se popular. Influenciado pelo filósofo Parmênides, dia e noite ensinava que o pensamento crítico nasce quando se começa a questionar o que somos e o mundo em que estamos. A juventude grega, sob seu ensinamento, deixou de ser mentalmente adestrada, passou a ter opinião própria e a navegar nas águas das ideias, o que levou o pensador a se tornar um perigo para a elite dominante. Três foram os seus acusadores.

O primeiro deles, Ânito, poderoso e influente, representava os políticos e os interesses dos comerciantes e dos industriais. Era um líder democrático, mas havia um problema que comprometia sua isenção nesse caso: um de seus filhos tornara-se discípulo de Sócrates e passara a rir da mitologia grega e dos deuses do pai.

O segundo, Meleto, era um poeta trágico. A poesia era tão importante para a formação humana naqueles tempos que havia na Grécia a classe dos poetas, representada no julgamento por esse homem, que assinava oficialmente a acusação.

O terceiro era Lícon, cujo nome ficou à margem da história. Representava a classe dos oradores e dos professores de retórica, habilidades importantíssimas para formar mentes brilhantes, mas que foram perdidas nas escolas modernas, excessivamente cartesianas. Lícon também tinha interesse na condenação de Sócrates porque seu filho fora contaminado por Callias, associado ao pensador.

Meleto proferiu as acusações:

— Sócrates é culpado do crime de não reconhecer os deuses reconhecidos pelo Estado e de introduzir divindades novas; ele é ainda culpado de corromper a juventude.

Embora a Grécia fosse um dos celeiros mais notáveis na formação de pensadores da história, o Estado não era laico. A descrença nos deuses referendados pelo Estado era um crime. Os principais conselheiros de Atenas estavam reunidos no julgamento de Sócrates, e os acusadores foram incisivos. Ânito foi particularmente impiedoso.

— Este homem, Sócrates, que questiona tudo e não dá resposta para nada, que perturba mentes ingênuas e não as ilumina, tem sido voraz contra os deuses gregos.

Ao ouvir essas palavras, muitos atenienses começaram a bater os pés, irados com o filósofo da dúvida. Não sabiam que a dúvida é o princípio da sabedoria. Meleto retomou a palavra, mais incisivo do que quando expôs a peça de acusação.

— Digníssimos magistrados, este homem compara seu período no serviço militar com seus problemas neste tribunal.

Infame, diz que qualquer membro do júri que defenda sua retirada da filosofia teria também de concluir que soldados devem bater em retirada em batalhas difíceis. Do que ele nos chamou? De covardes! Que pena merece um insolente?

A plateia ficou alvoroçada. Meleto fizera esse comentário porque sabia que Sócrates, havia décadas, fazia inimigos ao levá-los a mapear a própria ignorância.

Quando se iniciou a famosa guerra do Peloponeso, e os homens entre quinze e quarenta e cinco anos de idade foram enviados para lutar, Sócrates, pela habilidade de fazer as pessoas o seguirem, foi escolhido como um dos generais. Um pensador pegando em armas feria sua alma. O sangue, os gemidos e a violência da guerra levaram Sócrates, o questionador de tudo e de todos, a preferir ainda mais as ideias às armas.

A guerra foi uma carnificina. Ao final, procurando preservar os poucos soldados que estavam vivos, Sócrates tomou uma atitude ousada. Ordenou que os combatentes deixassem os mortos no campo de batalha, o que era um sacrilégio, e voltassem rapidamente a Atenas. Tal atitude contrariou a lei que obrigava o general a enterrar todos os seus soldados mortos, ainda que morresse nessa tarefa. Assim, ao chegar, foi preso.

Todavia, usando sua retórica, conseguiu convencer as pessoas de que, embora fosse indesejável, seria melhor deixar os cadáveres do que permitir que morressem todos. "Uma vez que, se todos morressem, não haveria quem os enterrasse", argumentou. Assim conseguiu a liberdade. Ficou livre por mais trinta anos. Mas deixou uma cicatriz social.

Agora, ao ouvir a acusação de Meleto, a plateia de juízes foi menos generosa. Críton, Platão e outros discípulos faziam gestos para que ele se defendesse. Mas ele não se animava. Napoleon estava aflito ao ouvir essas acusações e perceber a atitude passiva de Sócrates. Agora entendia por que Críton, seu amigo, o advertira: "Se entrega, agora, sem lutar?". No final do julgamento, quando o clima estava desfavorável, ele abriu a boca procurando mostrar as contradições dos seus acusadores:

— Como podem me julgar se não me conhecem? E como podem me conhecer se eu mesmo não me conheço?

Mas Sócrates não fez uma defesa pessoal vibrante. Sabia que o julgamento era político, não baseado em fatos, mas no preconceito dos seus julgadores e em interesses escusos. A sentença já estava previamente estabelecida.

Logo depois da fala de Sócrates, a maioria dos quinhentos cidadãos o condenou. Meleto, o oficial do julgamento, leu a sentença como um semideus.

— Esse magnânimo e justo tribunal de Atenas condena Sócrates, por todos os seus crimes, a se exilar para sempre, ao ostracismo, a ser banido do contato com o povo, em especial com os jovens, para que nunca mais os perverta. Como prova de nossa benevolência, damos ao criminoso a opção de escolher ter sua língua cortada, para que fique impossibilitado para sempre de ensinar. Caso recuse essas opções, será sentenciado à morte pela cicuta!

O extrato da cicuta era um óleo amarelo de uma planta da família das apiáceas, da espécie *Conium maculatum*. Era uma substância alcaloide que, em grandes concentrações, tornava-se um veneno poderoso que paralisa músculos e órgãos vitais, como coração e pulmões.

Os discípulos de Sócrates foram perdendo a cor à medida que ouviam a sentença. Torciam para que ele aceitasse o banimento, pois pelo menos nas noites soturnas, nas escarpas das montanhas, nos ermos da Grécia, poderiam tentar se reunir às ocultas e continuar bebendo de sua sabedoria. Todavia, no momento em que eles pensaram que Sócrates optaria pelo ostracismo, ele proferiu estas palavras:

— Membros deste tribunal, vocês me obrigam a escolher entre duas coisas: uma, que eu sei ser terrível, é ser exilado ou ter minha língua mutilada. Ou seja, de um modo ou de outro, eu viveria sem ter como transmitir meus aprendizados. A outra, que eu não conheço, é a morte. Então, escolho o desconhecido!

Napoleon olhou para H e ficou impressionado com a determinação. Ficou questionando se, no seu tempo, algum político agiria desse modo. Os quinhentos jurados do tribunal sabiam que Sócrates era intrépido, mas ficaram perplexos com sua ousadia. Vendo-os ansiosos, Sócrates ainda teceu outros argumentos, não para se defender, mas para mostrar sua indignação com a sentença. E falou magistralmente:

— Vocês acabam de me condenar com a expectativa de ficarem livres de prestar contas de suas vidas. Mas, se pensam que matando as pessoas as impedirão de reprová-los por viverem mal, estão errados. Essa forma de se livrar de quem os critica não é nem muito eficaz, nem muito honrosa.

— É surpreendente a defesa de Sócrates. Que inteligência, que fineza de raciocínio, que capacidade de síntese — mais uma vez disse Napoleon aos ouvidos do seu mestre.

— Uma mente brilhante — concordou H.

— Como podem condená-lo? É uma injustiça, uma barbárie — lamentou o respeitado advogado e famoso político do século XXI.

A plateia de magistrados se comoveu, mas não se curvou com suas últimas palavras. Sócrates, um homem que só era um perigo para os radicais, os manipuladores, os encarcerados pelo preconceito, seria silenciado. Ele encerrou sua fala honrando o tribunal injusto e, ao mesmo tempo, mostrando por que era o filósofo que abalaria o mundo ocidental pelos milênios seguintes.

— Reitero: ser relegado ao ostracismo ou ter a língua cortada são duas formas atrozes de morrer em vida. Sou-lhes grato e demonstro meu amor por vocês, magistrados. Mas saibam que, enquanto tiver um sopro de vida, jamais deixarei de filosofar. Minha preocupação continuará sendo a de persuadir as pessoas, jovens e velhas, a ter preocupações mais nobres que o corpo e a fortuna, a preocupação pelo desenvolvimento da alma, tornando-a tão nobre quanto possível.

Era o ano de 399 a.C. Naquele tempo, não havia vacinas, medidas sanitárias, antibióticos. Uma simples amigdalite poderia levar à morte. O tempo médio de vida era de trinta anos. Mas Sócrates tinha setenta e continuava vigoroso e lúcido. A arte da pergunta irrigava seu cérebro, que melhorava seu metabolismo e o tornava um jovem no organismo de um velho. Morreria filosofando, morreria questionando, morreria entrando em camadas mais profundas do mundo em que estava.

Ao ouvir as últimas palavras de Sócrates, todos emudeceram. Ele tinha uma motivação incontrolável, que não se desviava de seus princípios.

— Que político de sua nação teria tal ousadia e tal fidelidade à própria consciência? — H indagou a Napoleon.

— Desconheço.

Bastava dizer "esqueçam o que eu disse", embalar melhor suas ideias, dissimular ou falar de forma subliminar, enigmática, e Sócrates seria solto. Mas ele olhou em torno de si e sentou. Seu destino estava traçado: ele morreria asfixiado.

H, cabisbaixo, deu as costas para Napoleon e foi saindo decepcionado, sem convidá-lo a se retirar consigo. Não colocou Napoleon em cáustico conflito, como sempre fazia. Parecia querer abandoná-lo. Expressou desânimo com a espécie humana.

— Humanidade! — E meneou a cabeça, frustrado. — Acabaram de condenar os professores.

Napoleon ouviu suas palavras e ficou tocado. Acompanhou H com os olhos em direção à porta. Quando este estava prestes a se retirar do anfiteatro, um personagem misterioso surgiu no cenário e, com voz poderosa, chamou a atenção de todos. E disse, altissonante:

— Egrégio tribunal, não podem condenar um homem sem que ele tenha um defensor que o auxilie. Tal atitude é contra a grandeza da Grécia, a nobreza deste conselho.

H interrompeu seus passos e abriu um sorriso.

— Como ninguém se manifestou, eu, Napoleon, o criminalista, o defenderei.

H começou a aplaudir, e alguns o acompanharam, em especial os discípulos de Sócrates. Ao ouvir os aplausos, Napoleon se animou. Queria libertar o pensador.

— Um homem não é medido pelos seus bens, não é auferido pelo seu tamanho, não é avaliado pela sua origem, mas pelas suas ideias. — Napoleon continuou: — Um dia, quando esta Terra se embriagar com os séculos e os historiadores forem contar os feitos da Grécia para o mundo, em especial o evento deste dia, o julgamento de Sócrates, certamente contarão que este tribunal foi justo, imparcial e generoso. Um tribunal que libertou o homem que amava a arte das perguntas.

Várias pessoas o aplaudiram, agora em maior número.

H fez sinal para que Napoleon se sentasse, suas palavras eram o suficiente, mas ele não viu o gesto. A euforia, esse vinho que embriaga mentes lúcidas, começou a embriagar Napoleon. Excitado, ele ainda comentou:

— A grande Grécia certamente dá o exemplo para as nações da atualidade e para todas as que se estabelecerão no futuro: a liberdade plena. Uma sociedade só é livre quando não tem escravos, quando todos são livres para pensar. Esse é o pensamento do ilustre Sócrates. Libertem-no!

Ânito, Meleto e Lícon se levantaram em total desacordo. Ânito, por ser representante dos ricos, tomou a palavra e furiosamente bradou:

— Heresia! Nem Sócrates nem este tagarela que o defende sabem que um terço dos habitantes de Atenas é constituído de escravos? — Muitos riram deles. — Libertá-los é assinar nossa ruína!

Napoleon ficou paralisado. Deveria aliviar a sentença de Sócrates, mas o que fez só precipitou sua condenação. O homem que passou pela guilhotina e pela virulência de Himmler não podia se calar. Poderia ser condenado com Sócrates, mas não silenciaria sua voz. Napoleon pediu a palavra mais uma vez.

— Quem é este petulante? — estranhou um dos jurados.

— O que mais pode ele dizer? — questionou outro.

— Sua língua deveria ser cortada em público — comentou Meleto para Ânito e Lícon.

Diante da insistência, aos poucos, os quinhentos magistrados, alguns eleitos democraticamente, outros sorteados dentre o povo, foram aquietando suas mentes e calando suas vozes. Mas alguns ainda estavam distraídos. Meleto, o líder do julgamento, estava ansioso para terminar tudo. Deu-lhe a palavra, mas fez um gesto para que ele não fosse prolixo.

— Senhores juízes desta corte, insisto em que me deem ouvidos. Sócrates disse que filosofaria até seu último suspiro, e eu lhes digo que o defenderia até meu último fôlego. Sócrates foi condenado por perverter a juventude. Eu venho de um país longínquo. Em minha nação, e em muitas que conheço, muitos jovens já não mais se interessam pelos professores ou pelos mestres. O último lugar em que eles querem estar é dentro de uma sala de aula.

Na plateia, ouviu-se um burburinho.

— Não é possível.

— Que nação é essa?

— De onde ele vem?

E Napoleon continuou:

— Quando os professores passam, nossos alunos não suspiram; quando eles falam, os alunos não se encantam; quando estão à beira da morte, nossos alunos não se desesperam, como vejo aqui Platão, Críton e outros que estão derramando lágrimas ao ouvir a condenação do seu mestre. — E fez uma pausa emocionada. — Os professores são os profissionais mais importantes da sociedade, são cozinheiros do conhecimento que preparam o alimento para seus alunos, mas de onde eu venho eles raramente têm apetite. E, pior ainda, muitos mestres, ameaçados, sentem-se inseguros em sala de aula, não são honrados como mestres da vida.

Os atenienses ficaram assombrados com a exposição de Napoleon.

— Que lugar horrível é esse? Nada pode ser pior — disse um magistrado.

— Sem os professores, a sociedade morre e a democracia é destruída — comentou outro.

E Napoleon seguiu em frente:

— Aqui a juventude ainda é impactada, influenciada, provocada pela mente dos seus mestres, como a do brilhante Sócrates. Que privilégio! De onde venho, eles ficam viciados em... — Queria falar "celular", mas pensou que seria demais para eles. Então comentou — ... em olhar para um dispositivo que carregam nas palmas das mãos. Não falam mais olhando na face um do outro, não dividem seus problemas.

Centenas de membro do tribunal deram risadas.

— Esse defensor é maluco, os jovens são sempre inquietos, gostam de criar, questionar, contemplar a natureza.

Outros comentaram estarrecidos.

— Que dispositivo é esse que os jovens ficam olhando na palma das mãos? Isso nunca existiu nem nunca existirá.

Napoleon, vendo a descrença deles, deu uma estatística.

— Em meu país, aumentou em 40% o índice de suicídio entre jovens de dez a quinze anos. No apogeu da necessidade de nos aventurarmos, estamos produzindo uma safra de milhões de crianças e jovens mendigando o pão da alegria.

— Lembrou-se de seu irmão Rubens. — Muitos jovens não sonham mais, não elaboram ideias próprias, não dirigem suas mentes. — E lembrou-se de seu pai. — Os pais raramente falam de suas lágrimas para seus filhos aprenderem a chorar as deles.

Ao ouvir essas palavras, Meleto, o representante dos poetas, comentou com os dois outros magistrados:

— Que loucura é essa? Os jovens têm fome e sede de viver. Vivem em prosa e verso a vida. Se mendigam a alegria, essa nação não é uma sociedade livre, mas uma prisão.

E Napoleon terminou a defesa de Sócrates com estas palavras:

— Três coisas se requerem de um juiz: que ouça profundamente, que interprete inteligentemente e que julgue imparcialmente. Essa ideia não é minha, mas do próprio Sócrates. Em nome de Sócrates, exaltem solenemente todos os mestres. Pois, sem eles, os céus da humanidade não têm estrelas.

Sócrates, pela primeira vez, olhou para Napoleon e esboçou um leve sorriso. Após essa fala, houve silêncio geral na plateia. De repente, um conselheiro atrás do outro começou a se levantar e a aplaudir Napoleon. Estavam propensos a mudar a sentença. Mas Meleto, cuja mente era governada pelos fantasmas mentais, mostrou-se de uma sutileza sem precedente. Insistiu com as mãos para que os ânimos fossem abrandados. Um minuto depois, comentou:

— Você quase nos persuadiu a sermos socráticos! — E, voltando-se para o tribunal, sentenciou: — Entretanto, senhores, este misterioso homem defendeu Sócrates apenas da terceira acusação. As duas outras permaneceram intocadas.

Nesse momento, a plateia, manipulada mais uma vez, começou a retroceder. E Meleto, como líder dos magistrados, usou de requinte de crueldade:

— Não é possível revogar a sentença. — E, voltando-se para Sócrates, deu-lhe um solavanco: — A não ser que Sócrates negue tudo o que disse.

Sócrates meneou a cabeça, indicando que jamais as negaria.

— E agora chegou a hora de nós irmos, eu para morrer, e vocês para viver. Quem de nós fica com a melhor parte, ninguém sabe, exceto Deus.

Com essas palavras, o filósofo selou seu destino. Rapidamente, três soldados entraram em ação e amarram suas mãos sem compaixão. Sem demora o levaram ao cárcere como um criminoso, um perversor da ordem de Atenas. Queriam silenciar a afiadíssima inteligência do homem de setenta anos, portador de um corpo combalido, mas cujo cérebro era mais ativo e produtivo do que o dos jovens de seu tempo.

Só os amigos traem

Era uma madrugada fria. Um personagem revolvia-se agitado debaixo do lençol. Agarrava-se a seu travesseiro como se estivesse num oceano, solitário, desprotegido, lutando desesperadamente para não afundar. Sua inquietação era tamanha que invadiu o espaço da sua parceira, despertando-a. Ela sentou-se na cama e pôs-se a observar os movimentos ondulares de seu homem. Ele parecia travar uma luta com os demônios de sua mente.

— Querido, acorde! — disse ela, tocando suavemente em seu peito. Nesse momento, ainda sonolento, ele balbuciou algumas palavras.

— Eu falhei! Eu falhei!

— Querido, acalme-se!

— O quê? Onde está Sócrates? — Ele reagiu, tentando se localizar no tempo e no espaço.

— Quem? — questionou ela, confusa.

Segundos depois, ele apoiou as mãos sobre a cama, flexionou lentamente os músculos e sentou-se. Estava transtornado. Piscando, tentou desembaçar sua córnea, melhorar sua visão e, ao mesmo tempo, ordenar suas ideias.

Débora tentou elucidá-lo calmamente.
— Você teve um pesadelo, Napoleon. Quem é Sócrates?
— É o filósofo.
— O filósofo?
— Desculpe-me, é que...

Quando a luz da razão penetrou insidiosamente nos porões da psique de Napoleon, ele não se arriscou a contar o episódio histórico que vivera. Um dia teria de fazê-lo, mas era melhor esperar o fim da campanha. Afinal de contas, ela era psicopedagoga e poderia achar que ele estava tendo um surto psicótico. E, além disso, os eventos e as surpresas que as eleições traziam já eram por si mesmos estressantes demais. *Desgastar-se explicando o inexplicável era desnecessário*, pensou.

— Esta campanha está esgotando seu cérebro! — disse ela, mais uma vez. — Venha aqui, use meu peito como seu travesseiro — sugeriu, delicadamente.

Há um momento em que todo homem precisa deixar suas trincheiras e ter sua mulher não apenas como amante, mas como seu lugar de descanso, seu porto seguro. As mulheres sempre foram mais fortes e resilientes que os homens. Napoleon se aconchegou no peito da sua ponderada esposa. Dormiu o resto da noite como uma criança protegida pela força dela.

Três horas depois, Débora despertou, mas ainda era cedo. Procurou pelo marido, mas ele já não se encontrava no quarto. Estava lendo as últimas notícias do jornal, um ritual que repetia havia quinze anos. Desta vez, seu rosto estava desfigurado. A manchete do jornal atingia o coração da sua campanha e de sua postura como líder: "Cacique da política abandona a campanha de Napoleon".

O senador Marcos Paulo, que dizia ser grande amigo de Napoleon, embora fosse um elemento periférico na sua campanha, o abandonara soltando farpas, atirando-o na lama. Escrevera uma nota para a imprensa esfacelando sua imagem, o que poderia mudar os rumos da eleição quase definida. A nota dizia:

[...] Sou homem equilibrado. Estou com setenta anos e tenho trinta e seis anos na política. Dei inegável cota de contribuição para a sociedade. Sairei da vida pública para entrar na história quando terminar meu mandato no Senado. Entretanto, quero sair com dignidade, sem peso na consciência. Por isso, apesar de nos últimos meses ter sido um dos maiores conselheiros políticos de Napoleon Benviláqua, venho a público esclarecer uma mudança de rota. Sei que minha decisão gerará sequelas irreversíveis em meu partido. Mas quem não é capaz de tomar grandes decisões não é digno de ser um grande líder. Agora que conheço Napoleon melhor, vejo como ele é ambicioso, concentrador e impulsivo. Seu apetite voraz pela presidência o impede de tomar decisões participativas, o que asfixia não apenas sua capacidade de liderança, mas também a democracia. Ele mesmo fez um exame de consciência e confessou numa das reuniões do comitê que, na quadra onde mora, há centenas de pessoas que poderiam governar o país tão bem quando ele. Além de não saber negociar com a classe política, comentou que muitos de nós temos a necessidade neurótica de poder e de estar no centro das atenções. Claro, por conhecer minha postura, confessou que não faço parte dessa estirpe. Poderia citar outros elementos que me fazem abandonar sua campanha, mas aqui comento apenas a ideia de que todo político – seja deputado, senador, vereador ou prefeito – deva ficar no cargo por no máximo oito anos e depois voltar para casa e nunca mais se candidatar a qualquer cargo, jamais retornar ao teatro da política. Ele mesmo afirma que, se vencer as eleições, ficaria no cargo no máximo um mandato como presidente. E os líderes mais experientes não deveriam se eternizar na política? Claro que sim. Eu estou há trinta anos exercendo cargos com dignidade. Mas para Napoleon não, pois ele acredita ingenuamente que o exercício da política é uma missão e não uma profissão, e, por ser encarada como profissão, ela atrai pessoas mal resolvidas emocional, social e financeiramente. Uma ideia da qual discordo. Eu não sou mal resolvido. Portanto, em minha opinião, embora Napoleon seja um exemplo de parlamentar, está despreparado

para governar o país. Quero deixar claro que o melhor candidato para dirigir nossa nação no momento atual é Carlos de Mello. Eu fiz minha escolha, espero que você faça a sua. Assinado: Marcos Paulo, senador.

O senador Marcos Paulo sempre nutrira uma inveja clandestina de Napoleon, embora fosse o homem do tapinha nas costas. Autoproclamava-se seu grande incentivador. Mas, quando percebeu que seu secreto desejo de ser ministro não se materializaria, os vampiros que estavam silenciados nos porões de sua mente ganharam musculatura.

Numa das conversas que Napoleon teve com H, o misterioso personagem dissera:

— A interpretação está nos olhos de quem vê. Três coisas se exigem dos políticos: saber ouvir, colocar a sociedade acima de suas ambições pessoais e das de seu partido e decidir de forma imparcial. Mas, no teatro da política, esses elementos estão escassos como ouro.

A interpretação contaminada pela intencionalidade subjacente era tão antiga quanto o próprio ser humano. Manifestou-se quando Meleto julgou Sócrates, manifestou-se agora na nota pública do senador Marcos Paulo em relação à liderança de Napoleon.

Napoleon sempre fora ambicioso, era um homem decidido, cujas opiniões eram obsessivamente rígidas. Todavia, ao caminhar com o mestre do tempo, enxergou suas loucuras, curava todos os dias o vírus da corrupção, quebrou a espinha dorsal do seu orgulho, que o levou a pensar em outras possibilidades.

Marcos Paulo distorceu as ideias de Napoleon de forma voluntária, em especial quando disse que um funcionário tem um patrão, mas o presidente de uma nação tem milhões de patrões, por isso "eu farei uma gestão pública profissional corresponder às expectativas da sociedade". Mas Napoleon não era ingênuo, sabia que teria brilhantes políticos em seus quadros, inclusive com habilidade para negociar com o Congresso. Mas jamais faria a política do toma-lá-dá-cá e que se lascasse a sociedade.

— A democracia não é o governo de um partido, como dizia Abraham Lincoln, mas o governo do povo, pelo povo e para o povo — sempre proclamava Napoleon Benviláqua. Logo que ele leu a notícia do jornal, começaram as ligações telefônicas.

— Napoleon, viu a manchete? — falou, furioso, Carvalho.

— Eu vi. — Apesar de estar profundamente magoado, Napoleon tentou se recompor.

— Estou possesso de raiva, soltando fogo pela boca! Marcos Paulo é um traíra. Eu sempre disse que esse velho não prestava, mas você nunca acreditou — afirmou o tesoureiro.

— Ele tem a idade de Sócrates quando morreu, mas é emocionalmente imaturo — disse, magoado, mas não irado.

— Imaturo? Esse senador é um terrorista. Implodiu nossa campanha.

— Calma, Carvalho. Desse jeito você vai enfartar. Nem tudo está perdido.

— Que calma o quê! Ele foi comprado, comprado, comprado! — disse, aos gritos, Carvalho. — Certamente recebeu milhões de dólares e os distribuiu em paraísos fiscais.

— Não acuse sem provas, homem!

Carvalho não raciocinava. Estava descontrolado.

— O que me surpreende é que durante todas essas semanas em que estivemos reunidos ele nada disse — falou Napoleon, recapitulando os momentos que tiveram juntos.

— Esse cara é um Judas. Nos beija numa face enquanto nos apunhala pelas costas.

— Os fantasmas da negação e da traição estão dentro de todos nós. Pilote bem sua mente para não cair nessa armadilha.

— Eu jamais faria algo que comprometesse sua candidatura, Napoleon. Sou cem por cento fiel! Estou indo para o comitê para construirmos estratégias juntos. Precisamos detonar esse sujeito — disse Carvalho, traçando ordens.

— Não vou me reunir agora. Quero pensar.

— Você está louco? O circo está pegando fogo e você quer pensar? — disse, irado. — Precisamos agir.

— Mas não estou num circo. Você está descontrolado. Está me dando ordens como se fosse o candidato.

Percebendo que ultrapassara os limites, Carvalho comentou:

— Desculpe, desculpe. Estou pensando em você, no seu futuro. Estou indo para a sua casa. — E desligou sem que Napoleon tivesse a chance de dizer que precisava um tempo para interiorizar.

Napoleon meneou a cabeça. Desconfiava de que, no fundo, era o futuro do assessor que estava em jogo. Carvalho e outros assessores sabiam navegar em águas calmas, mas não conheciam técnicas mínimas de gestão da emoção para lidar com as inevitáveis turbulências da vida. Era um homem impulsivo, ansioso, explosivo, irritadiço.

Enquanto o time mais próximo de Napoleon se dirigia para sua casa, Débora saiu do quarto, viu seu semblante descaído e perguntou:

— O que está acontecendo, meu bem?

Napoleon não abriu a boca, apenas entregou-lhe o jornal. Ao ler a matéria, ela perdeu a cor.

— Mas ainda na semana passada Marcos Paulo jantou em nossa casa e o elogiou tanto!

— Quem nos trai: os amigos ou os inimigos?

— Os amigos.

— Correto. Os inimigos nos frustram, só os amigos nos traem.

Então o interfone tocou. Era o porteiro, dizendo que havia dezenas de jornalistas e redes de TV de plantão na porta do prédio querendo falar com ele. Mas, antes que Napoleon desse uma entrevista coletiva, um dos raros homens que tinham acesso direto ao seu apartamento tocou a campainha. Era o chefe da campanha de marketing, João Gilberto, em estado de choque. Havia especialistas em marketing político que eram éticos, altruístas e comprometidos com o futuro da sociedade, mas esse não era o caso do marqueteiro que o partido escolhera, indicado por Carvalho. Napoleon pensou várias vezes em trocá-lo, mas compraria uma briga enorme com os líderes que o apoiavam.

João Gilberto estava prestes a abocanhar a segunda campanha vitoriosa à presidência. Ganhá-la o entronizaria como o publicitário que mais vencera eleições no país. Quando os ventos começaram a jogar contra, perdeu o controle.

Ao entrar no apartamento, estava tão ansioso que não perguntou como estava Napoleon, se estava estressado ou deprimido pela punhalada que recebera. Sua primeira frase foi um xingamento.

— Esse crápula! Agora que a campanha estava ganha, esse canalha. — E olhou para a mulher de Napoleon e disse: — Desculpe, Débora. Estou num ataque de raiva.

Nesse momento, Carvalho e Calisto chegaram. Deu tempo de ouvir a serena resposta de Napoleon.

— Vamos pensar numa saída. O mundo não acabou, a eleição não terminou. É possível extrair oportunidades dessas dificuldades.

Calisto olhou bem nos olhos dele, esfregou as mãos no rosto e sintetizou seu pensamento:

— Você não é o mesmo homem que conheci e que iniciou esta campanha. Sua calma me assombra.

— Não há outra saída, o negócio é contra-atacar, jogar esse traidor na lama — argumentou João Gilberto.

— Quem reclama das crises esgota seu cérebro. E um cérebro esgotado sequestra o pensamento, prepara-nos para lutar ou para fugir. Há outras alternativas. Não estamos prestes a tomar a cicuta. — disse o ponderado Napoleon.

— Cicuta? O que é isso? Não entendo seu comportamento. Onde aprendeu essas coisas? Por que está tão zen? Estamos numa guerra, sabia? — falou João Gilberto.

— Discordo novamente. Você é quem está numa guerra. Eu estou numa campanha.

— Mas isso é guerra. Só não tem armas, mas é uma guerra. Alise seu adversário e ele o massacrará. Você vai dizer para a imprensa que nunca confiou no senador, que ele nunca foi seu assessor e que só depois que lhe negou um ministério ele se virou contra você — falou o homem do marketing.

— Mas isso é mentira! Ele nunca me pediu um ministério.

— Formalmente não, mas tinha fome e sede de ser ministro. Em política, ninguém faz nada sem querer algo em troca — disse Calisto.

— Até você, Calisto?

— Bem, eu não, penso no país. Mas poucos são de minha estirpe.

— Gente, vamos parar de filosofar. Napoleon, use minhas táticas de guerra e vencerá essa... — Quando João Gilberto ia falar um palavrão, se conteve.

— Se insistir nessas táticas, João, mais uma vez lhe digo: retire-se desta campanha. — E se levantou, irado.

Débora ficou atônita com sua atitude. Nunca gostara de João Gilberto, mas ele era ouvido como um deus. Tentou esfriar a cabeça de Napoleon.

— Calma, meu bem, calma. Estamos todos nervosos.

— Esse sujeito me tira do ponto de equilíbrio — disse Napoleon.

— Eu? Você está de brincadeira. O cara te ferra e você põe a culpa em mim. — Mas depois, respirando profundamente, João Gilberto se corrigiu: — Desculpe, presidente. Estou preocupado com seu futuro, com o futuro do país.

— Há minutos ouvi essa mesma conversa.

— Não falo com empáfia — disse o especialista em marketing: — Quando me dedico a uma campanha, eu o faço de corpo e alma.

Napoleon lembrou-se do tempo em que era criminalista, na época em que o dinheiro falava mais alto.

— Se o Diabo fosse candidato, procuraria também elegê-lo?

O marqueteiro não teve dúvidas:

— Se me pagasse bem, eu tentaria.

— Mesmo que ele transformasse a sociedade num inferno?

— O problema seria de quem o elegeu.

— Então considere-se fora da minha campanha.

— Está me demitindo?

— Estou.

— Você não entende uma piada. Sou um homem ético. Dou meu sangue por você. Não é justo fazer isso. Esqueça isso, cara. Estou do seu lado.

Pela primeira vez, o deus do marketing caiu do céu para a Terra. Carvalho, preocupadíssimo, interveio.

— Napoleon, não jogue seu projeto nacional no lixo. Calma, calma. João é um cara que o confronta, mas ninguém o admira tanto. Ele o ama — disse, dissimulando.

— Espero que vocês não se envolvam em nenhuma negociata. Espero que jamais peguem dinheiro ilícito. Espero que declarem todo dinheiro recebido. Espero que jamais fiquem com sobra de campanha, nem dinheiro para um cafezinho. Não existe ética pela metade, não existe noventa por cento de ética, assim como não existe cirurgia parcial de um câncer.

— Se há pessoas que nunca, mas nunca mesmo, irão traí-lo somos nós. Eu, Calisto, João.

— Olha, João Gilberto, faltam alguns dias para as eleições, não sei quantos votos vou perder, se milhares ou milhões, mas vou falar de acordo com a minha consciência e não com a sua. Ok?

— Ok. Você venceu. A imprensa está lá fora querendo explicações. Todo o país fala da atitude de Marcos Paulo. — E, impulsivamente, mostrou de novo seus velhos métodos: — Fale que ele era uma cicuta ambulante, que foi seduzido pelos adversários. — Depois, caindo em si, se corrigiu: — Quer dizer... fale o que você achar melhor.

Napoleon lembrou-se de que não apenas drogas viciam, mas comportamentos também. Recordou-se ainda de Sócrates, que, resolutamente, disse que poderia morrer, mas até o último suspiro jamais deixaria de filosofar e de pensar criticamente. Em seguida, foi para a coletiva.

— Que explicações o senhor dá para alguém que era um dos seus assessores mais próximos, considerado um grande amigo, ter abandonado sua campanha de última hora?

— Em primeiro lugar, ele provou que não era meu amigo. Em segundo lugar, embora fosse um conselheiro, não era dos mais próximos, como ele escreveu. Em terceiro lugar, cabe a mim apenas respeitar a opinião dele. Estamos numa sociedade democrática, as pessoas têm direito de ir e vir, tem também o direito de opinar, apoiar ou abandonar um candidato.

— Você acha que ele foi um traidor? — perguntou um jornalista de um importante jornal.

— De modo algum. Só acho que ele escolheu o candidato errado.

Por seu histórico, suicídio de seu irmão e alcoolismo de seu pai, Napoleon não tinha a argamassa do bom humor como liga básica de sua personalidade. Mas seu treinamento estava revolucionando a maneira dele de ver, pensar e reagir à vida. O bom humor começou a fazer parte do cardápio da sua emoção.

Alguns jornalistas deram risadas.

— Mas você não acha estranho um cacique do seu partido mudar de opinião doze dias antes da eleição? — indagou uma repórter de TV.

— Bem, sempre tem a primeira vez. Fui premiado.

— Mas qualquer um estaria cuspindo fogo num homem que dá tal guinada — comentou um jornalista político.

— Desculpe-me, mas você está equivocado. Antes de ser um senador, Marcos Paulo é um eleitor. Milhares de pessoas mudam seu voto semanas, dias, horas ou minutos antes da eleição. — E, olhando para a lente da câmera, disse: — E espero que eleitores indecisos do meu adversário mudem também seu voto ao meu favor.

— Mas essa questão da Previdência está gerando polêmica — interferiu uma repórter de economia de uma revista importante.

— Em vez de responder, eu pergunto a você, que escreve brilhantemente sobre economia em sua revista: a Previdência corre risco de quebrar?

Ela, pega de surpresa, disse:

— Sim.

— Obrigado por responder por mim. Os problemas atuais têm de ser atacados, precisamos ter uma educação socioemocional que forme pensadores e não repetidores de informações, ter um ensino médio profissionalizante e não estéril, ter universidades públicas e particulares que são centros de startups, continuar a estancar a fome do país e do mundo, pensar numa Previdência sustentável, combater e prevenir todas as formas de corrupção, ter renovação de nossas lideranças, ter uma economia de baixo carbono para mitigar os efeitos do aquecimento global. Mas não podemos ser apenas imediatistas. Precisamos de líderes que pensem como humanidade e não apenas como grupo social ou nacional. Precisamos preparar a nossa espécie, que hoje tem baixos níveis de viabilidade, para 2030, 2050, 2100, para ser mais generosa, altruísta, harmônica, sem exclusão social ou discriminação de raça, cor, religião, sexo, nação; onde judeus, árabes, orientais, americanos, africanos, europeus sejam todos apaixonados pela mesma família, a família humana. Mas infelizmente somos marcadamente imediatistas. Infelizmente também faltam líderes visionários no tabuleiro das nações.

E assim terminou a entrevista. Havia muitos estilhaços pelo chão da campanha, mas os principais fragmentos tinham sido colados por Napoleon. Todavia, suas dores de cabeça estavam apenas começando.

Sócrates: ser fiel à consciência até a morte

Napoleon estava no interior de uma câmara úmida, fétida, escura, um ninho de fungos. Tinha a doença física do século XXI, a alergia. Começou a sentir coceira na garganta e a ter leve edema de glote, o que dificultava sua respiração. Despertou com dores nas costas e tossindo. Procurou tatear a saída e se deparou com grades rústicas de ferro mal fundidas. Lembrou-se do seu quarto, da cama macia, dos lençóis limpos, do edredom confortável, da ventilação agradável. Estava em mais um lugar inóspito, em mais uma viagem sem ter a certeza do bilhete de volta. Acordou num cárcere. Agarrado às grades, gritou por ajuda.

— Alguém pode me ouvir?

De repente sua claustrofobia, que aparecia apenas em situações especiais, começou a devorar sua tranquilidade. Sua voz alçou voo ainda mais alto, enquanto seu coração bombeava sangue em desespero.

— Tem alguém aí?

Não tardou a sentir reações. A ansiedade de Napoleon era frequentemente um despertador de homens e feras. Os prisioneiros, ouvindo sua angústia, começaram a suplicar por pão e água, outros a gemer de dor. Napoleon perturbou os parcos segundos de descanso daqueles miseráveis. Subitamente, apareceu um sujeito com um capuz. A luz do candelabro que estava no corredor incidia sobre seu rosto, mas não dava para ver o desenho dele.

— O senhor me ajude.

Economizando palavras, o homem pegou uma chave e abriu, pacientemente.

— Muito obrigado.

Então o encarcerado olhou bem o rosto do seu libertador e indagou:

— H, é você?

— Estou sempre livrando você de enrascadas.

— E quem disse que eu as procurei?

— Caro político, tenho o poder de abrir o cárcere físico, mas só você tem o de abrir o cárcere de sua mente — disse seu enigmático mestre.

— Por acaso estou preso em minha mente?

— Frequentemente está. Já falei, há mais presídios dentro do cérebro humano do que nas grandes cidades modernas. Mas, vamos, a sentença final se aproxima.

— De quem?

— Oras, do réu que você defendeu.

— Sócrates ainda não foi sentenciado?

O filósofo das perguntas ficou um mês preso, mas chegava o momento de fechar os olhos para a vida. Tomaria a droga fatal que atuaria nas suas fibras nervosas, cortando a comunicação vital e silenciando a contração das células musculares. Napoleon e H percorreram longos corredores, era tétrico. Por onde eles passavam, os homens suplicavam por ajuda.

— Senhor, me tira daqui. — Ouvia-se.

— Por que você não os liberta?

— Já disse. Não posso mudar o passado.

Mas, nesse momento, ele pegou as chaves de H e fez o grande teste de todas aquelas viagens. Tentou abrir uma das celas. Ela estava emperrada, mas ele insistiu duas, três, quatro vezes. Por fim, ela se abriu e seis presos fugiram.

— Espere, você disse que o futuro não pode mudar o passado, mas eu abri a cela.

— Não sei como você o fez sem minha permissão. É um poder que jamais vi um homem ter. Talvez nosso relacionamento esteja chegando ao fim.

— Você está brincando? — disse Napoleon, com um humor pendular, alternando entre a alegria e a tristeza. Afinal de contas, H mexera com toda a sua estrutura.

— Mas, cuidado, não brinque de Deus. Se você alterar o passado, altera também uma cadeia de eventos e refaz o futuro. Se libertar um prisioneiro, não sabe seu potencial homicida. Se evitar uma pequena guerra, não sabe se outra será deflagrada onde a vida de milhões se silenciará. Somente a educação pode prevenir as mazelas humanas de forma segura.

— Estou sentindo calafrios. Estar com um pé no passado e outro no presente é um delírio perigoso. Ou você é meu delírio, H?

— Delírio? Pode ser. Mas o que é ser real?

— Só me faltava você virar filósofo — brincou Napoleon. Foram caminhando e conversando até que encontraram a cela onde estava o filósofo. Estava em posição fetal.

— Sócrates está meditando, preparando-se para ser recebido ao útero da Terra. "Você é pó e ao pó retornará" — ponderou o mestre de Napoleon.

O político refletiu sobre essas palavras e, em seguida, o chamou:

— Sócrates?

— Quem se atreve a entrar no ninho das minhas ideias?

— Sou eu, Napoleon.

— Não o conheço!

— Sou seu defensor.

— O homem que acelerou meu fim?

— Desculpe-me.

— Se você não tivesse constrangido meus julgadores, talvez... — H olhou para Napoleon, e ele entendeu o recado.

Sócrates completou seu pensamento.

— Mas sua intenção foi digna de aplauso. — Em seguida, o pensador navegou nas águas da gentileza. H, tomando o cálice do silêncio, apenas os observava. — Por que colocou sua cabeça a prêmio a meu favor?

— Bem, senti que você fora injustiçado.

— Todo homem é injustiçado. Ou pensa que a morte, as doenças, a fadiga da velhice são presentes da vida? — questionou o filósofo. — Mas quem é você?

Era uma pergunta dificílima de responder.

— Sou um ser humano em construção.

O filósofo foi surpreendido pela resposta.

— Muito bem. Todos deveríamos ser homens inacabados. Mas de onde você é?

— Sou um simples viajante do tempo.

O filósofo respirou lentamente, olhou para o teto desbotado, como se estivesse observando o céu iluminado, e indagou:

— Interessante. Ninguém é tão irônico quanto o tempo. O tempo debocha dos ricos proclamando: "Tu és miserável, em breve estarás na solidão de um túmulo, pobre, nu, sem nada e ninguém!". Ri dos generais: "Tu és fragilíssimo, em breve não terás força para levantar uma pena nem para dar uma ordem!". Penetrar nas entranhas do tempo nos faz demasiadamente humanos e nada mais.

H não suportou. Entrou no epicentro do diálogo.

— O tempo é cruel: entre a meninice e a velhice, são alguns instantes. O tempo enriquece os que aplaudem a ética e assombra os que amam a estética.

Sócrates interveio:

— Você?

H descobriu seu rosto. Sócrates, abrindo um sorriso incontido para quem estava para morrer, indagou:

— Mestre! A que devo a honra?

H silenciou, apenas tocou seu ombro. Sócrates indagou:

— Estou para beber meus últimos minutos. Veio me assistir?

H meneou a cabeça afirmativamente.

— Os que são fiéis à sua consciência não morrem diante do Autor da vida.

Sócrates acrescentou:

— Infelizes os que não têm tempo para visitar suas loucuras e reconhecer suas infindáveis limitações. Esses tais deixam de ser aprendizes, infectam a humanidade, se encastelam no trono do orgulho.

— Nunca proclamarão "só sei que nada sei" — afirmou o candidato à presidência, Napoleon, sorrindo.

— Conhece minhas ideias? — indagou Sócrates, curioso.

— Conheço alguns tijolos, mas muito pouco o oleiro que os produziu.

E então chegaram alguns soldados, desataram as algemas de Sócrates e o conduziram a uma câmara bem iluminada. H e Napoleon os acompanharam a distância. No caminho, o advogado perguntou ao mestre:

— De onde conhece Sócrates?

— Conheço todos: dos loucos aos sábios, dos que mendigam o pão de trigo aos que mendigam o pão da alegria — disse, com inabalável segurança.

— E por que ele o chamou de mestre?

— Que outro nome eu teria? Todos os que me veem me chamam de mestre. Só os políticos que são guias de cegos frequentemente me mascam e me cospem.

Lá aguardavam alguns discípulos do pensador. Abalados, angustiados, compenetrados, torcendo para que Sócrates retrocedesse, pelo menos um pouco, de suas convicções. Não queriam presenciar uma cena de inimaginável dramaticidade. O carrasco que portava o veneno, vendo a tranquilidade de Sócrates, disse:

— É o primeiro condenado que está tranquilo diante deste cálice.

— Por que não estaria? Quem disse que a morte me silenciará?

Desesperados, seus alunos intervieram:

— Ainda é possível não tomar a cicuta. O ostracismo seria melhor — suplicou Apolodoro.

— Deixaria eu, Apolodoro, de ser um parteiro das ideias? Andarei errante dentro de mim mesmo! — Sócrates respondeu.

Platão, ansioso, interveio:

— Mestre, se apenas revisar seus conceitos, sem abandonar sua essência, o conselho que o julgou se animará em revisar sua sentença.

— Platão, Platão. Eu recuaria do que sou para ser o que não sou. Eu amo a vida, mas não quero morrer por dentro. Seria um suicídio da minha identidade.

— Somente ajuste o que pensa — disse Críton.

— Lembre-se, Críton, do que lhe disse: *phthora*, corrupção, é a decomposição da consciência! Ah, esse demônio assombra a humanidade — expressou o filósofo, com propriedade. — Não posso admitir que a minha consciência se decomponha junto ao meu frágil corpo.

Platão comentou:

— Nós sabemos, a *phthora* se disfarça atrás dos acordos, se dissimula nos discursos e se esconde nos tecidos das ideologias.

Ao ouvir essa síntese sobre a corrupção, Napoleon viajou no tempo, mas agora sem sair do lugar. Refletiu sobre sua vida, seus objetivos políticos, seus pares e seus assessores. Fora apunhalado pelas costas e não sabia o impacto sobre as pesquisas de opinião. Poderia perder a eleição, mas não poderia perder sua identidade, fragmentar sua personalidade. De repente, Sócrates se antecipou e disse para seu carrasco:

— Estou preparado.

E a história seguiu seu sinuoso e acidentado curso. Anos depois desse episódio, Platão, o mais ilustre discípulo de Sócrates, narrou de próprio punho em seu livro *Fédon* esses momentos emocionantes. Nele, conta como todos os seguidores de Sócrates caíram no choro ao vê-lo beber, sem nenhum sinal de hesitação, todo o veneno.

Ao notar que um de seus discípulos, Apolodoro, urrava de sofrimento, Sócrates pediu calma, lembrando que "só se deve morrer com palavras de bom agouro". Platão conta que, nesse momento, os colegas e ele se sentiram envergonhados, tendo então deixado de chorar. Foi quando Sócrates se deitou de costas, conforme recomendara o homem que lhe dera o veneno. Este começou a lhe apertar pés e pernas, questionando se sentia algo, de tempos em tempos. Quando Sócrates deixou de sentir as pernas, o homem explicou que ele morreria assim que o veneno chegasse ao coração.

As últimas palavras de Sócrates, conforme descreveu Platão, foram dirigidas a Críton.

— Críton, devemos um galo a Asclépio. Não se esqueça de saldar essa dívida.

— Farei isso — respondeu Críton. — Não há nada mais que você queira dizer?

O pensador já não estava vivo para responder. Críton fechou seus olhos e sua boca. Ao escrever sobre o ocorrido, Platão resumiria: "De todos os homens que nos foi dado conhecer, era o melhor e também o mais sábio e mais justo".

O texto intrigante de Platão revela um homem em sintonia fina com sua paz interior. Ao sair do marcante ambiente onde Sócrates fechou seus olhos para a existência, H andava lado a lado com Napoleon. Estavam tristes, mas não deprimidos; compenetrados, mas não pessimistas. Revelando que pequenos fatos têm grandes impactos, H concluiu para Napoleon.

— É uma ironia da história que um galo estivesse presente na trajetória de dois grandiosos personagens da humanidade: Pedro, o apóstolo, e Sócrates, o filósofo. Pedro em sua negação e Sócrates perante a cicuta. No fundo, as duas aves revelavam duas dívidas.

— Não havia percebido esses detalhes — falou Napoleon, esperando a conclusão de H.

— Na história de Pedro, o galo cantou duas vezes antes que o apóstolo negasse Cristo três vezes. De forma delicada, o Mestre dos mestres, o único que previa o futuro, disse que o som de uma ave levaria seu discípulo mais ousado a perscrutar as raízes mais íntimas da sua fragilidade. Penetrando nas camadas da sua pequenez, ele entenderia que só há heróis quando navegamos em céu de brigadeiro.

— É surpreendente a história desse discípulo — disse Napoleon, e adicionou: — O simples pescador, que não teve instrução formal, que cresceu atirando redes ao mar e que morreria provavelmente pescador, tornou-se, depois de seu treinamento, um excelente pensador. Será que eu também, depois de detectar minhas fragilidades, minha arrogância e meus disfarces me transformarei num pequeno pensador? — disse humildemente para H.

— As crises e as perdas só são instrumentos da sabedoria se souber utilizá-las. Eu lhe dou a tinta e o papel, mas só você pode escrever a sua história.

Pedro teve uma morte pior do que a de Sócrates. Também foi assassinado. Ao ser martirizado em Roma, pediu que fosse crucificado de cabeça para baixo, pois se achava indigno de morrer de forma semelhante ao seu Mestre.

— Quanto à Sócrates, é particularmente interessante que uma pessoa se preocupe com a dívida de uma ave à beira da morte. Muitos mortais morrem com seus débitos.

H refletiu sobre esse intrigante fenômeno social.

— A citação de um galo por Sócrates poderia ser encarada como a continuação da ironia do filósofo diante da vida, mas ao citar o nome específico do seu credor, Asclépio, num momento em que seu coração estava à beira do colapso total, demonstrou, como raros humanos, seu apreço incondicional pela sua consciência. Queria fechar os olhos para vida em busca da eternidade para continuar filosofando.

— Afinal de contas H, a imortalidade existe? — indagou o político. Queria saciar a mais inquietante dúvida do ser humano.

— Fique tranquilo, você vai descobrir a resposta.
— Quando?
— Quando morrer — disse, sorrindo.

Napoleon e H continuaram andando pelas estradas da Grécia antiga. Tinham se tornado amigos. Subitamente apareceu um fazendeiro trazendo dois cálices cheios. E os ofereceu para Napoleon:

— O que há nesses cálices, meu senhor?
— Um contém cicuta, e o outro, vinho.

Napoleon perdeu a cor. H se antecipou:

— Escolha.
— Você está brincando?

Vendo o conflito do seu aluno, H indagou:

— Onde a emoção tem seus dias mais felizes e relaxantes? No estrelato ou no anonimato?

Refletindo sobre tudo o que vivera naqueles últimos dias, Napoleon respondeu:

— Os homens procuram o estrelato como o sedento busca água no deserto, mas é no anonimato que o ser humano tem a possibilidade de ter uma felicidade inteligente e sustentável.

— Por quê? — indagou H, satisfeito com seu aluno.

— Porque a emoção é um fenômeno mais democrático que as democracias políticas.

— Continue — pediu H.

— Ter não é ser, meu caro. Na matemática financeira, quem tem um milhão de dólares é mil vezes mais rico do que quem tem mil dólares. Mas, na matemática da emoção, mil dólares podem gerar mais segurança do que um milhão, uma casa pode produzir mais conforto do que dez. Numa existência anônima, mas regada de significado, podemos conquistar aquilo que o dinheiro não consegue comprar e que o poder não consegue conquistar.

— Você está aprendendo lições que reis, presidentes e celebridades não aprenderam. Meu termômetro emocional indica que, quando era um simples estudante de direito e, logo depois, um advogado em início de carreira, você era 75% mais alegre, solto, livre, ousado, criativo do que agora. Tinha tempo de tomar sorvete, comer um hambúrguer e lambuzar a cara, visitar seus amigos, correr atrás dos filhos, beijar a esposa em público. Nas coisas simples e quase imperceptíveis aos olhos, sua emoção nutria-se vigorosamente.

— Hoje eu sei. Ganhei dinheiro, mas perdi a espontaneidade, conquistei prestígio, mas perdi a simplicidade. Obtive o poder, mas perdi minha humanidade. Tenho uma mesa farta, mas mendigo o pão do prazer. Empobreci à medida que enriqueci. Agora preciso reescrever minha história, pois meu cérebro vive entrincheirado. Recuso-me a ser predador de mim mesmo.

O candidato à presidência descrevera poeticamente a história de políticos, empresários, intelectuais e religiosos.

— Tome os dois cálices — incentivou H.

— Como, me envenenarei?

— O cálice de vinho representa seus dias tranquilos e o cálice da cicuta representa a ansiedade, o estresse, o excesso de atividade, a intensidade da responsabilidade. Não tenha medo de tomar esse cálice.

— Mas isso é contraditório!

— Não. Certas pessoas sempre terão uma sobrecarga maior do que as outras. — E, usando metáforas, como sempre, discorreu: — Elas carregarão, afinarão e tocarão o piano da sociedade, mas os outros receberão os aplausos.

Napoleon pensou e silenciou-se. Precisava ouvir mais seu mestre e se ouvir mais.

— Se gerir sua emoção, seu trabalho será uma fonte de diversão, sua ansiedade será uma fonte de motivação, seu estresse será um cálice da motivação. Mas as estações dos invernos devem ser alternadas pelas primaveras. E a sabedoria está em encurtar os invernos e alargar as primaveras, algo raro para os políticos.

Napoleon teve a coragem de tomar os dois cálices. Após esse momento único, os olhos da sua mente se abriram como nunca. Imediatamente ele e H foram transportados para o cume de uma altíssima montanha, com uma visão paradisíaca. H estava para deixar a vida de Napoleon, embora este não soubesse disso. Como médico da humanidade disposto a curar a corrupção, pelo menos de alguns, ele precisava sintetizar os últimos ensinamentos. E o fez com maestria, proclamando *As dez leis que controlavam a mente dos corruptos*.

H sabia que havia líderes honestos, altruístas, transparentes. Mas também tinha plena convicção de que o vírus da corrupção havia infectado não poucos políticos, executivos, empresários, religiosos, que de alguma forma extorquiam dinheiro ou asfixiavam a liberdade, tolhiam os direitos humanos e fomentavam os mais diversos tipos de dores socioemocionais no teatro da humanidade.

Sua proclamação gerou nele uma raríssima emocionalidade, levando-o às lágrimas, pois, enquanto recitava tais leis, passava na sua mente um filme da angústia humana: os povos dominados pelos tiranos e ditadores, o cárcere dos injustiçados, os navios fétidos que transportavam os escravizados negros, o ostracismo dos discriminados, a fome das crianças, os campos de concentração nazistas, a manipulação das mídias digitais na atualidade. A plenos pulmões, proclamava suas leis fundamentais contra o vírus da corrupção, o grande mal da humanidade. O decálogo dos corruptos que subornam não só com dinheiro, mas também com influência, vantagens e conchavos:

1. Os corruptos não entendem que só é digno do poder quem o usa para servir a sociedade. Eles o usam para que a sociedade os sirva.
2. Os corruptos amam mais seu partido ou sua ideologia política do que seu povo, por isso os da direita são incapazes de aplaudir os projetos importantes da esquerda e os da esquerda são incapazes de felicitar projetos fundamentais da direita.

3. Os corruptos amam se eternizar no poder. Não se aposentam, não entregam o bastão aos mais jovens ou aos mais capazes, pois o poder os controla e infecta as raízes da sua mente. Deveriam ficar no máximo dois mandatos e partir para nunca mais voltar.
4. Os corruptos têm a necessidade neurótica de estar sempre certos, não reconhecem seus erros e suas loucuras, não pedem desculpas publicamente, são especialistas em dissimular ou em mentir.
5. Os corruptos desconhecem que quem não é fiel à sua consciência têm uma dívida impagável consigo, com sua sociedade e com a história. Morrem em débito.
6. Os corruptos discursam em cima das dores dos outros, como a fome e a miséria, para se autopromover, e não para solucioná-las. Como presidentes e primeiros-ministros, são incapazes de se unir para cobrar um ínfimo imposto, de 0,5%, sobre todas as transações de importação e exportação e formar um fundo para a ONU resolver para sempre a fome dos filhos da humanidade.
7. Os corruptos amam bajuladores e detestam críticos, são imediatistas e jogam para a plateia.
8. Os corruptos amam propinas e as vantagens do cargo, serão os mais ricos de um cemitério, pois não entendem que o tempo é cruel e a história é implacável. não compreendem que ser rico é fazer muito do pouco e ser miserável é precisar de muito para sentir pouco.
9. Os corruptos têm medo da educação socioemocional, capaz de formar mentes livres, ousadas e autoras da própria história, pois essa educação promove a justiça, a sede de liberdade, a igualdade de oportunidades e declara que cada ser humano é único, irrepetível.
10. Os corruptos cultuam seus egos, amam o poder acima da sociedade e a eles mesmos acima do bem-estar

da humanidade, são assombrados por seus fantasmas mentais. Morrem infelizes.

Tendo dito essas palavras, o poderoso e intrépido H simplesmente desapareceu, enquanto Napoleon tomava nota freneticamente do decálogo dos corruptos. Assinalou que sete dos dez mandamentos dos corruptos o controlavam. Ser infectado por apenas uma das leis já exigia que um líder reescrevesse sua agenda socioemocional, mas ser infectado por sete era muito para alguém que se julgava o ápice da ética, o estandarte da anticorrupção. Mas foi fundamental para ele repensar quem ele era, no que havia se transformado e para onde caminhava.

Ficou cônscio de que era um mendigo emocional, embora morasse numa megarresidência de luxo. Entendeu que o poder cobra um preço altíssimo, mesmo dos corruptos, pois havia retirado o oxigênio do seu prazer de viver e o levado a trair seu sono, sua qualidade de vida e os beijos, os abraços e os diálogos mais profundos com as pessoas mais caras para ele: a sua família. Todos os que se expõem exageradamente ao assédio social, não apenas políticos, mas atores, cantores, *youtubers*, mesmo os honestíssimos, são traidores da sua saúde emocional, Napoleon entendeu. E não havia exceção, a não ser se programar para sair da cena social e fazer a jornada do coração. Compreendeu que o segredo da felicidade se encontra no anonimato, e não no assédio social. É raro haver um aluno que inicialmente rejeitou tanto seu mestre, mas depois se curvou a ele e aprendeu a conhecer seus cárceres emocionais e suas viroses mentais.

O golpe dos íntimos

Napoleon estava dando mais uma entrevista coletiva com muita segurança. A carta de Marcos Paulo não afetara sua campanha como muitos esperavam. Ganhou mais espaço. Estava com cinco pontos à frente de Carlos de Mello. Parecia que navegaria em céu de brigadeiro até as eleições. Mas a vida é um ciclo. No meio da entrevista, recebeu um telefonema que um pai jamais gostaria de receber. O homem que tinha respostas para tudo ficou mudo, incrédulo, atônito.

— Napoleon, seu filho.
— Qual deles? O que houve?
— Fábio. Ele está preso.
— O quê? Como? O que aconteceu?
— Foi pego com cinco gramas de cocaína.
— Não pode ser, meu filho não usa drogas!

A imprensa logo ficou sabendo. Foi um escândalo de dimensões faraônicas. Houve comemoração no comitê de seu oponente, Carlos de Mello. Alguns soltaram fogos. Eram abutres em cima da carne fresca. Inúmeras reportagens, algumas plantadas pela equipe de marketing de seu adversário, traziam estes temas: "O homem que queria mudar a educação do país não consegue educar o próprio filho", "O político que queria lutar contra a corrupção não enxergou o tráfico diante de seus próprios olhos", "Um pai omisso e irresponsável quer ocupar a cadeira da presidência".

Seu adversário deixou vir à tona uma crueldade ímpar. Alardeou em entrevistas que, se Napoleon não governava a própria casa, não poderia governar o país. Napoleon foi à delegacia, ansioso, após chorar no caminho. Mas, em vez de dar uma bronca em Fábio, como sempre fazia quando ele errava, quis inquirir os fatos:

— Filho, meu filho.

E o abraçou afetuosamente.

— Mas, mas... você não... está furioso?

— Estou triste.

— Desculpe-me. Eu o derrotei sozinho nesta eleição — disse o rapaz, aos prantos.

— Filho, eu suporto perder a eleição, mas não suporto perder você.

Fábio, pela primeira vez, teve a certeza de que seu pai o amava.

— Quando isso começou?

— Comecei com a maconha há dois anos, e há dois meses experimentei cocaína pela primeira vez.

— Sou seu amigo, por que nunca me contou?

— Desculpe, não quero ofender. Mas um amigo tem tempo para o outro.

— Eu é quem peço desculpas. Prometo que gastarei mais tempo com você, serei seu amigo, entrarei em camadas mais profundas do meu ser. Olhe para dentro de você e me diga se quer parar de usar drogas.

— Eu quero, papai. Eu quero! Tenho depressão, sentimento de culpa, mas algo mais forte me controla.

— Apesar de todos os meus defeitos, procurarei ser o melhor pai do mundo. Darei a maior força a você. Quero ajudá-lo a pilotar sua aeronave mental.

— Como assim? — indagou Fábio, interessado.

— Tenho muitas histórias para contar — disse o pai, emocionado, lembrando seu mestre. — Quem sabe um dia você viaje no tempo. Mas, por enquanto, quando bater a fissura, quando estiver angustiado, me ligue, você é a minha prioridade.

— Ok — disse, sorrindo e abraçando-o novamente.

Quando o juiz liberou o rapaz da cadeia, havia um batalhão de jornalistas de plantão no local para pedir explicações. Napoleon orientou o filho:

— Não tenha medo de reconhecer suas falhas. Use o caos como oportunidade criativa. Olhe nos olhos das pessoas e não tenha vergonha de si. Seja humilde, mas não cubra seu rosto. Promete?

— Prometo.

— Você não é obrigado a dar respostas.

E assim os dois saíram abraçados no meio de dezenas de câmeras de TV, repórteres fotográficos, repórteres policiais, jornalistas políticos. Um jornalista policial perguntou:

— Seu filho é traficante?

O próprio Fábio respondeu:

— Não, sou usuário.

— Você é viciado há quanto tempo? — indagou o repórter.

— Por favor, poupem meu filho.

Mas Fábio encarou-o.

— Há dois anos.

— Está arrependido?

— Você não estaria?

— Sim — disse o repórter.

— Você nem imagina eu.

— Mas o que leva o filho do candidato à presidência mais cotado para vencer as eleições a usar drogas? Isso é um péssimo exemplo para as famílias desta nação — indagou uma jornalista política conservadora.

— Não vou esconder. Vivi para a política, trabalhei muito, deixei pessoas caras pelo caminho — foi a vez de Napoleon responder.

— Então você reconhece que errou? — questionou ela, perplexa.

— Errei em gênero, número e grau.

— E como um candidato que não dirige bem sua casa vai dirigir este país?

— Se vocês querem uma pessoa perfeita, não votem em mim — falou, enfaticamente. — Mas, se querem um líder que reconhece seus erros e tem coragem de corrigir suas rotas, então eu sou o presidente que vocês esperam. É simples assim.

Fábio ficou impressionado com a coragem do pai. Ele não disfarçava como antes. Abraçou-o enquanto ele falava.

— Mas você não tem medo de perder a eleição? — perguntou outro jornalista.

— Tenho medo, em primeiro lugar, de perder meu filho — falou, convicto.

— Você reconhece que foi irresponsável na educação dele?

— Já disse, errei profundamente — repetiu, com humildade, o candidato.

— Mas só isso? Você não vai se defender? — questionou o homem, querendo que o candidato perdesse a estribeira, como em outras ocasiões.

— Eu fui um dos mais bem pagos criminalistas neste país. Sei fazer defesas como raros, mas não posso esconder que faltou diálogo. Faltou cruzar minha história com a dele, faltou falar com Fábio sobre minhas lágrimas para que ele aprendesse a chorar as dele.

A honestidade de Napoleon e o reconhecimento de sua imperfeição o aproximava das pessoas normais que, como ele, tinham defeitos. As pessoas que o assistiam ficavam impressionadas com a transparência do poderoso político, com sua coragem de tirar a maquiagem em público. Por isso, ele caiu apenas dois pontos na pesquisa, dentro da margem de erro. E, portanto, continuava na liderança. O que deixava seu adversário furioso.

— Eu odeio Napoleon! Ele zomba da sociedade, mas nada gruda nesse cara.

Dois dias depois, à noite, quando Napoleon estava abraçado a Fábio, assistindo a um filme num canal aberto, a programação foi interrompida por mais uma notícia bombástica. Carvalho, o tesoureiro da campanha, tinha sido preso pela Polícia Federal com uma mala contendo cem mil dólares não declarados. Estavam a cinco dias das eleições. Não faltava mais nada para jogar no lixo a campanha. Carvalho disse que nunca o trairia, mas o fez com habilidade inimaginável.

Dessa vez, o estrago fora grande. Tinha todas as chances de perder a eleição. Mais uma entrevista coletiva, mais explicações quase impossíveis de dar. João Gilberto não apareceu para orientá-lo, estava envolvido com Carvalho, algo que ainda não tinha vindo à tona.

— Peço desculpas à nação. Não tenho explicação para dar. Carvalho é quem deve dá-las.

— Mas ele não era o tesoureiro da sua campanha? — questionou uma jornalista.

— Sim, e deve ser investigado e julgado com o rigor da lei. Mas não posso responder por ele, reitero.

— Era um homem da sua confiança. Que segurança o país vai ter de que não há outros envolvidos na sua campanha? — disse outro jornalista, querendo insinuar que o próprio Napoleon poderia estar relacionado ao caso.

— O que garantirá a segurança dos eleitores é minha decisão, que anuncio neste momento, de liberar todos os dados de telefonemas que fiz e recebi desde antes do início da campanha e também todas as informações bancárias necessárias para investigação pelas autoridades competentes.

Os jornalistas se calaram perante tal ousadia. Percebiam que Napoleon estava enfrentando sérios problemas na campanha, mas nunca tinham visto um líder tratar de forma tão transparente suas dificuldades e seus erros.

— Com os três últimos escândalos, o abandono de um senador de sua campanha, o problema do seu filho e a descoberta do caso envolvendo o tesoureiro da sua campanha, há grande risco de o senhor perder esta disputa, quando sua eleição, segundo as pesquisas, estava praticamente assegurada. O senhor concorda? — perguntou um repórter de TV.

Em vez de se intimidar pelas perguntas, ele as enfrentou como um cirurgião que opera os próprios tumores.

— Concordo, sem dúvida. Posso perder esta eleição, mas sou quem sou. Só não quero perder a minha consciência, minha identidade.

— Seu adversário, Carlos de Mello, alardeia por todo o país: "Como pode um homem querer dirigir a nação se não sabe escolher seus assessores?" — alfinetou outra jornalista.

— Carlos de Mello tem três assessores sendo processados por corrupção, e ele mesmo tem um processo tramitando no Tribunal de Contas — acrescentou uma terceira repórter. — Por que, sabendo disso, você não está contra-atacando?

— Sendo honesto, não posso esconder meus erros por trás dos erros deles. Um país afunda não apenas pela corrupção de seu líder, mas também pela escolha de seu estafe. O que os eleitores vão escolher no fim do ano, um presidente ou um empregado?

— Um presidente — respondeu, enfática, a jornalista.

— Errado. Milhões de eleitores escolherão um empregado. Um empregado que tem a obrigação de ter política de Estado, e não política de partido, que objetiva manter um grupo no poder. A necessidade neurótica de poder e de ser o centro das atenções são os cânceres desta nação. Caso eu vença a eleição, terei milhões de patrões, os contribuintes, e por isso minha gestão será profissional, embora haja notáveis políticos em áreas de articulação. Em todos os departamentos, em destaque no gabinete da presidência, pedirei para afixar esta mensagem: "O patrão aqui é o contribuinte!". E se isso se materializar, depois de cumprido meu mandato, sairei da política como um simples funcionário para não mais voltar. Outros melhores do que eu me sucederão, inclusive da oposição.

— Você está acusando o governo anterior desses erros? — questionou a mulher.

— Não estou acusando, pois meu partido também está contaminado — enfatizou o candidato à presidência, deixando todos chocados. — Posso estar errado, mas em minha opinião não há partidos santos nem políticos santos. Todos temos um débito com a sociedade.

— Suas ideias são belas, um sonho, uma poesia — comentou outro profissional, chocado. — Mas não serão ingênuas ou utópicas?

— Se os eleitores acharem que é ingenuidade, a solução é simples: que não votem em mim — disse, taxativo.

E assim terminou mais um episódio escandaloso na campanha de Napoleon Benviláqua. As pessoas tentavam esfolá-lo, pressioná-lo, massacrá-lo de todas as maneiras, inclusive justificadamente, pois seus erros eram sérios. Mas sua capacidade de desnudar suas mazelas e reconhecer suas falhas não tinha precedente no teatro da política. Parecia que ele tinha desapego ao cargo. Suas atitudes ímpares criavam uma nova aura no inconsciente coletivo: a de que, por trás do famoso político, havia um homem cru, concreto, real, de carne e osso, e, acima de tudo, imperfeito, mas honesto.

Suas palavras exaltavam o eleitor como jamais um político havia feito. Muitos contribuintes sentiam-se pedintes em alguns departamentos públicos, e agora descobriam que eram patrões. Funcionários públicos altamente competentes e comprometidos afixaram cartazes nos seus departamentos com a frase de Napoleon, antes da eleição. Os contribuintes descobriram o óbvio, que eles pagavam com seu suor os salários de vereadores, prefeitos, deputados, senadores, governadores, presidentes e todo o funcionalismo público.

Na era digital, era a primeira vez que uma geração mais nova sabia mais do que a geração mais velha. A democratização das informações tinha ampliado a consciência crítica dos eleitores comuns, que aprenderam a filtrar as falácias e as falsas promessas. Eles procuravam seres humanos de verdade, e não fabricados pelo marketing.

Na noite desse turbulento dia, Napoleon e sua esposa foram à uma instituição que cuidava de jovens em situação de risco. Eles eram paupérrimos e recebiam um jantar diário gratuitamente. Pessoas de todas as classes sociais, revelando a pérola do altruísmo, doavam parte do seu tempo e dinheiro para aliviar a fome desses filhos da humanidade. O candidato à presidência foi cozinhar e servi-los como faria um servo. Todos ficaram surpresos com sua disponibilidade. Ele pediu que não divulgassem na imprensa sua atitude. Estava aprendendo a superar sua necessidade neurótica de ser o centro das atenções.

Uma incrível história de amor

No outro dia pela manhã, Napoleon estava sozinho, sentado numa praça. Era raro ter um momento de privacidade, um espaço só dele, pois diariamente era seguido por dezenas de jornalistas e influenciadores das mídias sociais. Não entendia por que estava ali. As pessoas passavam por ele, mas não o conheciam. Tinha a impressão de que estava fazendo mais uma viagem no tempo, mas parecia que o lugar era conhecido. Via algumas crianças correndo pelas ruas, outras soltando pipas. Tudo era belo e singelo.

De repente, viu um homem de costas ensinar seu filho a soltar pipas. Estava a mais de cinquenta metros. O filho tinha sete anos. A pipa frequentemente caía, mas o pai, experiente, o ensinava a correr contra o vento. O menino enroscou a pipa numa árvore e o pai, pacientemente, a tirou sem rasgá-la. E novamente o ensinou a correr contra o vento e a incliná-la suavemente. O menino repetiu o processo dez vezes, a pipa subia e caía, até que conseguiu incliná-la como devia.

Ao observá-los, Napoleon sentiu uma vontade irresistível de se aproximar dos dois. Sua face estava compenetrada, nada o distraía. À medida que se aproximava, colocava as mãos na boca, atônito. A câmera dos seus olhos começou a focar e a identificar os personagens. Parecia conhecer o pai, seus gestos, seus movimentos, sua face. Era seu próprio pai. Também começou a reconhecer o menino, seus comportamentos, sua ansiedade, seus traços. Era ele mesmo, aos sete anos. Estava assombrado, perplexo, extasiado. O tempo congelou, nada no mundo era mais importante do que aquela cena. Não se controlou.

— Pai? — indagou, quando estava a cinco metros. Mas o fenômeno que aconteceu algumas vezes com ele e com H se repetiu. Eles via os personagens, mas eles não o percebiam.

Como espectador superconcentrado, Napoleon começou a prestar atenção no relacionamento deles.

— A pipa caiu de novo — disse o menino.
— Tente outra vez, filho. Você consegue.

O menino tentou, ela ficou dez segundos no ar e depois caiu.

— Parabéns, filho. Tenho muito orgulho de ser seu pai.
— Te amo, papai — disse o menino, abraçando-o.

E os dois pareciam eternos amigos. Qualquer um que os visse juraria que jamais se separariam. Napoleon, adulto, sentiu seus olhos ficarem úmidos enquanto os assistia. Era o filme de sua vida ao vivo e em cores, um filme que não fora deletado, mas as cenas mais importantes tinham sido embotadas pelos acidentes da vida. Os traumas o tinham cegado, as decepções haviam bloqueado sua memória. Naquele episódio, a generosidade de seu pai veio à tona, o que o levou a concluir que seu pai nunca fora um carrasco, como ele desenhara distorcidamente no fim da adolescência. Ao contrário. Agora, ao pilotar sua aeronave mental, lembrou-se da tese: por trás de uma pessoa que fere há sempre uma pessoa ferida. Tinha de dar um desconto para seu pai: ninguém fere gratuitamente.

Dez minutos depois, um garoto de doze anos se juntou à brincadeira e começou a soltar pipa também. O candidato perdeu o fôlego quando o viu. Era Rubens, seu irmão mais velho. O jovem que vivera uma experiência trágica, que tiraria a própria vida anos depois.

— Rubens, vamos ver quem solta mais alto? — desafiou o pequeno Napoleon.

— Ah, não. Você é melhor que eu — disse Rubens, piscando para o pai.

E o menino foi soltar sua pipa feliz da vida por causa do elogio do irmão mais velho. Napoleon, o pai, colocou as mãos sobre os ombros de Rubens e o valorizou:

— Parabéns, meu filho, por amar seu irmão e o encorajar.

— Você sempre me ensinou a investir em quem precisa.

Napoleon, o político, começou a chorar copiosamente. Descobriu que sua família não era uma droga, um grupo de estranhos, mas linda. De repente, o pequeno Napoleon enroscou novamente sua pipa na árvore. Ele desistia fácil das coisas.

— Não dá. Não sei soltar pipa. Vou parar — disse o menino, frustrado.

— Não desista. Vou pegar para você, maninho.

— É isso aí. O mundo é dos teimosos, Napoleon, dos que persistem sempre — afirmou o pai, em sintonia com Rubens.

Napoleon, o candidato, ficou abalado. Infelizmente, seu irmão desistira de si mesmo, mas não sem antes ensiná-lo a não desistir. Do mesmo modo, seu pai, de forma lúdica, o ajudou a perseverar. Era inacreditável que aquelas duas pessoas que não estavam mais ao seu lado, de quem ele pouco se lembrava, tinham contribuído tanto para que ele se tornasse um persistente criminalista e um notável líder político. Ao ver a cena, começou a soluçar forte. Sabia que eles não o ouviam, mas não se conteve.

— Rubens, eu te amo. Meu pai, eu te amo. Perdoem-me.

O candidato à presidência estava assombrado em descortinar o quanto eles eram uma família unida, amorosa. Os vendavais ficam no centro da memória; os jardins, na periferia. Desesperado, tentou conversar com Rubens. Dizer as palavras que gostaria de ter dito, mas que nunca saíram de sua boca.

— Rubens, meu irmão. Você sempre foi incrível, eu nunca lhe disse, mas sempre o admirei. Não desista de sua vida, por favor! — Mas, infelizmente, poucos anos depois Rubens silenciaria sua voz.

Ele pensava que Rubens não o estava ouvindo. Mas Rubens abriu um sorriso e disse para seu pequeno irmão:

— Napoleon, você falou comigo?

— Agora?

— É.

— Eu, não.

— Mas é interessante. Eu senti algo que me tocou.

Fascinado, Napoleon se alegrou. Após essa enigmática cena, Rubens saiu correndo com o seu irmão soltando a pipa. Ficaram os dois a sós, Napoleon pai e seu filho adulto, invisível aos seus olhos.

— Papai, obrigado por tudo. Desculpe-me ter negado seu carinho. Desculpe ter sido um promotor te julgando, e não seu advogado de defesa. — E, enxugando os olhos, completou: — Você não deu mais porque não tinha... Não se culpe, por favor.

Após essas palavras, o tempo fechou, começou a trovejar e a chover. O pai saiu correndo atrás dos filhos. Napoleon acenou com as mãos, dando-lhe um adeus silencioso e gritante. Não se importou em ensopar seu corpo. Queria congelar aquela cena e vê-la e revê-la, mas o passado se vai sem se despedir do presente.

Nesse momento, apareceu um homem no meio da tempestade, oferecendo-lhe abrigo em seu guarda-chuva. Tinha a certeza de que era alguém que conhecia, ainda mais pela expressão.

— Quer abrigo, homem?

Napoleon se virou.

— H, você de novo? — indagou, com um sorriso incontido.

Mas se enganou, não era H.

— Papai! Mas como? — disse, quase sem voz.

Era seu pai, com cabelos grisalhos e faces enrugadas, maltratadas pelo alcoolismo e pelo abandono.

— Napoleon? O que faz aqui, meu filho? — questionou, mais perplexo ainda.

— Eu? Eu estava recordando minha infância — falou, em lágrimas.

— Você se lembrou deste lugar. Eu venho aqui quase todos os dias — disse o pai.

— Por quê?

— Nunca o esqueci. Foi aqui que eu o ensinei a soltar pipa.

Napoleon abraçou seu pai, afetuosamente.

— Perdoe-me, pai. Do fundo da minha alma, me perdoe.

— Por quê, meu filho?

— O homem de sucesso deixa as pessoas mais caras pelo caminho. Cortei-o da minha vida.

— Mas sou um alcoólatra... Um lixo social. Uma vergonha para um filho tão importante — comentou, com a voz embargada.

— Não, papai. Você é uma pessoa maravilhosa.

O pai tentou desafogar os olhos com as mãos.

— Fui o pior pai do mundo.

— Não, pai. Você foi o pai mais paciente e presente do mundo até meus doze anos.

— Falhei como marido, como ser humano, como advogado e, pior, como pai. Nunca aceitei perder o Rubens. Nunca, nunca. Duas horas antes de ele tirar sua vida, eu gritei com ele, o critiquei fortemente, julguei-o sem lhe dar uma chance de defesa.

— Não, papai. Você foi amoroso. Ele estava se drogando.

— Eu sei. Por isso discuti com ele.

— Os suicidas não querem matar a vida, mas sua dor. Rubens tinha fome e sede de viver.

— Será, meu filho?

— Tenho certeza.

Logo depois desse diálogo, a chuva parou e o tempo abriu. Napoleon pai colocou o guarda-chuva sobre o banco da praça. Respirou fundo.

— Eu procurei um experiente psiquiatra. Ele me disse que a psiquiatria tem moléculas para tratar a depressão e a ansiedade, mas não tem medicamento para tratar o sentimento de culpa. Disse que eu tinha de me perdoar. Mas nunca consegui. Ele queria que eu fizesse psicoterapia, mas me recusei. Dia e noite, me culpava.

— Minha memória também foi marcada como gado — comentou Napoleon, o filho, entristecido. — Três horas antes de Rubens morrer, eu o ofendi, fui egoísta, egocêntrico.

— Você era uma criança, mas nunca me contou. Não sabia que você também sofria tanto.

— As coisas mais importantes, nós silenciamos.

Depois dessas palavras, Napoleon ficou frente a frente com o pai e colocou as mãos nos ombros dele.

— Pai, não se conserta o passado, só o presente. Precisamos nos perdoar e perdoar o Rubens. Vamos proclamar em nossa mente que, por amor a ele, seremos mais felizes.

— Conseguiremos?

— Se treinarmos diariamente nossa emoção, não tenho dúvidas. A mamãe, a Débora, meus filhos e eu precisamos de você.

— Será que ainda serei útil?

— Você é tão importante que dei seu nome a um teatro. Lembra? — disse o político, sorrindo, lembrando-se da sua própria vaidade.

— Nada é tão importante como sua presença, meu filho. E a campanha?

— Não sei se vou vencer. Mas sei que estou vencendo meus fantasmas. Sei que este momento é insubstituível na minha vida. Eu te amo. Sempre amei.

— Ah, me perdoe. Todos os dias eu venho nesta praça para conversar com você. Com as imagens que me sobraram. Eu o amo, meu filho!

Foi quando ouviram, ao longe, um pianista tocando uma música que eles conheciam no meio da belíssima praça, e, abraçados, caminharam em direção ao som.

Pai e filho tinham vivido no campo de concentração da culpa, sido atirados ao coliseu dos traumas e, por fim, haviam negado o que tinham de melhor. Viveram todo o passeio inimaginável patrocinado por H. Mas por fim, depois de três décadas de distanciamento, se reencontraram de fato, se perdoaram e começaram a zombar da vida e de sua estupidez.

E era necessário, pois só um ser humano governa outros seres humanos. Antes de ser ou não presidente, Napoleon precisava solucionar a mais importante equação da existência: ser um ser humano bem resolvido.

O pianista era tão magistral que logo cativou as pessoas da praça, que começaram a se agrupar em torno dele. Napoleon sentiu uma vontade irresistível de ver seu rosto.

— Pai, vamos nos aproximar mais? Acho que conheço esse homem.

Tentou se esconder cobrindo o rosto com o blazer para ninguém o reconhecer. Quando se aproximaram, Napoleon abriu um sorriso: eis que estavam diante do mestre do tempo. H deu uma olhadela para ele e tocou com mais entusiasmo. *Quem dera todos os seres humanos pudessem conhecê-lo*, pensou o candidato à presidência. Após a música, Napoleon o aplaudiu entusiasticamente. Aproximou-se e o cumprimentou como seu melhor amigo:

— H, não sabia que você era um pianista de primeira.

— Quem é H? E quem é você? — disse ele, surpreso e sorrindo.

— Você está brincando comigo! Fizemos muitas viagens juntos.

— Você e eu? O senhor está enganado.

Ninguém era tão discreto como esse personagem e, ao mesmo tempo, capaz de deixar um ser humano tão perplexo, surpreso, assombrado. Algumas pessoas descobriram a identidade de Napoleon. Diziam umas para as outras:

— Ele não é o candidato à presidência? Por que está aqui? Parece perturbado.

Alguns tentaram abordá-lo:

— Senhor.

Mas ele disse:

— Desculpem, estou confuso.

E saiu esfregando as mãos na cabeça, tentando entender o caos intelectual em que se metera. Seu pai notou que ele estava transtornado.

— O que está acontecendo, meu filho? Será que a falta de sono da campanha não está confundindo suas ideias?

— Eu conheço esse sujeito, pai, juro.

— Mas como? Ele acabou de dizer que não o conhece.

— Tem alguma coisa errada. Esse homem é misterioso demais.

— Como assim?

— Não sei como, mas ele sabe de tudo.

— Filho, o que está ocorrendo? Onde está o lúcido candidato à presidência?

— Parece loucura, mas ele sabe quantos espirros você deu neste mês, quantas e quais palavras você disse ontem. Sabe tudo.

— Sempre considerei você um homem inteligente. Acredita, agora, em coisas do além? Isso é alucinação. Eu tenho isso quando me embriago.

— Mas eu tenho isso quando estou sóbrio. — E, olhando nos olhos de seu pai, confessou, constrangido: — Pai, H me disse que você deve em três bancos, que não tem coragem de se levantar da cama em seu aniversário, pois não tem ninguém para lhe dar parabéns, que acordou nove vezes de madrugada para visitar o túmulo de Rubens. — O pai ficou assombrado ao ver que o filho sabia de coisas que ele nunca falara a ninguém. Em seguida, Napoleon completou: — Também comentou que você procurou treze vezes a mamãe para pedir desculpas pelo seu comportamento, mas que não teve coragem de se aproximar dela.

— Como ele sabe disso? Quem é esse que disseca o passado, que revela a biografia oculta dos homens?

— Eu também queria saber. Espere, espere. Vamos até ele novamente — disse Napoleon, iluminado. Finalmente tinha um palpite mais sólido sobre a identidade do personagem que abalara seus alicerces e desnudara sua personalidade.

— H, não é possível, mas você não pode ser um ser! Quer dizer, um personagem real. Você disse que raramente alguém foi ferido como você. Foi alvo de guerras, asfixiado, esfaqueado, sofreu ataques terroristas, foi discriminado, abandonado, humilhado, traído, tratado como escória.

— Bem lembrado, homem — disse H, num dos raros elogios que fez a Napoleon. — Fui aplaudido pelos alunos, tratado como herói pelos mestres, mas vampirizado como vilão por líderes de todas as ideologias, inclusive por intelectuais, leigos, religiosos... Não poucos me caçaram como predador.

De repente, o pai de Napoleon, perturbado de tanta curiosidade, indagou:

— Quem é este homem misterioso, meu filho? Um amigo?

O grande líder político virou o rosto e respondeu:

— Meu melhor amigo e meu pior inimigo.

Quando voltou sua face para H, ele tinha desaparecido. O piano estava vazio. Mas, enquanto Napoleon olhava ao redor, confuso, viu um bilhete sobre o teclado. Aproximou-se e, ao tentar pegá-lo, um vento arremessou o papel no ar, fazendo-o pousar sobre sua cabeça. Ele o pegou e leu. Havia uma mensagem intrigante. Napoleon a leu em voz alta.

"Eu me escondo na alegria das mães que deram a luz a seus filhos, nas lágrimas das crianças que perderam seus pais, nos gemidos dos jovens feridos nas guerras, nas angústias dos discriminados que não tiveram voz, na sede de conhecimento dos alunos, na intrepidez dos cientistas que saíram do cárcere da mesmice. Líderes que me desprezam estão condenados a perpetuar suas loucuras."

— Filho, o que está acontecendo? Quem é esse sujeito?

Napoleon deu sequência na leitura, mas estava trêmulo:

"Eu ensino, revelo, debato e até grito, mas poucos me ouvem! Eu sou o médico da humanidade, eu sou a HISTÓRIA, o instrumento do autor e a existência para julgar os homens e não aceitarei mais ser desprezado."

De repente, ao terminar de ler, o grande líder político brada para si mesmo:

— Como pode isso? Que loucura é esta? H é a HISTÓRIA?

O pai de Napoleon, perplexo, rebateu o filho.

— Mas, filho, a história é um amontoado de informações. É morta, inerte, estéril, não é nem pode ser viva. Você está mentalmente confuso.

O líder silenciou-se e depois meneou a cabeça e comentou:

— Nunca estive tão lúcido, meu pai. Mas não me peça para explicar o inexplicável. De alguma forma a História usou a aeronave da minha mente para me fazer viajar no tempo e desvendar minhas viroses mentais...

— Filho, como pode alguém entrar na mente humana? Isso é impossível!

— Mas o impossível aconteceu... — E colocou as mãos na cabeça. — Parece que a História se revestiu de carne e ossos e conquistou uma personalidade. Ela se cansou de gritar no silêncio, de alertar os líderes corruptos a ouvirem sua voz. Ela me virou de cabeça para baixo, me fez ter ataques de pânico, crises de ansiedade, colapso mental, esgotamento cerebral. Me fez ficar completamente nu diante das minhas loucuras.

— O que você está afirmando? Você é um homem tão bom.

— Era o que eu pensava. Fui o primeiro. Agora ele ou ela irá à caça implacável dos sociopatas, dosególatras, dos radicais de direita e esquerda que nunca colocaram a sociedade em primeiro lugar... Fará justiça aos feridos, excluídos, massacrados.

— Filho... você precisa procurar um psiquiatra. Você...

— H foi o psiquiatra dos psiquiatras. Nunca me senti tão pequeno, tão estúpido, tão hipócrita, tão traidor dos meus princípios, mas também nunca me senti tão lúcido! — E abaixou a cabeça para finalizou a leitura. H escrevera: "A próxima mente que dissecarei será a sua".

O piano tocou algumas notas sem que ninguém tocasse suas teclas... Os líderes atuais tremulariam, os do passado teriam ânsia de vômito, chafurdariam na lama do desespero.

**Acreditamos
nos livros**

Este livro foi composto em Fairfield LH e impresso pela
Geográfica para a Editora Planeta do Brasil em maio de 2022.